鷹の飛翔
Flight of Hawks

堂場瞬一
Doba Shunichi

講談社

鷹の飛翔

装幀
岡 孝治

写真
PIXTA

第一章　過去を殺す

1

「本日付けで帰任しました！」

元気な挨拶、ぴしりとした敬礼に、海老沢利光《えびさわとしみつ》も敬礼で応える。二人ともいい顔——ではない。疲れが残り、少し痩せ、表情が鋭くなっている。一年で、五年分ぐらい歳を取ってしまった感じだった。

「ご苦労」海老沢利光は二人の顔を順番に見てから声をかけた。「大変な任務だったと思うが、これは必ず将来の役に立つ。ひとまず有給休暇を消化して休んでくれ。その後は、本来の部署に戻ってもらう。この一年間の動きは、今後の人事に考慮されるから、安心して欲しい。その辺については、有休明けに、警務課長が面談を設定しているから、必ず話すように」

「はい！」若い二人の声が揃った。

東日本大震災の発災から一年四ヵ月。この二人は、海老沢が署長を務める目黒《めぐろ》中央署から選抜されて、宮城《みやぎ》県警に特別出向していた。震災で治安が悪化した被災地を守るため、全国の警察から若手警官が送りこまれていたのである。二人は一年間の任務を終えて、今日帰任したばかりだった。

二人が同時に頭を下げ、一人はすぐに署長室を出て行った。しかしもう一人、女性警官の谷川真希《たにがわまき》は「休め」の姿勢を保ったまま残る——海老沢は「どうした」と声をかけた。

「一分だけお時間いただいて、よろしいでしょうか」真希が緊張した面持《おもも》ちで訊ねる。

「構わない。座りなさい」

「失礼します」

真希が、署長席の前に並んだソファに腰を下ろした。ここでは客を接待したり、署の課長級幹部が集まって会議を行ったりする。若手署員が座るようなことは、まずない。実際真希も、居心地悪そうに浅く腰かけている。

「何か相談か？」

「はい。実は——」真希がすっと背筋を伸ばす。「一年間地元に戻って、考えたことがあります」

嫌な予感を抱えながら、海老沢はうなずいた。真希は宮城県出身——石巻《いしのまき》市で生まれ育った。そういう事情もあって、宮城県への特別派遣に選ばれたのだが……。

「話してみなさい」

「警察官になるならやはり警視庁でと思って、高校を卒業して東京に出てきました。東京での仕事には、まだ慣れていませんけど、やりがいは感じています。でも、今回自分の地元で仕事をしてみて……自分が本当に役に立つのは生まれ故郷ではないか、と思ったんです」

「君の地元——石巻の被害も大きかったな」しかし彼女は今回、仙台市内の所轄に配属になっていた。

「はい。非番の時に、ボランティアで地元へ行ったりしたんですけど、復興は全然進んでいなくて……火事場泥棒みたいな卑劣な犯罪もあります。政府は何もしてくれないという不満の声も大きいです。そういうのを東京から見ているだけなのは、情けないと思いました。地元の友だちにもいろいろ相談を持ちかけられて、そこにいれば自分が役に立っている実感が得られるのではないかと――もちろん、東京でも一生懸命やっていますけど」

「分かっている」海老沢はうなずいた。嫌な予感が当たった。「君のお父上も、宮城県警に奉職されているな？　今、本部の交通指導課か」

「はい」驚いたように真希が目を見開いた。「ご存じなんですか」

「署員のことは何でも分かっている。お父上は、何か仰っておられるか？」

「一時の気まぐれで進路を変えるなと反対していますけど、気まぐれではありません」

「俺も賛成できない」

真希がさらに目を見開いた。海老沢は軽くうなずき、続けた。

「君は優秀な人材だ。知っていると思うが、俺の本籍地は公安だ。君が本部に上がる時には、先輩として、ぜひ公安に推薦したいと思っている。公安も凋落《ちょうらく》したと言われているが、外事などは、むしろこれから重要性が増していく」

「署長に評価されているのはありがたい――もったいない限りです。でも今の私には、本当にやるべきことがあると……真剣に考えています」

「そうか――分かった」自分の出身部署に若い警察官をリクルートするのも署長の仕事なのだが、今は無理強《じ》いできる時代ではない。それに真希は、純粋な正義感、義務感から進路を大きく変えようとしているのだ。ここは、真剣に相談に乗ってやろう。

「友だちと会って、里心がついたんじゃないか？」

「え？　はい、それはまあ……地元に残っている子も――そうですね」

真希が急にしどろもどろになり、耳が赤く染まった。それで海老沢は事情を察した。多分、地元に恋人がいたのだろう。真希が上京して別れてしまったが、相手は大災害で心に大きな傷を負った。その時目の前に現れたかつての恋人・真希にすがり、真希もそれに応えた――とか。

海老沢は静かに頭を振った。昔はこんな風に、部下や同僚の私生活に思いを馳せることはなかった。考えるとしたら、あくまで労務管理の一環として、である。しかし署長になると、事務的にばかり考えてはいられない。警察署は一つの小さな国であり、署長は全署員の仕事や生活に責任を持つ。しっかり働ける環境を作るため、私生活までケアする……自分はそんなことができないタイプだと思っていたが、実際に署長になると、署員とよく話し、私生活の相談にも乗るようになった。

定年間近になり、ここの署長職が警察官として最後の仕事なのだが、まだ変われるとは思ってもいなかった。自分の変化には驚くばかりである。

「俺としては、東京の将来の治安を考えた時には、君には絶対に残って欲しい。ただし、地元のために尽くしたいと思う君の純粋な気持ちも理解できる。実際、全国から派遣された警察官が、被災地に残るケースも珍しくないそうだな」

「はい。向こうで大阪府警の人とよく一緒になったんですが、その人も転属するという話でした。東北にはまったく関係ない人なんですが」

「分かった。君の覚悟は理解できた。ただし、他県警に転属となると、俺一人の判断ではどうしようもない。警視庁全体、それに相手の県警との話になる。この件、俺から警務課長に話しておくから、面談の時に君からもきちんと説明してくれ。保証はできないが、希望に添えるように手は尽くそう」

「ありがとうございます！」真希が勢いよく立ち上がり、深々と一礼した。

「東京を見捨てた——ということじゃないといいんだが」

「とんでもないです」真希が真顔で言った。「私は東京で警察官になりました。警察官としてのベースは東京にあります」

「だったら向こうへ行くことになっても、東京魂で頑張ってくれ」

「はい！　失礼します」

真希を見送り、自席につく。彼女の決意は尊い。警視庁の警察官も、被災地に応援に出て苦労した。現地の人と触れ合い、本当に助けを必要とする人のために仕事をしたいと考えるようになった若い警官も少なくないようだ。不安に揺れる日本で、警察官はやはり社会の「重石《おもし》」になるべきではないだろうか。

取り敢えず、警務課長の耳には入れておくか。署長室を出るとすぐそこが副署長席、そして警務課なのだが、直接顔を出して話すと大袈裟になるかもしれない。まずは電話で密かに……と思って受話器に手をかけた瞬間、呼び出し音が鳴った。すぐに取り上げ、気持ちをフラットに保つ。

「海老沢です」

「刑事課、板野《いたの》です」刑事課長だ。「中目黒《なかめぐろ》三丁目で殺しです」

「こんな時間に？」海老沢は思わず壁の時計を見上げた。午前八時半。警察署の一日が始まったばかりで、殺人事件が発覚する時間帯ではない。

「詳細はまだ分かりませんが、先乗りした中目黒駅前交番の連中が、遺体を確認しました」

「場所は？」

「住吉《すみよし》神社境内」

「罰当たりな話だ――本部へ連絡は？」

「これからです。取り敢えず現場を見てからと――封鎖は既に指示しています」

「分かった。すぐに現場へ向かおう」

何ということだ。目黒中央署の管内は、基本的に高級住宅地である。刑事課が活躍するのは主に、個人宅を狙った窃盗《せっとう》事件だ。大きな盛《さか》り場がないせいか、暴力的な事件には縁がない。殺人事件など、何年も起きていないはずだ。ただし、東日本大震災以降、暴力的な事件が増えて、治安の悪化を実感している。

「よし、行くか」電話を切って、自分に気合いを入れる。署長は、本来の自分の専門分野とは関係ない事件であっても、きちんと捜査の指揮を執《と》らねばならない。もちろん、現場ではそれぞれの課の長、さらに本部のプロが入って捜査をするのだが、署長には「重石」の役割もある。どんと構えて、プロの仕事を見守るわけだ。そして必要ならば、署員の士気が上がるような一言を与える。

これが本当に殺人事件なら、本部の捜査一課からも応援が入ってくる。高峰《たかみね》が来るか……いや、あいつも今や、捜査一課のナンバーツー、理事官である。課長のサポートが主な仕事で、現場に出る機会は減っているだろう。

自分たちも歳を取り、仕事の内容も変わったということだ。来年には定年。人生の大きな節目を迎える。それでも、辞めるその日までは仕事に追われる——それが警察官の人生なのだ。

現場の神社は、中目黒の住宅街の中にあった。細い坂道を登り切った先……周辺には、一戸建ての家が建ち並んでいる。現場には既に非常線が張られているが、細い道路を挟んだ向かい側では、住人たちが家から出て、様子を見守っていた。

海老沢は、板野と一緒に現場に出動していた。鬱蒼《うっそう》と木が生い茂る境内では、蟬《せみ》の鳴き声が煩《うるさ》い……非常線の前で警戒している若い制服警官たちの顔には、汗が滲《にじ》んでいた。

「実際、罰当たりな話ですな」板野が吐き捨てる。板野は五十歳、普段から厳しい男で、事件の現場では鬼のような形相《ぎょうそう》になる。部下からは密かに「般若《はんにゃ》」と呼ばれているのだった。実際、目と口が大きく、角をつければ般若の面に見えないこともない。

「こんなところで殺しか……」

「エアポケットのような場所ではありますね。中に入ると、周りの家からは見えない」

「ここが殺害現場……だろうな」

遺体の発見現場と殺害現場が異なることも珍しくはない。どこかで殺して、遺体は別の場所に遺棄、という感じだ。しかし神社の周辺の道路は狭く、車を停めておくとすぐに近所の人に気づかれてしまうだろう。

「こちらですね」

板野が、社務所に向かった。おみくじなどを売っている窓口の下に、遺体が横たわっている。それを見た瞬間、海老沢は殺害現場はここだとさらに強く確信した。コンクリートの通路の上に、血が流れ出している。ここで刺し殺したのだろう。

遺体はうつ伏せに倒れていた。黒いポロシャツに皺《しわ》の寄ったグレーのズボン、靴はかなりへたったスニーカー。顔が見えないので年齢は定かではないが、白髪が目立つので、それなりに歳を重ねた男性のようだ。周囲に手荷物は見当たらない。

制服警官、それに鑑識係が集まり、遺体の周囲にブルーシートを張り巡らせる。目隠しのブルーシートを張る技術は年々進化し、今は木立などを利用しなくても、専用のポールを使って、テントのように自立させられる仕組みになっている。今回はかなり広範囲の目隠しになっていた。

ブルーシートのせいで薄《うっす》らと暗くなった中で、再度遺体と対面する。背中側に傷は見当たらない……正面から刺されたのだろう。ということは、相手は顔見知りか。後ろから襲いかかったのではなく、油断していたところをいきなり正面から刺したのかもしれない。

板野の指示で、若い刑事が二人がかりで、慎重に遺体をひっくり返す。顔に傷はない——顔を見た瞬間、海老沢はピンときた。そして嫌な予感が走る。目黒中央署は、面倒な事件を抱えこんでしまったことになるのだ。

「——署長？」板野が怪訝《けげん》そうな表情で問いかける。「どうかしましたか？」

「こいつは、公安一課のお客さんだよ」海老沢は打ち明けた。

「極左ですか？」

「厳密には『元』だ。名前は——」海老沢は一瞬目を閉じた。最近、人の名前が出てこなくなっている。「木野《きの》だ。木野隆史《たかし》。草木の木、野原の野、西郷隆盛の隆に歴史の史」

板野がうなずく。傍に控える若い刑事が必死にメモを取ったが、板野は馬鹿にしたようにそれを見るだけだった。板野は稀《まれ》に見る異常な記憶能力の持ち主で、海老沢は彼がメモを取っているところを見たことがない。それでいて記憶は正確なのだ。

「指名手配中とか？」

「いや、そこまで追いこめなかった。容疑はあったんだが……平成元年の夏に、立て続けに飛翔弾が飛んで、死者が出た事件があったんだ。覚えてないか？」

「いやあ……」板野が首を横に振る。「その頃まだ駆け出しでしたし、公安事件にまで目を配る余裕はなかったです」

今思えば、平成初期は極左の最後の派手な活動期だったと言っていい。特に飛翔弾を使ったゲリラ事件が盛んで、深夜や明け方に、都心部を騒がせたものだ。ただし、ミサイルのような推進装置はなく、ただ打ち出されるだけで、コントロールがほぼ効かない。爆発物を搭載することは難しく、実質的には「嫌がらせ」とされていたのだが、それでも人に当たったりすれば大きな被害が出る。あの頃、海老沢も夜中や明け方に叩き起こされて現場に急行することがしばしばあった。

木野たちが起こした事件は、今でも「最悪」と言われている。偶然なのだが、六本木で飛翔弾が着弾すると同時に破裂し、飛び散った破片で通行人一人が死亡、三人が重軽傷を負ったのだ。

「こいつも犯人だったんですか？」

「実際に逮捕されたのは一人だけだった。あんたも知っての通りで、極左の連中は簡単には歌わない。木野は活動家としてマークされていたけど、その事件に関与していた具体的な証拠は一切なかった。逮捕状を用意することはできなかったよ」

「マークは？」

「していたが、こいつはあの事件の数年後に、極左の活動から離れた。その後は、年に一回の動向観察ぐらいで済ませていた」

「網からすり抜けた人間ですか」

板野の口調に、微《かす》かに揶揄《やゆ》するような調子が滲んだ。板野は刑事部一筋――捜査一課や鑑識で活躍してきた人間で、基本的には捜査一課至上主義者である。公安の捜査を馬鹿にするような言動は、捜査一課出身者にはよくあることだ。同じように捜査一課一筋の高峰など、まだましな方だろう。もちろん公安に対する反発心はあるにしても、協力して捜査をするぐらいの度量の広さはある。

「面目《めんぼく》ない話だ」

「ちょっと待って下さい」板野が眉を寄せる。「これってもしかしたら、連続殺人事件の一つになるんじゃないですか？　極左の元活動家ばかりが狙われた」

「そういうことになりそうだな」海老沢もにわかに心配になってきた。

ここ数ヵ月、木野と同じように飛翔弾事件への関与が疑われた革連協《かくれんきょう》の元活動家が三人、殺されていた。ただし「元活動家」ということはマスコミには伏せられていた。今、報道各社は極左の事件に対しては冷たい扱いしかしないが、連続殺人事件で被害者が全て同じセクトの元活動家ということになれば、騒ぎ立てるだろう。静かに捜査を進めたいというのが、警視庁全体の意向である。

そしてこの一連の事件は今のところ、捜査一課が担当していた。表向きは単なる殺人事件なので、所轄と捜査一課が担当するのが筋である。しかし裏では、公安一課も密かに動いていた。実際のところは、公安が責任を問われるのではと恐れてのことである。飛翔弾事件の関係者に関しては、年に一回の動向チェックしかしてこなかった。これが「怠慢だ」という批判が出始めている。

「本格的な合同捜査本部を作る必要があるんじゃないですかね」

「ただしそうすると、被害者の共通点がマスコミに漏れる恐れがある」話が大袈裟になれば、どうしてもそういう危険性が出てくるのだ。「それは避けたい」

「今更極左と言われてもねえ……内ゲバですか?」

「いや、これまでの事件、それに今日の事件とも、通常の内ゲバの手口じゃない。それが妙なんだ」

「一応、捜査一課の応援をもらうことになります」

「ああ」

「初動捜査を進めますが、署長、いかがされますか」

「邪魔しないように、現場を一通り見たら署に引き上げる」

「分かりました。捜査一課との話は、私の方で」

「ああ、頼む」

　現場をさらに詳しく見てみたが、手がかりになりそうなものはない。傷口は木野の胸から腹に集中しているから、刃物で正面から刺されたことは分かるが、凶器は見つからなかった。犯行時刻は……昨日の夜から今朝にかけて、としか言いようがない。

　板野が、第一発見者を連れてきた。自ら尋問に当たるのを、海老沢は近くで見守った。

　坂《さか》井《い》幸《こう》太《た》郎《ろう》と名乗った男性は、六十三歳。この付近をウォーキングして、最後に神社で十円の賽銭をあげるのが毎朝の日課だという。

「では、発見したのは午前七時十五分で間違いないですね」板野が念押しして確認する。

「この神社には、毎朝七時十五分に来るようにしています」

「ここは、夜中に人が来るような場所じゃないでしょうね」

「いないと思いますよ」

「誰か、怪しい人を見ませんでしたか？」

「いや、特には……あの、亡くなったの、近所の人じゃないですよね？」

坂井という男は肝が据わっているようだ。警察の事情聴取を受けている最中に、逆に質問できる人は滅多にいない。

「確認中ですが、違うと思います」板野が曖昧に答える。「他に何か、普段と違うことはありませんでしたか？」

「いえ、特には」

板野が期待するような答えは出てきそうになかった。海老沢はその場を離れて携帯電話を取り出した。電話をかける先は——公安一課。後輩の管理官、安本《やすもと》だ。

「俺だ」

「おはようございます」安本の口調はのんびりしていた。まだ情報が入っていない——被害者が元革連協の人間だということは、ごく一部の人間しか知らないのだ。「こんな早くからどうしましたか、署長？」

「殺しだ。被害者は元革連協の木野だ」

「ということは……」安本の口調が強張《こわば》る。「一連の事件の関連と見ていいですか？」

「被害者に関しては。ただし、手口が違う。今回は明らかに刺殺で、現場は神社の境内なんだ」

「そいつは不謹慎な話ですね」

「もちろん、俺の見間違いかもしれん。俺は直接木野と対峙したことはないから、百パーセント確実だと言い切る自信はない」

「写真では……どうですか？」

「その記憶とは合致する」

　公安一課では、動向確認の際に本人の写真も撮影する。木野の場合、年に一度はそれが更新されているから、運転免許証の写真よりも確実に、「現在」の顔が分かるわけだ。海外の犯罪者なら、逃亡の途中で整形手術で顔を変えたりすることもあるが、日本の場合――特に極左はそういうことをしない。基本的に、そこまでする金がないのだ。現役の活動家の場合、セクトの他のメンバーや支援者の援助を受けながら逃げ続ける場合が多い。セクトから抜けた人間は、田舎に戻って実家の仕事を引き継ぎながらひっそり暮らしていたり……いずれにせよ、急に顔が変わることはまずない。変化は加齢によるものぐらいだろう。

「奴の身体的特徴だが、首に傷があったな。手術痕」

「そうですね。ちょっと待って下さい」安本の声が途絶える。パソコンでデータを引っ張り出しているのだろう。「――はい、そうですね。平成五年に、首のところにできた良性腫瘍の摘出手術を受けています。かなり大きな腫瘍だったようで、傷跡が残って目印になっていますね」

「間違いなくその傷かと言われると確信はないが、首には確かに傷があった。指紋の照合ではっきりするだろう」

「分かりました。この件、本部には……」

「うちの刑事課から捜査一課に連絡が回る。これまでの事件と同じように、特捜になるだろう。そちらには、俺から情報を流す」言いながら、海老沢は後ろを向いた。板野はまだ坂井から話を聴いている。「うちの刑事課長は捜査一課至上主義者でね。そこからの情報提供は期待しないでくれ」

「私の方から上に具申してみます。いい加減に、捜査一課と協力してやった方がいいですよ」

「それはそうだが、うちから言い出すのはどうなんだ？」海老沢はやんわり反対した。「公安一課が捜査一課に泣きつくようなことがあってはいけない」

「いやいや、そういうことじゃないです。今回の犠牲者は全員、『元』活動家じゃないですか。本来なら、うちがマークすべき対象じゃない。今は一般市民です。ですから捜査一課が主体になって捜査している……うちが知恵を貸せば、事件の解決につながるんじゃないですか」

「お前は……抵抗感はないんだな。捜査一課アレルギーは？」海老沢は溜息をついた。

「そんなもの、ないですよ」安本があっさり言った。「喧嘩《けんか》してもしょうがないですし、使えるものは使わないと」

「分かった。それは、本部にいるお前たちが考えることだ。俺は直接は動けない……何かが決まるまでは、お前に情報を流し続けるから」

「了解です。海老沢署長をネタ元にしていると考えると恐ろしいですけどね」

「ほざけ」

電話を切り、海老沢は溜息をついた。

捜査一課と公安一課の反目の歴史は長い。戦後すぐから始まったと考えてもいいだろう。捜査一課は戦前からずっと変わらず、殺人などの凶悪事件を担当してきた。治安を守る最前線で、都民からの信頼も厚い、という自負があるだろう。警察と言えば捜査一課――という印象が、市民の側にあるのも間違いない。一方公安一課は、戦前の特高の流れを汲《く》んで戦後に生まれた組織で、極左の情報収集、捜査などを担当してきた。戦後に日本でも活発化した市民運動、そしてそれが過激化した学生運動などを対象にしてきたのだが、その在り方に当初から批判があったのは、海老沢も知っている。海老沢の場合、父親も公安の刑事――戦前は特高にいたから公安の保守本流の人と言える――だったので、親子二代で嫌われ者、という感じだ。

公安一課では、捜査一課を「自分たちが警察の代表のような顔をして威張っている」と批判しているし、逆に捜査一課では公安一課を「大した仕事もしていないのにいかにも国家規模の仕事をしているように見せかけている」と馬鹿にしている。

実際には、公安一課の仕事は縮小する一方なのだ。

極左の活動が燃え盛ったのは、六〇年代から七〇年代にかけてだ。その頃は多くの学生や労働者が参加した市民運動の趣もあったが、七〇年代に入ると脱落する人が増え、一方で組織に残った人間は過激化して、内ゲバやテロなどが盛んになった。しかし活動家はどんどん高齢化し、一方で若い戦力のリクルートも上手くいっていない。放っておけば自然消滅するような状態で、公安一課が四百人ものスタッフを抱えているのは無駄ではないか、という批判の声が警視庁内でも高まっている。海外のテロ組織や外国の諜報活動に対抗するため、外事のスタッフをもっと充実させるべき――そういう指摘には、海老沢もうなずかざるを得ない。来年には自分は定年になる。慣れ親しんだ組織を後にするわけで、いわば「逃げ切り」だが、後輩たちのことを考えると可哀想になる。ずっと極左の監視をしてきた連中に、改めて海外の諜報組織と戦えと言っても……まず、言葉の問題でつまずくだろう。

公安は大きな変革期を迎えている。その最中に警察を卒業する自分は「逃げ出す」ことにならないだろうか。

2

明らかに連続殺人事件——その四件目だ。

連絡を受けた捜査一課理事官の高峰拓男《たくお》は、きりきりと胃が痛むのを感じた。この痛みが、今の自分には大きなストレスになっている。

高峰は、捜査一課長の村田《むらた》と一緒に、データを検討していた。村田は元々、捜査一課で高峰の後輩だったのだが、出世が早く、ついには高峰を追い越して、五十四歳の若さで捜査一課長に就任した。これは異例のスピード出世だ。叩き上げの刑事のトップとも言える捜査一課長に着任するのは、普通は五十代も後半になってからである。この激務を二年ほど勤めた後、大規模警察署の署長を最後に勇退、というのがよくあるパターンだ。しかし村田はまだ若いから、さらに上のポジション——方面本部長などに就任する可能性もあるだろう。優秀な後輩が出世するのは頼もしい限りだが、何となくくすぐったい感じがするのも間違いない。捜査一課理事官として、あくまで村田のサポート役に回るつもりではいたが。

「一連の事件で間違いないでしょうね」村田がうなずく。「公安の方は――」

「今のところは何も言ってきていませんが、連中は裏で動いていますよ。密かに捜査しているでしょう――無駄でしょうが」

「警戒対象といっても、年に一回動向を確認するぐらいでしょう？　それじゃあ、ターゲットとは言えない。公安はどういう見方なんですか？」

「今のところは何とも言えませんね。殺されたのが、平成元年の飛翔弾事件の容疑者だったという共通点はありますが、全員が革連協を離れていますから。それぞれの接点もない――という情報が、公安一課から入ってきています」

「その辺は、信じても？」

「無駄に疑うことはないと思いますが」実際は、高峰自身が疑っていた。公安一課は得体が知れない組織で、内部の意思決定プロセスも、警察の他の捜査部門とはだいぶ違うはずだ。自分たちが密かに捜査して犯人に迫ろうとしているなら、捜査一課には情報を隠して、あるいは誤情報を流して混乱させる……ということもあり得ないではない。ただし今の公安一課に、こういう事件で真相に迫れるだけの捜査能力があるかどうかは疑問だ。優秀なスタッフは揃っているものの、大きな事件は少なくなっている。普段の監視業務だけでは、能力は伸びない。厳しい事件の捜査を経験しないと。

「厄介な話になりますが……公安と正式に協力した方がいいのでは？」様子を窺うように、村田が高峰の顔を見る。

「公安一課は基本的に信用できませんよ」

「高峰さん、まだ公安一課にアレルギーがあるんですか？　オウムの時は、あれだけ協力してやれたのに」

「あれとこれとは別でしょう」オウムの名前を聞いただけで、嫌な気分になる。「あれは国家存亡の危機でしたから、俺も我慢して向こうと協力した。この事件は……せいぜい極左の後始末という感じでしょう」

「そうじゃなければ、厄介な事件ですよ」村田が指摘した。「極左の元活動家が一人ずつ殺されていく——やはり極左絡みの事件じゃないですかね。だからこそ、公安一課との協力は必要だと思います」

「それはこれから検討するとして……臨場されますよね」

「ええ」

「同行しますよ」

「理事官御自ら？」村田が怪訝そうな表情を浮かべる。

「ちょっと考えがありまして……本気で公安一課と合同捜査するつもりですか？」

「その方が効率的でしょう」

「それは課長のご判断ですが、俺もちょっと、調整してみます」

「誰か、公安で話せる相手がいるんですか」

「公安にはいないですけど、近いところとは」

公安一課の保守本流を歩いた人間と話せる——海老沢。

理事官が現場に出ることはほとんどない。よほどの大事件の時ぐらいだが、そういう時は捜査一課長とは別の車を使う。もしも捜査一課の幹部二人が同じ車に乗っていて事故に遭ったら、捜査の指揮を執るトップがいなくなるからだ。

高峰は車が警視庁を出た瞬間に、現場ではなく目黒中央署に行くように運転手に命じた。

「理事官、ご自宅は目黒中央署の近くではなかったですか」運転担当の三宅《みやけ》はお喋りな男で有名だ。

「そうなんだよ。少し時間がずれていたら、自宅から直接現場に行けた」高峰も話に応じた。お喋り男との軽い会話はストレス解消になる。「まあ、しょうがないな」

「先に所轄に行って、現場はその後にしますか」

「課長の動き次第だ。課長と理事官が一緒に現場にいるところをマスコミの連中に見られたら、疑われる」

「確かに、大事《おおごと》だと思われそうですね」

「実際大事なんだが――とにかく、まず所轄まで頼む」

それで会話は終了――三宅もその辺りは分かっていて、口をつぐんで運転に専念する。

高峰はスマートフォンを取り出し、ニュースをチェックし始めた。スマートフォンは、去年の東日本大震災以降、一気に普及したようだ。高峰も今では、私用の携帯はスマートフォンにしている。画面が大きいので操作しやすいし、何より見やすいのがいい。

この事件は、まだニュースになっていない。マスコミには発生の一報は知らされたはずだが、まだ取材の最中だろう。ネット、昼のテレビニュース、そして夕刊の順番で初報が流れるはずだ。最近は、事件のニュースは扱いが悪いが……村田はそれを、露骨に気にしている。記事の扱いが大きかろうが小さかろうが、捜査に影響はないのだが、村田は部下の士気に関わる問題だと本気で思っているのだ。自分が担当する事件が大きく扱われれば、苦労も報われる。

自分にはそんな発想はなかったな、と思う。部下とは一緒に仕事をして仕込んできたし、一段落した時にはたっぷり酒を呑ませて労《ねぎら》ってきたが、大勢の部下をどう動かすか、までは考えていなかった。自分は、そういう大きな動きには向いていないのだと思う。あくまで一対一という感じだ。

村田もいつの間にか、広い視野を持って動ける刑事──幹部になった。若い頃は馬力に任せて一気に押すような捜査が得意だったのだが、実は天性のリーダーシップで部下を引っ張っていけるタイプだったのだ。俺が育てた──と自慢するわけではないが、警察官生活の最後に、一番信頼できる後輩の下で仕事ができるのは、幸運としか言いようがない。

もっとも、警察官生活のまとめに入るにはまだ早いのだが。

目黒中央署に着くと、真っ直ぐ署長室に向かう。顔見知りの副署長、嶋尾《しまお》がこちらを見て、「まずい」と言わんばかりに首を横に振る。彼の前には数人の記者。今、取材攻めに遭っていて話せない、ということだろう。高峰は素早くうなずき、そのまま署長室の前に立った。ドアは開け放たれているが、その横の壁をノックし、返事を待たずに部屋に入る。

海老沢は、誰かから報告を受けていた。ただし事件の関係ではないらしい──制服警官が、判子をもらいにきたようだ。高峰をちらりと見るとうなずきかけたが、声はかけない。高峰はドアの近くに立ったまま、海老沢の用事が終わるのを待った。

ほどなく、制服警官が書類を持って部屋を出て行く。それを見届けて、高峰はドアを閉めた。海老沢が署長席の前にあるソファに腰を下ろし、高峰はその向かいに座った。

「昔なら、ここで一服というところじゃないか?」高峰は切り出した。

「もう、煙草のことなんか思い出しもしないぜ」海老沢が悪態をつく。

「そうか……忙しいか?」

「当たり前じゃねえか」海老沢が怒ったように言った。「殺しだぞ?　今、特捜本部の立ち上げでてんやわんやだよ」

殺人事件など重大事件で、犯人が判明していない場合、所轄に特捜本部が設置される。最高責任者は署長で、予算も署が捻出する。早く解決すればいいが、そうでない場合は、所轄の年間予算が圧迫されることもあるのだ。署長は、実際には直接捜査の指揮は執らないから、ただ予算のことを考えて頭を痛めるだけ——損な役回りだ。

「捜査はうちがしっかりやらせてもらうけど、ちょっと情報をくれないか」高峰は正直に頼んだ。

「俺に情報を求めるなよ。署長なんて——」

「署長のお前じゃなくて、公安のお前に教えて欲しいんだ」

「俺はもう、公安の人間じゃないぜ」海老沢が首を横に振る。

「一連の事件では、公安一課が陰で動いてるだろう?　どんな感じだ?　革連協の飛翔弾事件に絡んだ連続殺人か?」

「下手なドラマじゃないんだから」海老沢が嘲《あざけ》るような笑みを浮かべた。「全員、革連協を離れてずいぶん時間が経つ。今更という感じだよ。極左っていうのは、基本的に去るもの追わず、という傾向があるしな。そもそも今は、追うような余力もない」

「今の公安一課と同じか」

「お前が相手じゃなければ、ぶん殴ってるところだ」海老沢の表情が歪《ゆが》む。

「すまん、すまん」高峰は顔の前で手刀を切るように手を振った。「実際のところ、公安一課はどう見てるんだ？　陰で動いているという話も聞いてるけど」

「そいつは単なる噂だろう」海老沢があっさり言った。「お前ら、想像し過ぎなんだよ。公安一課は無駄な動きはしない――今回の件が、公安絡みという証拠は何もないんだから」

「そうか……じゃあ、今まで通りに、うちが全体を仕切ることで問題はないな？　お前が特捜本部長になることは分かってるが」

「何言ってるんだ」海老沢が笑う。「何で俺に許可を取る？　俺はここの署長で、警視庁全体の捜査には権限がない」

「しかし、公安の重鎮だ」

「もう公安を出てる。しかも定年間近だ――お前と同じでな」

「分かってるよ。でもこっちは、ぎりぎりまで仕事は続ける」高峰は宣言した。

「それは俺も同じだ。署長だって暇なわけじゃない」

「そうか……じゃあ、これまで通りに捜査一課が仕切ってこの件は捜査する。絶対に犯人は挙げるから、安心して見ていてくれ」

「うちの事件に関しては、金も口も出させてもらうぜ。俺が責任者なんだから」

「責任者……そうだよな」高峰はついふっと笑ってしまった。

「何だよ、何かおかしいか？」海老沢がむっとした顔をする。

「いや、お前もそういう立場になったわけだ」

「お前だって理事官じゃないか。実質的に捜査一課を仕切ってる」

「いや、今は課長のサポートをやらせてもらってるだけだよ……しかし、お互いにこんなポジションに来るとは思ってもいなかったな」

「まあな」海老沢が顎を撫でる。「ただ、宮仕えだから……自分のポジションは自分で決められない」

「お前はきっちり仕事をしてきたから、今のポジションにいる」高峰は指摘した。

「それはお前もだ——そんな呑気な話をしに来たのか？」

「いや、仁義を切りに来た。本当に、極左の動きは関係ないのか？」高峰は繰り返し訊ねた。

「俺は公安一課の捜査を知る立場にないけど、この事件に関係があるような情報はないはずだ。噂でも聞いていない」

「そうか……じゃあ、後はうちに任せろ」

「言われなくても、日本一の捜査機関である捜査一課にお任せだよ」

「馬鹿にしてるか？」

「まさか……それよりお前、少し痩せたか？」

「まあな」高峰は胃の辺りをさすった。この男は鋭いから、何でも見通されてしまう。いずれ、本当のことを話さざるを得ないかもしれない。

「胃か？」

「調子はよくないけど、休んで療養するほどじゃない。それに、定年になったら、いくらでも療養する時間はある」

「金の心配がない人間は、気が楽だな」

以前、高峰は酔っ払ってつい話してしまったことがある。JR恵比寿駅から歩いていける場所にある自宅は、父親から引き継いだものだ。戦後すぐ、東京の地価が今のように怪物的になる前だったので、父はそこそこ広い土地と家を購入した。父の死後、高峰は住んでいたマンションから実家に引っ越してきたのだが、子どもも独立して、一軒家の広さを持て余すようになった。維持費もかかるので、処分して、人に貸していたマンションに戻ろうと思う……老後の話として軽い話題のつもりで話したのだが、聞いた方は、高峰の懐具合が豊かなのは分かるはずだ。マンションのローンは払い続けているが、家賃収入で相殺できているばかりでなく、少しだが不労所得になった。今住んでいる家を処分すれば、相当の金が入ってくる。妻とも話し合っているのだが、退職金も含めて、老後の心配はせずに済みそうだ。

ただし、自分の病気が、安楽なはずだった老後に影を落としている。歳を取ると、医療費で生活が圧迫されることはよくあると聞いているが、まさかこんなに早くその日が来るとは思っていなかった。家族に迷惑をかけず、穏やかな老後を過ごすにはどうしたらいいのだろう。

海老沢も、老後が安泰というわけにはいかないだろう。家の話をした時につい漏らしてしまったのだろうが、妻と上手くいっていないようだ。一人娘が結婚して家を出てからは特に……今は署の上階にある署長官舎で同居しているが、辞めた後は——海老沢は結論を口にしなかった。

互いに歳を取ったということだろう。年齢を重ねれば穏やかになって人と衝突しなくなり、静かに、さらに年老いていく……とはいかないようだ。人間は生きているだけで、さまざまな問題に直面してしまう。

何となく冴《さ》えない気分を抱えたまま、高峰は署長室を出た。副署長席の前に集まる記者の数は増えている。しかし誰も、高峰に注意を払わなかった。ここに来ているのは、警察回りの連中だろう。普段は所轄に詰めているので、本部勤務の高峰の顔を知らなくて当たり前だ。

ありがたいことだ——こんなところで足止めを食ってはたまらない。


現場ではまだ、鑑識活動が続いていた。刑事たちは周辺で聞き込み。高峰は目黒中央署の刑事課長・板野を摑まえた。板野はかつて、捜査一課で高峰の部下だった。

「課長だけじゃなくて理事官まで来られたんですか?」板野が目を見開く。

「公安ネタかもしれないと思って、探りを入れに来たんだ」

「署長に、ですか?」

「同期なんでね」

「同期でも、公安だと信用できないんじゃないですか? 連中、とにかく秘密主義だから」

「もう少し信用してやれよ」高峰は苦笑した。「お前は、公安の幻影に怯《おび》えているだけじゃないのか」

「まさか」板野が吐き捨てる。「公安に怯えてどうするんですか」

「まあまあ……それで、状況は?」

「一報から、あまり状況が変わってないんですよ」板野が一転して、悔しそうな表情を浮かべる。

「目撃者が見つかっていません。夜中の犯行だと思うんですが、確証はないですね」

「殺害現場はここで間違いないか」

「ええ。ですから、顔見知りの犯行である可能性が高いですね。こんなところに無理やり連れてこられたら、目立ちます」

「薬物で眠らされていたとか」

「そうなると、犯人は複数になりますね。被害者は大柄だ」板野が告げた。

「そうなのか？」

「速報値ですが、百七十五センチで九十キロあります。一人で遺体を抱えてくるのは、まず無理ですよ」

「鎮静剤の類を使ったのかもしれない」高峰も、胃カメラで経験していた。鎮静剤は麻酔ではないので、意識はほとんどなくなるものの、相手の言葉は理解でき、体も動くそうだ。そうでないと、胃カメラの時に、医師の指示に従えなくなる。

「そうですね……ただそうなると、医療関係者が犯人ということになりますよ。鎮静剤の処理は、素人には難しいでしょう」

「お前も知ってるのか？」

「大腸の内視鏡で経験しました」

「俺も胃カメラで鎮静剤を使った。あれは不思議な感じだな」

「とにかく、医者じゃないと処置できないでしょう。だから知り合いの可能性が高いですね」

「荷物は？」

「ありません。財布も携帯も……本人の身元は指紋で確認できましたが」

「逮捕歴があるわけか」

「元活動家ですからね。ただし、逮捕されたのは、二十五年も前ですけど」

「それは……例の飛翔弾事件の前か？」

「前です。容疑は公務執行妨害です。不起訴になりましたけど、それで公安の方にも詳しいデータが残っていたようですよ」

「お前の見方は？　一連の事件との関係はあると思うか？」高峰は突っこんだ。

「それはむしろ、理事官に教えていただきたいです」

「確証はないんだ。そもそも連続殺人事件だと、だいたい手口が同じだ。しかし今回の事件では、殺害方法が全部違う。だから、合同捜査本部にできない」

「確かに、教科書からは外れてますね」

高峰は手帳を開いた。一枚のメモが挟みこんである——ここ数ヵ月に殺された、革連協の元活動家のリスト。

二月二十五日：現場は世田谷区《せたがや》。被害者は近所に住む内山健《うちやまたける》、四十八歳。酒屋を経営している。逮捕歴はなし。

四月七日：現場は板橋区《いたばし》。被害者は同区在住の橋田宗太郎《はしだそうたろう》、五十一歳。派遣社員。公務執行妨害での逮捕歴あり（不起訴処分）。

五月十四日：現場は多摩市《たま》。被害者は同市内に住む秋谷聡《あきやさとし》、四十九歳。派遣社員。公務執行妨害での逮捕歴あり（不起訴処分）。

そしてこれに、新しい犠牲者が加わったわけだ。

七月十八日：現場は目黒区中目黒。被害者は渋谷《しぶや》区在住の木野隆史、四十五歳。職業不詳。公務執行妨害での逮捕歴あり（不起訴処分）。

「犠牲者が四人になった」

「しかし、殺害方法がバラバラですか……」板野が顎を撫でる。

「内山健は後頭部を鈍器で殴られて脳挫傷で死亡。橋田宗太郎は全身をボコボコにされてるな。最終的には顔面骨折、内臓破裂で死亡」

「殴り殺したということですか？　素手で？」板野が目を見開く。「プロの格闘家でもなければ、そんなことはできないでしょう」

「解剖結果では、凶器を使った形跡は出ていないんだ。複数の人間によるリンチかもしれない」

「ひどい話ですねえ」板野が呆れたように言った。「ラッキーパンチで相手を殺してしまうことはありますけど、意図的に殴り殺すというのは……複数の人間でかかっても、難しいですよ」

「ただ、そういう例はないわけじゃない。問題は三人目の犠牲者の秋谷聡だ」

「射殺、でしたね」板野が言った。

「覚えてたか」

「射殺は日本では稀ですから。組対《そたい》も動いたんですよね」

「射殺となると、組対の出番だからな」高峰はうなずいた。組織犯罪対策部には薬物銃器対策課があり、銃犯罪を一手に調査している。「組対とも入念にすり合わせをしたよ。犯行に使われたのがトカレフらしいということは分かったけど、それ以上は……凶器も見つかっていない。最近、マル暴はトカレフにあまり手を出していないそうだ」

「それにしても、手口が見事にバラバラですね」板野が首を傾げる。「内ゲバっぽいのは、二番目の事件ですか……内ゲバって、角材とかを使って滅多打ちのパターンが多いでしょう？　それも大勢で一人を取り囲んで」

「ああ」

「クソ野郎どもですね」板野が吐き捨てる。「正直言って、元極左の活動家がどうなろうが、社会には何の影響もないじゃないですか。気が乗らないな」

「ここだけの話にしておけよ、ここだけの」高峰は周囲を囲むブルーシートをぐるりと見回した。「仮にも捜査一課の人間は、そういうことを言っちゃいけない。被害者は被害者。被害者を差別しちゃいけないんだ」

「理事官、相変わらずの人権派ですね」板野が肩をすくめる。

「そういうわけじゃない。元活動家だからって、偏見を持って手抜きで捜査していると、公安に手柄を取られるかもしれないぞ。公安嫌いのお前には、我慢できないだろう？」

「それは——そうですね」認めて板野がうなずく。「まあ、公安に手柄を渡さないように、しっかりやりますよ」

「頼んだぜ」高峰は板野の肩を叩いた。「連続殺人事件のせいで、一課長は苦しい立場にあるんだ。俺にとっては大事な後輩だから、黒星はつけたくない」

「もちろん、課長に恥をかかせるようなことはしませんよ」板野の表情が一気に引き締まる。

この辺、村田にはやはり一種のカリスマ性があると思う。決して「俺についてこい」と引っ張っていくタイプではないし、部下を鼓舞する上手い台詞が言えるわけでもない。それなのに何故か部下には慕われ、周りの人間は……自分もそうだがもり立ててやろうという気になる。人柄がいいとしか言いようがない。捜査一課長としては珍しいタイプではないだろうか。自分の背中を見せて部下を引っ張っていくタイプが多いのだ。

平成の時代には、村田のような幹部こそ相応《ふさわ》しいのかもしれない。昭和の時代に警察官として育った自分は、もはやすっかり時代遅れの存在なのではないだろうか。

3

夕方、最初の捜査会議が開かれた。海老沢は特捜本部長として出席。捜査一課長の村田も顔を出しているが、高峰はいなかった。結局、昼間はこちらの腹の中を探りに来ただけか……捜査一課の理事官というのも、面倒臭い仕事だと思う。

特捜本部長が最初に挨拶に立つのは慣例だ。海老沢は紹介されると立ち上がり、主に署員以外の連中に向かって頭を下げた。捜査一課だけではなく、機動捜査隊、鑑識、それに近隣の所轄からも応援が来ている。本当に連続殺人かどうかは分からないが、事態を重視した刑事部では、初動捜査に大量の人員を動員することを決めたようだ。その辺について、現場の署長には――特捜本部長であっても――首を突っこむ権利はない。

「お疲れ様です」海老沢は頭を下げ、もう一度全員の顔をざっと見回した。「目黒中央署署長の海老沢です。今回の事件については、特殊な状況があります。被害者は、元革連協の活動家で、平成元年の飛翔弾事件で捜査対象となっていた人物である可能性が出てきました。都内では、今年二月から、同様の立場の人たちが犠牲になる事件が連続して起きています。同一犯による犯行かどうか、現段階でもまだはっきりしたことは分かっていないようですが、重要事件であることに変わりはありません。一刻も早い解決のために、皆さんのお力をお借りします。何かあったら、すぐにうちの警務課の方に言って下さい。解決します。どうぞよろしくお願いします」

もう一度頭を下げる。我ながらへりくだった台詞と態度だと思うが、こういう重大事件では、捜査の主体はあくまで本部だ。

続いて捜査一課長の村田が挨拶に立つ。頭抜けた長身で、しかも年齢なりに貫禄がついてきて押し出しが強い。ただし言葉遣いは異常に丁寧だった。

「捜査一課長の村田です。ここまで三件、被害者が同じ立場にある事件の捜査を担当してきましたが、残念ながら今のところ、解決には至っていません。今回が四件目の犯行かどうかは、現段階ではまだはっきりしたことは言えませんが、このピンチは我々にとってチャンスになる可能性もある。元極左の活動家というと、刑事部の諸君には馴染みの薄い人間かもしれないが、殺人事件の被害者に変わりはない。いつもと同じ、被害者の恨みを晴らすという警察の基本をもって、捜査に当たっていただきたい。この事件は、現時点における捜査一課の最重要事件と位置づけ、私もできるだけ顔を出すようにします。応援の所轄の皆さん、機動捜査隊の諸君らには厳しい戦いになると思うが、どうか一刻も早い解決のために全力でお願いしたい」

おう、と声を揃えたのは捜査一課の連中だ。捜査一課は、係ごとのユニットで動く。事件が起きて特捜本部が設置されると、一つの係がそこに投入されるのが決まったパターンだ。この係が捜査の中心になり、係長が実質的に現場を仕切っていく。捜査一課長が特捜本部にでんと構えていても、指示は飛ばさず、係長の指揮ぶりを見守るだけだ。ただし、捜査一課長が特捜本部にいるというだけで、刑事たちの気持ちはぐっと引き締まるだろう。

一課長の訓示が終わって、そこからは細かい報告、そして情報共有が始まる。今回の捜査会議で異例なのは、公安四課から特別に人が来ていることだ。四課は、主に公安事件関係の資料を整理して管理することが仕事で、被害者の情報を共有するために、ここへ呼ばれたのだった。

出席しているのは、四課の第二係係長、右田《みぎた》。小柄で分厚い眼鏡をかけたこの男が公安四課に来た時に、「名前に『右』がつく人間が極左の捜査をするのは皮肉だ」とからかわれていたのを思い出す。しかし本人はそういうことを意に介さず、データ分析に才能を発揮して、公安四課には欠かせない存在になった。今は、過去のデータをデジタルでアーカイブ化する作業を進めている。

「公安四課の右田です」立ち上がった右田が眼鏡をかけ直し、手元の資料に目をやった。「今お配りしたのが、公安部で摑んでいる木野隆史の個人データです。ただし、このデータは去年の八月のものであり、現在は変わっているかもしれないということはご了承下さい。ええ……木野隆史、昭和四十二年五月二日生まれ、東京都出身で、現在四十五歳。昭和六十一年の大学入学と同時に勧誘されて革連協に加入し、学生運動を始めています。平成元年八月に発生した、六本木署管内における飛翔弾事件において、容疑者の一人と目されていましたが、残念ながら逮捕には至りませんでした。この事件の概要については、二枚目のペーパーでまとめていますので、後でご覧下さい……木野ですが、公安部ではその後も念のために動向を確認していました。この事件の後で大学を中退して、アルバイトなどを続けながら細々と暮らしていました。ただし九〇年代初頭に株取引に手を出して、バブル崩壊直前に多額の利益を確保し、不動産売買を始めたことが分かっています。都心の一等地にビルを持っていて、そこのレンタルだけでかなりの収入がありました。現在でも貸しビル業を営んでいて、自分が所有するビルの一室に住んでいることは確認できています。独身で、結婚したこともありません。両親は既に亡くなって、兄弟もいないので、天涯孤独の身です。親戚との交流は一切確認できていません」

「最終的に動向を確認したのは去年の八月……ですね」村田が眼鏡を外しながら訊ねた。

「そうなります。年に一回の動向観察は、捜査対象から外れた人間に対する調査としては、一般的なものです」責任逃れのように右田が言ったが、村田は特に気にしていない様子だった。しかし右田の方では、捜査一課長が何を考えているか気になる様子で、会議室の前方で自分の横に座る村田をちらちら横目で見ながら進める。「木野ですが、大学中退後は革連協との関係は完全に切れていると判断しています。飛翔弾事件が起きた直後から三年間は、厳しい監視のもとに置きましたが、警察に疑われたことで嫌気がさして、革連協とは完全に距離を置くようになったようです。そもそも、革連協の活動方針と合わない部分があったらしく、それ以前から脱退を画策していたようでした。当時、電話の通話記録などを確認しておりましたが、革連協の関係者との通話はなかったという記録が残っています。ですので、現在も革連協とは切れたままと判断していました。脱退しても、元メンバーがカンパの形でセクトに金を流すこともありますが、木野の場合はそういうこともなかったようです。二月から連続して、革連協の元活動家が殺されていますが、いずれも被害者は革連協とは切れていると判断しています」

　捜査一課長は何も言わないが、会議を仕切る捜査一課の係長・水野《みずの》が、右田に次々に質問をぶつける。少しきつい感じ――公安の怠慢を疑っているのだろう――もあったが、右田は一切挑発に乗らずに、淡々と答えていく。

海老沢は、二十数年前の事件を思い出していた。そう……平成元年に起きた事件は、不幸な偶然とも言えた。極左が飛翔弾を飛ばすゲリラは、主に「自分たちにそういう兵器を作る能力がある」とアピールするためで、一般市民に危害を加える意図はない。だから、深夜に人がいそうもない場所を狙って飛ばす。

しかしあの事件は、被害者にとってまさに不運だった。時限式で飛翔弾が発射されたのは、午前一時。落下地点は六本木のビルの工事現場だった。そこへ飛翔弾が着弾し、建設中のビルの鉄骨が折れて一部が崩壊した上に、飛翔弾が破裂して破片が飛び散り、近くにいた数人が巻きこまれたのである。破片の直撃を受けた四十代のサラリーマンが即死、その他に三人が重軽傷を負った。飛翔弾を使ったゲリラ事件では、異例の大きな被害と言える。

容疑者の一人はすぐに特定された。当時、公安一課では革連協の組織をほぼ丸裸にしており、その中で「科学技術局」と呼ばれた組織のトップが、飛翔弾の開発・ゲリラの実行などを指揮していたことは分かっていたのである。しかもこの人間には当時、厳しい監視がついていたので、事件の直前にレンタカーを借り出して革連協の本部に出向き、何か大きな装置を持ち出していたのが確認されていた。尾行は途中で一時中断したりしたものの、六本木署管内でこのレンタカーの目撃証言が複数あったのが決め手になった。任意同行を求めたところで公安の刑事たちに暴行を働き、公務執行妨害で逮捕、というのが当時の捜査の状況である。その後、レンタカー——トラックだった——の荷台から火薬の成分などが検出され、ゲリラ事件への関与が強まったとして再逮捕された。

しかし、ゲリラ事件に関与した他の人間の名前は決して明かさなかった。木野たちも「科学技術局）の人間として疑いをかけられたのだが、決定的な証拠はなく、逮捕には至らなかったのである。逮捕された科学技術局のトップは、その後裁判で実刑判決を受け、確定している。そしてとうに出所していた。

集中砲火のような右田への質問が終わり、明日以降の捜査の指示が始まった。基本は聞き込み、そして木野の周辺捜査。アドバイスを求められた右田は、「公安的な捜査は、現在は必要ないと思います」とあっさり言った。年に一度、動向は監視していたものの、あくまで「念のため」ということで、もう公安のターゲットとは言えなかったというのだ。

捜査会議が終わって——最初に喋っただけなのに妙に疲れていた——海老沢は右田を労った。

「何だかあんたが責められているみたいで申し訳なかった」

「いや、とんでもないです。とにかく事件が古過ぎますよね」右田は変わらず淡々としている。

「四半世紀も前の事件です。とっくに解決していますし、正直、忘れられた事件ですよね」

「あんたの感触ではどうだ？　木野は飛翔弾事件に嚙んでいたと思うか？」

「その判断は保留します。自分は当時、まだ警察官になっていませんでしたから……実際に自分で触った事件でないと、判断はできません」

「こんなにデータを扱っているのに？」

「データはデータ、生の捜査とは違いますよ」右田がさっと荷物をまとめた。「では、何かありましたら呼んで下さい。いつでも参上します」

「すまんな」

「いえいえ、こんな形でも役に立てるなら、公安四課にも存在意義があるということでしょう」右田が一礼してさっさと出て行った。そう言えばこの男は、いつもあたふたしているな、と思い出した。性急な捜査の最中でもないのに……単にせっかちなのかもしれない。

捜査一課長の村田が近づいて来て、深々と一礼した。

「すみません、署長。今回はお世話になります」

「何でも言って下さい。こういう事件は一刻も早く解決しないと」

「ご自分で指揮を執られたいのでは？」

「まさか。署長にはそんな権限はないですよ。私は金勘定をしているだけです。捜査はプロに任せますよ」

「いえいえ、公安の本流の人として、色々お考えになることもあるのでは？」

「それより今日、理事官が来ましたよ。課長の差し金ですか？」敢えて挑発的に聞いてみた。

「高峰さんですか？　協力してはどうかと言いました」

「そうですか。あいつにとっても、不思議な状況でしょうね。刑事のいろはを叩きこんだ相手が、捜査一課長になって自分の上司に……何とも複雑だ」

「高峰さんは、そんなことを気にする人じゃないですよ。出世よりも現場ですし」

「少し、厳しく仕事をし過ぎじゃないかな。あいつ、少し痩せたでしょう。何か病気でも？」

「そんなに痩せましたかね？」村田が首を捻る。「毎日一緒にいると、逆に分からないんですかね」

「俺は久しぶりだったから……俺たちの年齢になると、病気を抱えている人も多い」

「それはそうですが、高峰さんは基本的に元気ですよ。私もまだまだ、勉強させてもらわないと」

村田が笑みを浮かべた。

「捜査一課長も勉強するものですか」

「現役であるうちは、何でも勉強ですよ……では、明日から本格的な捜査を開始します。私もできるだけこちらに詰めるようにしますので」

村田が敬礼したので、海老沢も敬礼を返した。右手を下ろすと、村田が急に探りを入れるように訊ねる。

「それで、署長……どう見られます？　今回の件もそうですけど、一連の事件について」

「私には、判断する権限も見識もないですね」海老沢はできるだけ素気なく答えた。村田は、こちらの腹を探りに来ている……。

「いえ、公安の保守本流の人として、ご意見を聞かせて下さい」

「何とも言えません」海老沢は自説を崩さなかった。「一般論としては、平成元年の六本木事件と結びつけるのは難しいでしょう。万が一……被害者の四人が現在も関係を保っていたとしたら、事件のきっかけになった可能性はありますが、実際にはどうかな。四人の関係を調べる意味はあると思いますが」

「これまで犠牲になった三人の関係は調べていますよ。ただし今のところ、つながりは一切見つかっていない。三人が電話などでやり取りしていた証拠もありません」

「メールは……それは電話よりも追跡が難しいか」

「メール、メッセージ……厄介です」村田が認めた。「どちらも、本人の携帯やパソコンを解析しないと分かりませんからね。ただし、これまで殺された三人はパソコンを持っていないし、携帯は発見されていません。犯人が持ち去ったと見るのが自然ですね」

「メールやメッセージか……厄介な時代になりましたな」

「まったくです」村田が真顔でうなずく。「そこから手がかりが見つかることもありますが、逆に事態が混乱することも珍しくないですからね。それにこれからは、犯罪者同士が連絡を取るのも、スマートフォンが中心になるでしょう。最近、厄介なアプリが出回っているんですよ」

「ほう」

「メッセージのやり取りをして、一定の時間が過ぎたら、端末上からもサーバー上からも自動的に削除されてしまう。だから、やり取りを追跡できないんですよ。薬物の取り引きなんかに便利そうなんで、組対が注目しています」

「世の中、便利になってきたけど、そういう便利なサービスはすぐに犯罪に利用されるわけだ」

「本当に厄介な時代になりました」

捜査でも、今までとは違う方法を求められるだろう。既に、ネットを使った犯罪、あるいはネット上での犯罪を捜査するために、警視庁にはサイバー犯罪対策課が設置されている。その実態は……IT系に疎い海老沢には謎の世界だ。ただし海老沢は、IT系の犯罪捜査に悩まされることはないだろう。そういうのは、最新の情報に強い部下に任せておいて、自分は間もなく警察の世界から身を引く。

侘《わび》しいか？

侘しい。しかしほっとしているのも事実だ。この年齢になって、新しいことを学ぶのはきつい。ただし……自分は定年になっても働かなければならないだろう。離婚するためにも金が必要なのだ。天下り先が上手く見つかればいいが、最近はそういうことに対する世間の目も厳しい。

面倒な時代に生きている、と実感することが多くなっている。

午後十時過ぎ、海老沢は署の上階にある署長官舎に戻った。職住接近というか職住一致のような環境だが、悪くはない。署長官舎は最上階にあって、プライバシーは守られている。昔は、署の近くの民家などを借り上げて官舎にすることも多かったようだが、それだと記者の夜回りに悩まされることもあったらしい。庁舎の上に住んでいれば、そういう煩わしさからは逃れられる。マンションにいるようなものだ。

部屋はムッとする熱気が籠《こも》って暗く、静まり返っていた。灯りを点けると、ダイニングテーブルにメモ……「珠代《たまよ》のところに行っています」。海老沢はつい舌打ちしてしまった。特捜本部の弁当を食べてきたので夕飯は必要ないが、部屋に帰って誰もいないのは、やはり落ち着かない。

珠代か……本当に珠代のところに行っているのだろうか？

珠代はのんびりした娘で、大学を卒業して都庁に就職したものの、そこで知り合った男と結婚して、すぐに仕事は辞めてしまった。「専業主婦は天国」などと言っていたが、今はそんな時代ではないだろう。五年前には娘が、三年前には息子が生まれて、今や子育ての最中で、とても「天国」とは言えない状況のはずだ。妻はしばしば、「応援」の名目で娘の家に行っている。そのまま泊まってしまうことも珍しくなかった。

シャワーを浴び、ビール……と思ったが、やめておく。署の上階にある官舎に記者が訪ねて来るわけではないが、捜査がいきなり動き出す可能性もないではない。特捜本部の動きが落ち着くまでは、禁酒といこう。

私用のスマートフォンが鳴った。妻……あまり話したくないのだが、仕方なく電話に出る。孫――珠代の長女が熱を出したので、今夜は泊まるという。そういうことなら仕方がない……本当に娘のところに泊まっているかどうかも分からないが。浮気されているかもしれないと疑うことはあるものの、調べる気にもなれなかった。

どうせ離婚するのだ。

結婚した時から感じていた違和感は、この歳になるまで消えることがなく、増幅される一方だった。妻は本音を話さないというか、自分に対してずっと距離を置いているというか……夫婦らしい細やかな気遣いは互いにほとんどなく、単なる同居人、という感じだった。娘が唯一の絆《きずな》になっていたのだが、結婚して家を出てしまうと、海老沢は娘と話す機会もほとんどなくなった。一方で妻は、頻繁に連絡を取り合っている。まるで離婚に備えて、娘を味方に引き入れようとしているようだ。

結婚してすぐの頃は、海老沢も気を遣って何かと話しかけた。仕事で遅くなる時は必ず電話を入れていたし、急遽《きゅうきょ》泊まり込むことになった時は、謝罪して土産にケーキなどを買いこんでいた。しかし妻の反応は鈍かった。一度「もう少しちゃんと話さないか」と言ったものの、妻は無言でうなずくだけで、会話は広がらなかった。その代わり、珠代とはよく話す。特に娘が成人してからは。自分との間に会話が成立しない侘しさを、娘との会話で埋めようとしているようだった。

そもそもどうして、自分と結婚する気になったのだろう。そういう年齢だったからとしか言いようがない。恋愛にも家庭生活にも向いていないのに、独身では世間的にみっともないから――昔、彼女の友人にそんな風に聞いたことがある。人と違うことをするのが苦手な子だから、と。

離婚でいい。気の合わない女と、この先何十年も一緒に暮らしていたら、ストレスでやられそうだ。すっきりと新しい人生を送るためには離婚、そのための金が必要――まだまだ働かなければならない。

広々とした官舎で一人。エアコンの冷たい冷気を浴びながら水を飲む。

もしも夫婦仲がよかったら、と考えないこともない。中には、若い署員を毎日のように招いて夕飯を食べさせる署長もいるそうだ。交番勤務の若い署員は、だいたい署の独身寮に入っているので、署長官舎までは階段を上がって一分、というパターンが多い。一緒に飯を食うことで署員の心を摑み、何かと不安な若い署員を安心させて一体感を生み出す――うちではとてもできないな、と思う。俺が料理を覚えて署員に振る舞えばいいのかもしれないが、昭和の男である自分がキッチンに入るのは、トーストを焼く時ぐらいだ。

そう言えば、少し腹が減った。特捜本部ができると、毎日夜には弁当が出されるのだが、今日の弁当は量も味もイマイチだった。目黒中央署では、長い間特捜本部ができていなかったので、警務課は業者とのやり取りに慣れていないのかもしれない。きつい仕事の合間の刑事たちの楽しみと言えば食べることだから、これは改善させよう。

冷蔵庫を覗いたが、ろくなものがない。仕方なく食パンを取り出し、トマトを分厚くスライスして載せ、その上に溶けるチーズをトッピングしてトーストした。焼けるのを待つ間、残ったトマトをそのまま齧《かじ》る。トマトも味が薄くなったものだと思う。子どもの頃初めてトマトを食べた時は、むせかえるような濃厚な味わいに仰天したものだった。これは野菜ではなく、薬のようなものではないか……以来、トマトは何となく苦手だったが、成人してからは普通に食べられるようになった。甘い品種が中心になった、と聞いたことがある。

パンが焼き上がった。少し塩味が欲しいところだが、血圧のことを考えて塩を加えるのは避け、チーズの上から胡椒をたっぷり振った。雑な料理だが、これはこれで美味い……いつ一人暮らしを始めても、やっていけるだろう。

ダイニングテーブルにつき、ゆっくりとチーズトーストを味わう。長い結婚生活に思いを馳せてみても、嫌な記憶しかない。家族の楽しい思い出は……一つぐらいはあるだろうと思ったが、なに一つ思い浮かばないのだった。

思えば自分は、仕事一筋の人生だった。同世代の多くの男たちが、似たような人生を送ってきたと思う。民間企業に勤める人たちは、必死に働いて業績がアップすれば給料も上がり、家族にいい暮らしをさせることができたはずだ。一方海老沢のような公務員――警察官は、どれだけ多くの人間を逮捕しても給料は上がらない。必死に仕事をしても残業代を稼げるぐらいだ。

しかし海老沢は、プライベートな時間を潰してまで仕事に邁進してきた。今思えば、それは自分の正義感だけのためだったと思う。海老沢が公安警察官として過ごしてきた時代、極左の活動は非常に限られたものだった。市民生活にまで危害が及ぶようなことはまずなく、内輪の争い、自分たちの活動のアピールのようなことばかりだった。そんな中でオウム事件が起き、あれで自分の警察官人生の後半は微妙におかしくなってしまったと思う。公安と刑事部が共同して行った捜査は、戦後警視庁の最大の作戦だったと思う。自分たちが追いかけてきた極左ではなく、宗教団体が日本の根源を揺るがすような事件を起こすとは……今後の公安はどんな仕事をしていくのだろうと、将来に漠とした不安を感じるようになった。実際あの事件以降、「極左の捜査を担当する」という公安一課の基本・根幹が揺らいだような気がする。少しずつ人員も減らされ、仲間内で「将来はどうなる」と話す機会も増えた。自分は「逃げ切り」することになるが、後輩たちの将来は心配だ。

かといって、今の自分にやれることは何もない。既に警察官人生のフィニッシュ——第四コーナーを曲がって最後の直線に入っているのだ。立ち止まることもできなければ、もう一周延長するわけにもいかない。

警察は、「発生した事件」に対応すると同時に、「起きるかもしれない事件」に備えて情報を収集するのが仕事だ。それ以外に仕事を増やすとなったら、拠って立つ法律の改正、あるいは新しい法律が必要になる。そしてそれは、警察の仕事ではない。

無力なものだ。

——余計なことを考えるな、と自分に言い聞かせる。今の俺の仕事は、特捜本部が円滑に捜査できるように細々とした雑事を差配すること。そして——本音では、この事件は自分たち公安が担当すべきだと思っている。それを諦めたわけではない。捜査が長引き、停滞してきたら、その時こそ公安の出番だ。自分は署長として全ての捜査情報を知る立場にある。それを逐一古巣の公安一課に流して、密かに捜査をさせる。

公安がやるべき事件だと、本音では思っているのだ。今回の連続殺人は、間違いなく平成元年の飛翔弾事件に起因するものだ。四人の被害者の間のつながりが、まだ見えていないだけ——いずれその見えない糸を見つけ出し、事件の背後にあるものを探ることはできる。

公安なら。

4

高峰は胃の不調とともに目覚めた。最近、朝はいつもこんな感じである。胃の奥に潜む、鈍い痛み。

半袖のワイシャツにズボンという夏の出勤服に着替えてリビングルームに入ると、妻の淑恵《よしえ》がいつものように白湯《さゆ》を用意してくれていた。立ったまま飲んで、ゆっくりと胃を温める。

「何か食べられそう？」淑恵が淡々と訊ねた。最近、ようやくこういう態度が板についてきた――告知された直後は、自分が不治の病にかかったように青褪《あおざ》め、涙ぐむ時もあったのだが、今は平静を保っている。高峰が頭を下げて頼んだのだった。医者の言う通りに治療は受ける。だから君は常に普通にしていて欲しい――妻が毎日泣いていたら、こちらもさらにダメージを負ってしまう。

「ご飯、食べるよ。味噌汁と納豆でいい」

「卵ぐらい、焼きましょうか？」

「大丈夫だ」自覚症状が出てくる前、高峰は中年ならではの体重増加に悩んでいた。胃の痛みを感じるようになると同時に、食欲も減退して体重が減ってきたのはいいことだが、時にふらふらしてしまうのが困る。淑恵が栄養バランスを考えて食事を用意してくれるものの、全て食べられるわけではない。最近朝は、ほとんどおかずなしの白米という生活だ。昼は警視庁の食堂でざるそば、夜は……まあ、夜は食べられるものを適当につまむ感じだ。酒など、もうしばらく呑んでいない。

そう、最後に一緒に呑んだ相手は海老沢だった。

大根と豆腐の味噌汁が体に染みる。味噌汁など鬱陶しいだけの暑い陽気が続いているが、この家は夏涼しく冬は暖かい。古くなっているので、何度かリフォームしたために、家の中の環境は格段によくなった。外では地球温暖化をはっきり感じる今日この頃、家に帰るとほっとするのだった。

納豆は胃にいいのか悪いのか……しかしタンパク質は取らないといけない。あまりにも体重減少が続くと、これから本格的に始まる闘病生活に悪影響が出るだろう。

茶碗に小盛りの飯を何とか食べ終えた。納豆がなくなり、最後は海苔の佃煮に頼ったが、妙に塩気が強く感じられて参った。ずっと昔から食べつけているものなのに……病気のせいで、味覚が変わったのかもしれない。

食後のお茶――刺激を避けてぬるく淹れてある――を飲みながら、新聞各紙をざっと見ていく。各社の事件の扱いをチェックするために、社会面しか読まない。これで新聞のゴミが大量に出るのだから、環境に優しい生活とはとても言えない。引退すれば、毎日忙しなく新聞に目を通す日々ともお別れだ。

「記者さんたち、何とかならないかしら」淑恵が心配そうに言った。

「そうだな」昨夜も夜回りに襲われた。高峰も階級が上がるにつれて記者の取材を受ける機会が増えてきた。夜回りに来た記者を無下に追い返すことはせず、玄関先で応対して一言二言は話すようにしている。ただし、捜査の状況を漏らしたことは一度もない。

マスコミ各社とも、最近は事件報道に力を入れていない。高峰が刑事になった昭和の時代には、まだ社会面では事件記事が花形だったが、その後次第に扱いが小さくなっていった。それでも各社は、警視庁記者クラブの捜査一課担当に、二人から三人の記者を置いている。やはり一課が花形、ということなのだろう。実際、いつも熱心に取材をしている。

　そして昨日も、東日新聞と日本新報の記者が訪ねて来た。東日が帰ったと思ったら日本新報の記者がインタフォンを鳴らしたのは、一種の談合だろう。家の外でたまたま一緒になり、どちらが先に行くかジャンケンで決めた——そんなところではないだろうか。

　いつもなら「特にないよ」「今はまだ言えることはない」と無愛想に対応してしまうのだが、昨日は逆にこちらから質問をぶつけた。腹の探り合い……連続殺人だと気づかれていないか？　今のところは大丈夫なようだった。

　連続殺人となれば、普段寝ているような連中も必死で取材を始めるし、週刊誌などは大喜びで参戦してくるだろう。そうなった時の騒動を想像するだけで面倒臭い。幹部は取材に応じるだけで手一杯になってしまい、本来捜査指揮に費やす時間を奪われたりする。それに何より「何を書かれるか」と考えた時に、精神衛生上よくない。

「しばらく、記者さんと会うのはお断りしたら？」

「追い返すのは簡単だけど、急にそんな風にすると、かえって怪しまれるよ。何か動きがあったんじゃないかって……あの連中は、疑り深いからね」

「そうねえ」淑恵が顎に手を当てる。必死に考えている様子だが、記者を追い払う手段など、簡単に思い浮かぶものではない。「思い切って正直に言ってみたら？　体調が悪いから、しばらく遠慮して欲しいって」

「それは駄目だ」高峰はすぐに却下した。「記者連中に話したら、そこから情報が漏れてしまう」

「政治家とか芸能人みたいね」淑恵が溜息をつく。

「そんな立派なものじゃないけどな」高峰は湯呑みを置いて立ち上がった。コーヒーが飲みたいな、とふと思う。しかし医者から、刺激物はきつく禁止されているのだ。コーヒーだけではない。唐辛子の入った食品全般がＮＧ……そうなると、食べられるものが結構限られてしまうことに、高峰は気づいた。最近の自分は、霧や霞のようなものだと思う。そのうち、風が吹いて消えてしまうのではないか？

本部に出勤すると、一課長の村田はいなかった。今回の事件の重大性に鑑み、しばらく目黒中央署の特捜本部に詰めることになったのだ。

高峰は担当の管理官、宮内《みやうち》を摑まえて話をした。宮内もこれから目黒中央署に行くというので、立ったままでの慌ただしい会話になってしまう。

「取り敢えず、単独事件で行くとして……できるだけ早く、連続殺人事件のシナリオを作りたい。そうすれば、四つの特捜を合同して、もっと効率的に捜査ができるんだ」

「それは承知してますが、そう上手くはいきませんよ」宮内は小柄だがみっちりと筋肉がついたタイプで――高校時代にラグビーの名門校でスクラムハーフをやっていて、花園で準優勝した――普段はせかせかしているのだが、今日は妙に反応が鈍い。

「理事官、申し上げにくいのですが、この件にあまり力を入れられても……正直、刑事たちの士気を保つのも大変です」宮内が遠慮がちに言った。

「被害者が元極左だから？」

「世の中に何の影響もない連中ですよ。一時は害毒と言っていい存在だったんだし……」

「しかし今は、極左とは関係ない一般市民だ」高峰は言い切った。「周りの人も、極左の活動をやっていたことをほとんど知らない。一般市民が犠牲になった事件を、未解決のままにしておくわけにはいかないよ」

「それはそうですが、うちの刑事たちはどうしても『元極左』と見ますよ」宮内にも、強い公安アレルギーがあるのだ。

「そこを上手く指導してくれ」宮内も偏見の持ち主だと改めて思い知る。捜査一課と公安の確執――高峰は、実際にはそんなものはないとよく分かっている。一つの事件を綱引きして、捜査方針で衝突……そんなことは歴史上、ほとんどなかったのだ。

「それより、うちのSと話していただけませんか？　ビビってるようなので、理事官から勇気づけていただけると助かります」

「分かった。しかし、変な人事だな」

「あいつも可哀想ですけど……所轄の警備課は骨休めみたいなものですから。ハードな生活が続いたし、ちょうどいいでしょう」

「分かった。話しておく」

「すみません、日黒中央署で課長と合流しますので」

「ああ、よろしく頼む」

高峰は自席に戻り、携帯電話を取り出した。電話帳をスクロールして、目当ての人間の電話番号を呼び出す。電話をかけると、相手はすぐに出た。

「理事官――おはようございます」

「今、話せるか?」声が元気そうなのでほっとした。

「そうですね……いえ、ちょっと」署の警備課にでもいるのだろう。あるいは会議中かもしれない。

「後で話せる時間、取ってくれないか?　何だったら今日、昼飯でも食べよう」

「大丈夫です。そちらに伺いますか?」

「いやいや、君に本部まで来てもらうのは申し訳ない。俺がそっちへ行くよ。確か、美味い蕎麦屋があったよな」

「混みますよ」

「じゃあ、十一時半だ。昼前なら大丈夫だろう」

「先に行って席を取っておきます」

「頼む」

急に、出かけるのが面倒になってきた。昔はこんなことはなかったのだが、最近は体力が落ちていて、外出がきつい。今日も極秘行動なので、捜査一課の車を使うこともできない。電車を乗り継いで多摩市まで行くのが、億劫に感じられてならなかった。

警視庁から多摩中央署までは、やはりかなり遠い。新宿まで出て、小田急多摩線……そして高峰が楽しみにしている蕎麦屋は、駅からかなり離れた場所にあった。

高峰が初めてこの蕎麦屋に来たのは十年以上前で、多摩中央署の特捜本部に詰めていた時に、署員から教わったのだった。どこかの古民家を移設したという蕎麦屋は、外見だけのはったりかと思ったら、味が本格的で驚いたのを覚えている。ただし値段も、多摩地区にしては高い。

駐車場に覆面パトカーが停まっているのに気づいた。なるほど、上手い手だ。食べ終えたら、覆面パトカーに乗って街を流す間に話ができる。

店内に入ると、待ち合わせていた福岡《ふくおか》がテーブル席についていた。さっと立ち上がって挨拶する——かなり太った、とすぐに気づいた。半年前に、捜査一課から多摩中央署に異動になったばかりなのに。

「お前、楽してないか」高峰はすかさず突っこんだ。

「いやあ」福岡が頭を掻く。短い髪は以前と変わらず、たわしのようだった。「すみません、一課とは厳しさが違います」

「この辺だと、確かに暇だろうな。仕事はどうなってる？　マル対の動向確認とかが中心か？」

「ええ。一応、大学がたくさんあるので監視対象になってますけど、昔とは違いますからね。最近の大学なんて、平穏なものですよ」

高峰はうなずいた。高峰が大学生活を送ったのは七〇年代……その頃にはまだ、学生運動の熾火《おきび》のようなものが残っており、キャンパスには立て看板や横断幕などが目立っていた。当然、高峰は見向きもしなかったが。いつの間にか、大学からは学生運動の火がすっかり消えてしまった。

「何でも好きなものを食ってくれ」

「高いですけどねえ」福岡がメニューを広げた。確かに高い。千百八十円のせいろが最安値で、鴨せいろが千八百五十円、天せいろに至っては二千七百円である。高峰の記憶にあるより高く、都心部の高級店より割高だった。

「何でもいいぜ。ちゃんと経費で落とすから」実際には、部下と昼飯を食べても経費で落ちるわけがない。張り込みなどの場合は別だが。

「理事官になると、こういうのも経費で落とせるんですか？」福岡が疑わしげに言った。

「若いのに、そんなこと心配するなよ」

「もう四十ですけどね」

「お前が四十か……俺も歳を取るわけだ。鴨せいろ、いかないか？」

「いいですか？」

「もちろん」

本当は、せいろ一枚で十分だった。しかし後輩に遠慮させたくない。どうせなら天せいろを奢《おご》りたかったが、天ぷらの油分には耐えられそうになかった。

「じゃあ、ご馳走になります」

鴨せいろを二つ頼んで、一息つく。

「理事官、だいぶ絞りましたね。何か運動でも？」

「いや、昔と同じようには食えなくなってきただけだ」久しぶりに会う相手からは必ず「痩せた」と言われる。病気のことを打ち明ける気にもなれず、いつも誤魔化す――それにも飽きてきた。

「俺も来年定年だぜ？　この歳になって太ってたら、定年後に病気に悩まされるよ」

「そんなものですか？」

「自然の摂理だよ。だけどお前は、少し節制した方がいい」高峰は忠告した。

「気をつけてはいるんですけどねえ」

「奥さんに何も言われないのか？」

「嫁の方が体重、ありますから」

「夫婦揃って、健康について考える時間を持てよ」

「すみません」福岡がひょこりと頭を下げる。

「どんなに仕事を頑張っていても、病気したら続けられないからな。そういうのは馬鹿馬鹿しいだろう」

自分はぎりぎりセーフか、アウトか。今、様々な検査を受けて、手術のタイミングを見計らっている。早く手術を受けても、来年の定年を前にした現役最後の日々は、闘病生活に奪われることになるわけだ。

この件は、捜査一課の中では村田にしか言っていない。打ち明けられた村田は絶句したが、高峰は「捜査一課にマイナスはないよ。俺の穴は、いくらでも埋められる」と言った。安心させるための台詞だったが、村田はいきなり激昂した。

「高峰さんは、後輩に経験と知恵を残す立場になったんですよ！　辞めるその日まで、しっかり我々を指導してもらわなくては困ります！」

その言葉があったからこそ、今も捜査一課にいられる。村田とは長いつき合いで、二人で何度も難しい事件に対処してきたが、今回ほど村田の存在を力強く思ったことはない。あの怒りで何とか、仕事への意欲を燃やしているようなものだ。

高峰は平静を装って鴨せいろを食べた。濃厚な鴨肉を飲みこむのに苦労したが、そばの爽やかさで何とか無事に食事を終える。本当に食べられなくなったものだ、と心配になった。昔は酒のつまみとして鴨南蛮や天ぷら蕎麦を食べ、締めにせいろを一枚平らげていたものだが。

「いやあ、やっぱり美味いですね」つけ汁に蕎麦湯を加えながら福岡が言った。額には汗が滲んでいる。あっという間に機嫌は直っていた。「都心の名店に負けない味ですよね」

「まったくだ」

高峰は蕎麦湯を使わず、蕎麦茶を一口啜った。蕎麦湯を加えた濃厚なつけ汁を飲んだら、胃がパンクしてしまうかもしれない。

「食ったばかりで申し訳ないんだが、出よう。ここでは難しい話はできない――車で来てるんだろう?」

「ええ、密談用に」

「そっちにしよう」

高峰が払い――財布に痛い値段だった――外へ出る。ちょうど十二時で、広い駐車場が埋まったところだった。平日でもわざわざ、車を飛ばして食べに来る人がいるほどの店なのだと実感する。

車に乗りこむと、福岡がすぐに発進させた。署に戻るのではなく、南大沢《みなみおおさわ》に向かって車を走らせる。

「この辺も賑やかになったたな」

高峰は外を見ながら言った。多摩センターは丘陵地帯を切り開いた人工の街で、高峰の感覚では、広い道路の両側に団地が建ち並んでいるだけ、という印象だった。ニュータウンの「走り」として開発されたものの、住民が年老い、新しい人たちが入ってこなくなって、次第に寂《さび》れてきた、というニュースを何度も見ていた。実際、高齢者には住みにくい街だろう。駅や幹線道路は丘陵地帯の「底」を走っており、そこから団地へ向かうには、かなり急で長い坂を登っていかねばならない。足腰が弱ってくる年齢になると、厳しい地理条件だ。

「南大沢は、アウトレットができて賑やかになりましたよ」

「アウトレットは、若い人に人気だよな」実際、高峰の息子も娘もアウトレットが大好きだ。二人とももう結婚して家を出たが、休日には家族でアウトレット巡りをしているらしい。

福岡は、そのアウトレット近くの道路に、覆面パトカーを停めた。道路が広いし、交通量は少ない。しばらく停めておいても問題ないだろう。

「公安に慣れたか」

「慣れてませんし、慣れないうちに捜査一課に戻りたいですよ」

「それは十分考慮してる。お前の異動は事故みたいなものだから」

福岡は去年、警部補の試験に合格して、係長として所轄に出ることが決まっていた。普通なら自分の専門――刑事課の強行犯係の責任者に着任するのが筋である。しかし警視庁には四万人以上の職員がいて、異動は複雑を極める。あまりに複雑なので、警視・警部の異動を担当する人事一課と、警部補以下の人事を担当する人事二課に分かれているぐらいだ。そして福岡は、複雑な人事の間に落ちてしまった。病気による長期休職、交通事故による死亡――そういう予想外の事態がいくつか重なった結果、福岡はまったく専門外の、多摩中央署警備課係長として赴任させられた。そして今年の五月には、連続殺人事件の三件目と見られる事件が管内で発生している。その時から、福岡には本来業務ではない使命が与えられた。

所轄警備課に対するスパイ活動。

「しかし、お前が刑事課にいたら、あの事件はとっくに解決してただろうな」

「お褒めいただくのはありがたいですが、過大評価で嘘臭いですよ」

「お前の率直な物言いが懐かしいよ。最近は、お前みたいにはっきり言う若手は少なくなった」

「もう若手じゃないですけどね……もっと若い頃は、生意気だと言ってずいぶん小突かれました」

「お前が若い頃だって、もう鉄拳制裁なんかなかっただろう」

「言葉で小突かれたということで――最近は、そういうのもないですけど……昨日の事件の関係ですよね」福岡が本題に入った。

「ああ」

「本部公安から指令が回ってきましたよ。秋谷聡の周辺をもう一度洗い直すようにって。それは特捜で散々やったんですけど、公安的な意味で洗い直すようにということです」

「それは、正式の指示か？」

「ええ、昨日の午後に」

早い――公安一課は、事件を察知してすぐに、連続殺人事件の一環と判断したのだろう。捜査一課では、まだ判断しかねているのに。

「公安は本格的に、事件を分捕《ぶんど》る気なのか」

「はっきり言いませんけど、そういうことだと思います」福岡がうなずく。「正直、捜査一課には難しいパターンの事件ですよね」

「お前は内ゲバだと思うか？」

「平成のこの時期に、さすがに内ゲバはないと思いますけど、被害者が全員元同じセクトの人間、それに六本木飛翔弾事件の関係者だったらしいという事実は、無視できませんよ」

「そうだよな」

「公安と、正式に合同で捜査するわけにはいかないんですか？」福岡が慎重な口調で訊ねる。

「俺もその方がいいと思ってる。実際、公安に探りを入れたけど、曖昧なんだ。奴らも、手柄を焦ってるんだろう」

「そうですか？」

「公安一課は今、仕事がなくなってる。でかい事件《ヤマ》を解決して、存在価値を示したいんだろう」

「本末転倒ですね」福岡が首を傾げる。

「捜査一課は不滅だよ。人間がいる限り、殺人事件はなくならないんだから」

「それも嫌な世の中ですけど……人類が生まれて以来、ずっとそうなんだから、真理でしょうね」

「一方で公安は、時代の流れに影響を受ける。奴ら、十年ぐらい前からずっと焦ってるんだよ」

「確かに、指示もかなり切羽詰まった感じでした」

「警備課で動いて、新しい事実が出てくるんだろうか」

「どうですかねえ」福岡は懐疑的だった。「昔の関係を掘り起こすしかないんでしょうけど、もう革連協とは完全に切れているようですし……難しいでしょうね。捜査一課の通常の捜査と同じように、聞き込み中心になると思います」

「だったら、お前をいつまでも縛っておいたらまずいな」

「一応、指示を飛ばす立場だから大丈夫ですけどね。何かあったらすぐに連絡します」

「頼む」高峰は頭を下げた。「俺は、公安とは協力していいと思ってる。ただし向こうが秘密主義できているから、こっちも探りを入れてやっていくしかないんだ」

「警察も面倒ですねえ」福岡が首を横に振った。

「今頃気づいたか」高峰は鼻で笑った。

「もう手遅れかもしれませんね——でも、捜査一課に戻れば、今まで通りに仕事しますから」

「心配するな。来年には戻れるように画策してるから。捜査一課にはお前が必要なんだよ。俺が定年で辞めるタイミングになるかな」

「寂しいこと言わないで下さいよ」

「定年はしょうがないよ……とにかくお前は頑張れ。出世して欲しいんだ」四十歳で警部補なら出世のスピードは遅くない。福岡の仕事ぶりを考えれば、警部にさえなってしまえば、その後の道も開けるだろう。

　公安に対するスパイ活動をどう評価するかは難しいが。


　捜査一課に戻ると、ぐったり疲れているのを意識した。しかし午前中からの決裁が溜まっているので、休むわけにはいかない。自分で判を押して、この後最終的にチェックする村田のために簡単なメモを作って添付しておく。捜査一課長は忙しい。今回は夕方近くまで目黒中央署で指揮を執り、一度本部に戻って書類を処理してから、また目黒中央署に戻って夜の捜査会議に臨むはずだ。書類仕事の手間は楽にしてやらないと。

　体力的には弱ってしまったとつくづく思うが、集中力はまだ衰えていない。パソコンの画面を睨《にら》みながら、報告書のサマリーを次々に作っていく。他人が見たら分からないかもしれないが、村田とのつき合いは長い。箇条書きでも、こちらの意図を読み取ってくれるはずだ。

一段落したところで、管理官の宮内がコーヒーを持ってやって来た。

「お疲れ様です」カップを掲げて見せる。「どうですか?」

「コーヒーか……悪い、君、飲んでくれないか?」香りを嗅ぎながら高峰は言った。

「そうですか?」宮内が困惑した表情を浮かべた。

「朝から飲み過ぎて、胃が重いんだ」胃が重いのは本当だが、コーヒーが飲めないという話はできない。村田以外の人間には、ぎりぎりまで症状を知られたくなかった。

「じゃあ、飲んじまいますよ」

「悪いな」

「それで……うちのスパイはどうでしたか?」

「昨日の昼過ぎ、公安一課から被害者の身辺を洗うように指示が出たそうだ」

「奴らも、連続殺人と見てるんでしょうね。しかも六本木の飛翔弾事件との関連を疑っている」

「そんなところだろう」

「連続殺人かどうか……決めかねますね」

「殺害方法が違うからか?」

「連続殺人犯は、だいたい同じ手口で被害者を殺します」

「分かってる」高峰はうなずいたが、自分の中に小さな疑念が生まれるのを意識した。「ただしそれは、主にアメリカのデータなんだよな。アメリカに比べれば、日本では連続殺人事件は少ない。役に立つほどサンプルが取れないと思うんだ」

「つまり……」

「やっぱり連続殺人で、犯人が、そうだとバレないために、わざと違う手口を使った」

「それは、深読みし過ぎじゃないですか」宮内が疑念を呈する。「犯人側が犯行の発覚を遅らせるために工作したなんて事件、ほぼないでしょう。そういうのは、小説やドラマの中だけの話だ」

「まあな。ただ、極左だったら……連中は、俺たちが考えもしないことを実行する。それこそ、公安一課ならば、手口に精通しているだろうから、何か見つけ出すかもしれない」

「公安一課との協力ですか？　駄目ですよ」宮内が釘を刺す。「連中は秘密主義だし、今は自分たちの手柄を増やすことしか考えていない。正義感に基づいた基本的な捜査ができるとは思えませんね」

「厳しいな」高峰は苦笑した。

「これまでの経験から、そう言えます。オウムの時に大変だったの、お忘れですか」

これには黙らざるを得ない。オウム事件は公安と捜査一課の合同――それどころか警視庁挙げての大作戦と言ってよかった。刑事部長と公安部長、トップ同士が手を組んで、しっかり協力して捜査することを約束し、警視総監もバックアップしたのだが、現場では公安の秘密主義的な動きが高峰たちを苛《いら》つかせた。実際には、大きな情報を隠していたわけではないのだが、合同捜査と言いながら、自分たちの手柄にしようという意図が見え見えだった。

「忘れてはいないさ」高峰はうなずいた。「でも俺は、まだ公安を信じたい――信じたいっていうか、オウム事件で変わったと思っている。連中を取り巻く状況は悪化する一方なんだから、少し優しい言葉でもかけてやれば、手懐《てなず》けられるだろう。この件は一応うちが持ってるわけだし、俺は事件が解決すればそれでいい。公安にはいい顔をしておいて、上手く利用することを考えろよ。無理に協力しろとは言わないからさ」

「そいつは無理ですね」宮内があっさり言った。「公安アレルギーは俺だけじゃないですよ。捜査一課の八割は、奴らを嫌ってます。公安と協力、なんて言うと、捜査一課は本来の力の二割で動くしかないですからね」

「ご忠告、どうも。しかし、公安はもうこのままではいられない。滅亡の途中なんだ。あまり虐《いじ》めるな」

「俺は、理事官のように寛大にはなれませんよ」

俺も寛大なわけじゃないのだが、と高峰は思った。事件解決のためには、利用できるものは何でも利用するというだけだ。

第二章　つながらない糸

1

内山健。橋田宗太郎。秋谷聡。木野隆史。

海老沢は、手帳に書きつけた四人の犠牲者の名前を凝視した。間違いなく、元革連協活動家、そして六本木飛翔弾事件の容疑者である。しかし六本木飛翔弾事件も四半世紀も前の発生であり、捜査は全て終了している。今更どうこう……今に続いているとは考えにくい。

かつては、極左の濃厚な人間関係は、何年経っても薄れなかった。海老沢が一九八八年に捜査した内ゲバ事件で殺されたのは、元革連協の活動家だったが、事件が起きたのは、脱退した十年後である。脱退後は普通に就職して家庭を持ち、穏やかに暮らしていたのが、突然襲われた。犯人——現役の革連協活動家だった——は逮捕したものの、動機については一切喋ろうとしなかった。革連協サイドの捜査でも動機は浮かび上がらぬまま……犯人は実刑判決を受け、海老沢の中では嫌な事件の記憶として残っている。

しかし今は、極左の体質も変わってきた。去る者は追わず、というのは本当だ。内ゲバを実行するエネルギーさえなくなっている。

八田将道《はったまさみち》。

その名前がどうしても消せない。最初の犠牲者――内山健が殺された時から、公安の中では捜査線上に上がっていた名前である。革連協の元活動家にして、六本木飛翔弾事件で唯一逮捕され、実刑判決を受けた人間。犠牲者が出ているのに殺人罪を適用できなかったのは、八田が「特定の場所を狙って発射する技術力はない」「人的犠牲が出ないように、犯行を行う時間帯などに最大限の注意を払っていた」と証言して、検察がそれを信じたからである。「誰かが死んでも構わない」「死ぬかもしれないと分かっていた」という未必の故意は認められず、結局起訴に際しては爆発物取締罰則の他に、傷害致死が適用されただけだった。

海老沢の感覚では、殺人罪を適用すべきだった。人が死ぬことの意味はそれほど大きい――そして極左というのは、基本的に自分たちを邪魔する者は排除、つまり殺してしまっていいという感覚を持っている。

冗談じゃない。

海老沢は署長室のドアを閉め、公安一課の安本管理官に電話をした。この一連の事件の調査――正式な「捜査」ではない――は、安本がトップで責任を持ってやっている。

「八田はどうなんだ？」八田は既に、服役を終えて出所している。

「動向確認はしています。ただ、怪しいところはないんですよね。二回目以降の事件についても、アリバイが成立しています」

「そのアリバイ、弱いだろう」以前から海老沢が指摘していたことだった。

内山健が殺され、八田の名前が捜査線上に上がった後、かなり厳しい動向監視が行われた。そして二度目の事件以降、八田にアリバイがあるのは間違いない。ただし海老沢の感覚では「ゆるい」アリバイだ。

例えば橋田宗太郎が殺された時、八田は十条《じゅうじょう》にある賑《にぎ》やかなスナックにいた。橋田の自宅——犯行現場近くでもある——から遠くない店である。八田を追った捜査員は、このスナックまで尾行を続けた。八田は途中で、十分ほどトイレに入り、あまりにも長いので捜査員がチェックしようとしたところで、ちょうどトイレから出て来た。後で調べると、トイレには小さいが窓があり、よほど大柄な人でなければ何とか出入りできることが分かった。ただし、八田が実際にそこから出入りした証拠はない。指紋なども検出されなかった。

多摩市で秋谷聡が殺された時にも、八田は現場近くに姿を現していた。秋谷は、自宅近くにあるアパートの駐車場で襲われたのだが、八田が車を借りて、その付近に出向いていたことは分かっている。ただしこの時は、捜査員がヘマをした。多摩センター通りで車を見失い、次に彼の姿を確認したのは、八田の自宅近くのコインパーキングだった。自宅で捜査員が張り込んでいたところ、朝になって八田が戻って来て、そこに車を停めたのだった。

そして昨日——一昨日の夜から昨日の朝にかけて、八田は監視されていなかった。

正確には、日付が変わるまでは公安の捜査員が自宅を見張っていた。八田は現在、契約社員として自宅近くのスーパーで働いている。夜中に出かける確率は極めて低いという判断で、監視は日付が変わるまでと決められていたが、海老沢に言わせれば怠慢もいいところである。監視するならするで、二十四時間しっかりやるべきだった。公安一課には今でも四百人の刑事がいるのだし、所轄などから応援をもらってもよかった。「人手が足りない」という言い訳は通用しない。

八田をしっかり監視していたら、木野に襲いかかる瞬間を押さえられたかもしれない。

しかし既に事件は起きてしまった。公安で犯人を逮捕できればベストだが、もうこれまでに得た情報を隠しておくわけにもいかないだろう。

「実はこの件、うちの特捜で話そうと思う」

「八田が監視の目を逃れたことですか？」

「監視していたことは言わない。こういう構図があったということで、特捜にも動いてもらう」

「混乱するだけかもしれませんよ」安本は懐疑的だった。「捜査一課の連中は、うちが情報を隠していたと思うでしょう。そうなったら反発を食います。やりにくくなりますよ」

「言わなかった理由は、俺が適当に説明しておく。捜査一課と全面協力するとは言わないが、総力戦でいかないと、この先捜査は立ちいかなくなるぞ」

「それは、俺の一存では決められませんね」安本は腰が引けていた。

「だったら、公安一課長と相談してくれ。一課長のゴーサインが出たら、今日の夜の捜査会議で俺が話す」

「署長、これは公安の事件だと仰ってたじゃないですか。むざむざ捜査一課に手柄を渡すんですか」

「奴らに捜査をさせて、最後はうちで手柄を持っていけばいい。俺が情報を流すから、逮捕に関してはそっちで上手くやってくれ」

「あまり手際がいいやり方とは言えませんね」安本が指摘する。

「うちの点数をアップさせるためには、これしかないだろう」

「署長、それは焦り過ぎでは……」

「いいからやってくれ。必要なら、俺が公安一課長と話す」

「それをやると目立ちますよ。まず俺が話して、報告します」安本が話をまとめた。

「分かった——そうしてくれ。頼む」

電話を切ると、掌に汗をかいているのに気づいた。デスクの引き出しからウェットティッシュを取り出し、掌と額の汗を拭う。本当はシャワーでも浴びたい気分だった。

俺は捜査の舵を、大きく別方向に切ろうとしている。公安一課のためを思ってのことだが、果たしてこの願いが叶うかどうか。

よし、今夜が勝負だ。

海老沢はウェットティッシュをもう一枚引き抜き、さらに入念に額を拭った。


捜査会議の前に、一課長の村田、刑事課長の板野にはこの件を話した。板野は見る間に不機嫌になり、一方の村田は表情を変えない。予想通りの反応だった。そして海老沢は、村田は警視庁史に残る名捜査一課長になる可能性を秘めていると思い始めていた。長身のせいで押し出しが強く、堂々としているのがいいし、何があっても顔色を変えない肝の強さもある。ただし、本当に稀代の名捜査一課長になるためには、この事件をきちんと解決しなければならない。

今回は、公安一課が最後に手柄をもらっていくのだが。

「つまり、早い段階で容疑者を割り出していたということですか」板野が呆れたように言った。

「いや、容疑者ではない。被害者に関係がある人間、というだけだ」

「あまりにも昔の話ですがねえ」板野が肩をすくめる。「それで公安は、今まで八田を野放しにしていたんですか」

「容疑を固めきれなかったようだ」

「木野も……警戒していたら、犯行を防げたかもしれませんよ。情報を流してくれていたら、ねえ」

「申し訳ない。この件は、俺も聞いたばかりなんだ」

「公安の中では、最初から——二月に最初の事件が起きた時から分かっていたんじゃないですか?」

「公安ではそうかもしれないが、俺はその時もう、ここに来ていた。ここの署長としての職務に専念していた」

「失礼しました」板野が頭を下げたが、表情は白け切っていた。「それで、今後の捜査はどうするんですか? この、八田という人間をチェックしますか?」

「それは本部と相談して決める」

「公安一課と?」

「公安一課と、捜査一課と」海老沢はうなずいた。「捜査の方針を示すために、明日の朝、もう一度捜査会議を開く」

「まったく、効率が悪いですね」板野が肩をすくめて去っていった。

その場に残った村田が、すっと身を寄せてくる。体は大きいのに、猫のように素早く身軽に動く男だ。

「先ほど、公安一課長と話しました。謝罪されましたけど……謝るようなことじゃないですよね」

「いや、公安としては、ヘマした意識もあると思います」海老沢は認めた。

「それにしても、こういうことはあり得ます。公安一課長は、率直に話してくれましたよ」

公安一課長は、村田には全て事情を打ち明けると決めたようだ。公安には珍しくオープンな人間らしいが、捜査に関してもそういう態度で臨もうとしているのが意外だった。

「うちが正式に捜査している中で、密かに動いていたんですから、しょうがないですよ。大々的に動けない場合、どうしても監視も制限されてしまう」

「そういう環境の中で動くのは、公安が得意にするところですがね」

「時代も変わっているんでしょう。とにかく公安一課長の話で私は納得していますから、気にせず、夜の捜査会議では必要なことを話して下さい。合同捜査にするかどうかは……部長同士の話し合いになるでしょうが、オウムの時のように、完全な形での合同捜査にはならないでしょう。必要な時に協力する、ということじゃないかな」

「公安は公安で動いていい、ということですか」

「それで何か分かったら情報を流してもらう——それは虫が良過ぎますか」村田が珍しく、困ったような表情を浮かべる。

「いや、捜査の主体はあくまで捜査一課です。殺しですからね」

「私は、どこが捜査して逮捕しても構わないと思ってるんですよ」

「それは珍しいお考えだ」海老沢はつい皮肉を吐いた。「捜査一課の人は、捜査一課至上主義かと思っていましたよ」

「昔はね……板野なんか、まさにそういうタイプですけど、私は昔から効率第一だと学んできました——うちの高峰理事官から」

「なるほど。俺の同期は、融和主義者ですしね」単なる同期ではない。大学も一緒だったし——在学時は互いの存在を知らなかった——そもそも父親の代からの因縁がある。

二人の父親は、東京の下町で生まれ育った幼馴染みであり、芝居や映画鑑賞など共通の趣味を通じ、成長するに連れてさらに仲が良くなった。戦前の話である。しかし働くようになると二人の歩む道はずれていった。海老沢の父親は特高で働き、芝居の脚本などの検閲をしていた。高峰の父親は、捜査一課一筋。戦争を挟んでも、ずっと同じような仕事をしていた。海老沢の父親は特高が消滅した後、戦後新たに誕生した公安で働くようになり、七〇年代初めの学生運動が燃え盛っていた頃まで、現場で活躍した。二人は、一時はひどく仲違《なかたが》いして、二十年近くも口をきいていなかったそうだが、互いに警察官生活の最後の頃になって和解し、退職してからは二人で連れ立って芝居や映画見物に出向くこともあったようだ。

自分と高峰は、そういう濃厚な関係ではない。父親同士の因縁を知ったのも長じてからだったし、どうしても気が合わないと苛つくことも少なくない。協力しあって捜査をしたこともあったが「相棒」と呼ぶような存在ではないのだ。そして今、二人とも警察官人生の晩年を迎えている。

「そう言えばあいつ、体は大丈夫なんですか？　ずいぶん痩せてるけど、ダイエットをするようなタイプじゃない」

「ああ……口止めされているんですけど」村田が自分の胃の辺りをさすった。

「胃？」

「まあ、これ以上は……勘弁して下さい。プライベートな問題ですから」

胃をやられていたら、食欲を失って痩せるのも当然だろう。しかし、どれだけ重い病気なのか……嫌な予感が走ったが、確認している暇があるかどうか。電話で聞けるようなことではない気がしていた。

「――とにかく、今日の捜査会議ではよろしくお願いしますよ」海老沢は頭を下げた。

「本番はその後です」村田が真顔で応じる。「捜査会議が終わるタイミングで、こちらに公安一課長も来られるそうです。どこまで密接に合同捜査ができるか、幹部で相談することになっています。署長もお願いしますね」

「もちろん、参加します。場所はこちらで用意しますよ」

「いや、特捜で使っている会議室でいいですよ。署長室を使うと、記者連中に見つかるでしょう」

「うちを担当している警察回りの連中は、そんなに熱心じゃないですよ」海老沢は苦笑した。「まあ、こっちとしてはありがたいことだけど」

「記者連中がしつこく迫ってくるのも、何だか懐かしい感じがします」村田が言った。

「そちらはまだ、夜回り攻撃に遭っているのでは？」捜査一課長は夜回り取材を受ける――それは記者クラブとの暗黙の了解らしい。一社五分と決めて、官舎で面会する……らしいのだが、奇妙な習慣だ。そんなに毎日、ネタが出てくるわけでもあるまいに。要するに、各社横並びで取材するという、いかにも日本的な慣習なのだろう。意味があるとは思えないが。

「まあ、夜の決まり事というだけですよ。最近は、びっくりするようなネタをぶつけてくる記者もだ。


いない」

「喜ぶべきことかどうか」海老沢は肩をすくめた。

「まあ、時代でしょう」村田がまとめた。

そう。時代なのだ。

世の中はどんどん変わっていく。その中で「変わらないこと」を重視しているのが公安一課なのだ。

しかし最近、それは悪あがきではないかと思えるようになってきた。


捜査会議は一時間以上に及んだ。刑事たちからの報告は特になし……最後に海老沢が、公安が摑んでいた事情を説明すると、刑事たちからの質問が飛び交い、それに答えているうちに、あっという間に時間が経ってしまったのだ。

途中から海老沢は、非常に不快になった。まるで自分が吊《つる》し上げを食っているようなものではないか。この件で、自分は——公安は、捜査一課を完全に敵に回したのではないか。

それでも何とか表情を変えずに会議を終える。そしてその後の幹部の打ち合わせは、一転して落ち着いた雰囲気で始まった。課長同士——村田と公安一課長の桂木《かつらぎ》が事前に談合したせいだろう。公安排除——とまでは言わないが、公安との捜査協力に懐疑的な板野も何も言わない。

そして高峰が静かに座っている。やはり痩せた……先ほど村田が暗示した胃の病気のことが、どうしても気になってしまう。後で聞いてみるか。しかしうっかり質問したら、どこから情報が漏れたのかと、高峰は気にするだろう。今は、病気のような高度な個人情報の取り扱いについては、誰もが気にする時代なのだ。一昔前までは、気楽に話していたのだが。

「公安として、密かに情報収集していたことは事実だ」桂木が認める。海老沢よりだいぶ年下なのだが、七三に分けた髪は、もう綺麗に白くなっている。「ただしこれは、捜査ではない。あくまで通常の情報収集活動だった。その中で事件が起きたことは、誠に遺憾に思う」

桂木にすれば、精一杯の謝罪だと思う。公安がミスを認めることはまずないから、「あまり熱を入れてやっていなかった」ということにしたのだろう。

「その辺の状況は分かりました」村田が話を引き取る。「公安さんも、普段扱う情報が多いですから、全てを精査するわけにはいかないでしょう。それは我々も承知しています。それで今後は、情報提供していただきながら我々が捜査を進める――そういう形でよろしいですね」

「公安部長と刑事部長の間でも、そういう話でまとまったようです」桂木がうなずく。

どうやらこの二人は、かなり入念に事前の打ち合わせをしたようだ。既にトップ同士で話が決まっていたら、現場の刑事は絶対に逆らえない。指示は絶対――勝手に捜査はできないのだ。

「では、明日以降ですが、取り敢えずこの八田という人物の周辺捜査ですね」村田が提案した。

「幸いというべきか、八田の住所は渋谷中央署管内だ。監視はしやすい」

「早速ローテーションを組みますが、この際ですから、うちと捜査一課さんで合同でやりませんか?」桂木が提案する。

「うちの刑事とそちらの刑事が組んでやる?」村田が目を見開く。そこまでは事前に話し合っていなかったようだ。

「ええ。こういう機会ですから、新しいことをやってみてもいいでしょう。八田は元極左で服役も経験しましたが、今は革連協とも他のセクトとも完全に縁が切れていることが確認できています。ですから、公安的なテクニックが必要な監視にはならないと思いますよ」桂木が気楽な調子で言った。

村田が高峰の顔をちらりと見る。高峰はかすかにうなずいた。役職的には村田は高峰の上司だし、村田も捜査一課長にまで上り詰めるぐらいだから優秀な捜査官なのは間違いないとはいえ、やはりこういう際どい局面では先輩の判断が欲しいのだろう。村田が素早く、桂木に視線を戻した。

「では、うちの刑事とそちらの刑事でコンビを組んで監視をするということで……二十四時間でいきますか?」

「そうですね。昼間は少し緩くしてもいいと思いますが……今、自宅近くのスーパーで働いています。その間は厳密な監視は必要ないでしょう」

「了解です。では、今待機中の係を投入しますので、九人は確保できます。三交代制で、三日でワンクール」

「うちも同じ人数を出しましょう」

合計十八人で監視となると、かなり大がかりだ。普通はもっと少人数で、個人の負担が大きくなるのだが……今回は通常の監視ではないということだ。

「では、担当管理官同士で調整させて、明日の朝から始めますか」村田が話をまとめた。

「動向を確認して、行動パターンが分かったら、次の手を打ちましょう」桂木がうなずく。「引っ張れるかどうかは、まだ何とも言えませんが、何か方法を考えますよ」

「公妨ですか」皮肉っぽく村田が言った。捜査一課の人間は、よくこのやり方を馬鹿にする。極左を別件──公務執行妨害で逮捕。昔は確かに、これが常套的だった。集会やデモなどで公安や機動隊側からちょっかいを出して、向こうがいきりたって立ち向かってきたら逮捕。あるいは本件の容疑が固まりきらない相手に対して、職質の際に挑発して殴りかからせる。

ろくでもないやり方であり、内部からの批判も多かった。裁判で問題になることもあり、別件逮捕というやり方は、今ではすっかり影が薄くなった。

これで打ち合わせは終了した。かなり大胆な作戦──公安と捜査一課の刑事が合同で張り込みなど聞いたことがない──で、海老沢の予想を超えた展開になってきたので、むしろ心配になる。現場で口論、いや、喧嘩にでもなったら収拾がつかない。まあ、そうなったらなったで、今度は高峰たちの腕の見せ所ということだろう。海老沢はあくまで所轄の責任者であり、この作戦には直接口は出せない。

会議が終わった後、海老沢は桂木と少し話をした。

「ずいぶん大胆な作戦ですね。どちらの提案で？」海老沢は訊ねた。

「一応、私です」桂木がうなずき、すぐに声をひそめた。「今回の件では、うちにマイナス要因が多い。それを表に出さないように……ここは頭を下げて、捜査一課に協力しておいた方がいい」

「なるほど」

「あの連中は、犯人を捕まえさえすれば、裏の事情は気にしない」

「まあ、捜査一課の連中は、深いことまで考えてませんよね」

海老沢の皮肉に、桂木が薄く笑った。背広のポケットから煙草を取り出すと、一本引き抜いて指の間で転がす。

「課長、申し訳ない。署内禁煙を徹底しています」

「分かってますよ。単なる精神安定剤です。実際には、一日に五本ぐらいしか吸いませんから」

「それじゃ、吸ってないのと同じじゃないですか」

「ただし医者は、五本でも四十本でも同じだと……この歳になると、ちょっと検査しただけで色々出てくるものです。署長はお元気そうで」

「いやあ……」海老沢は苦笑した。確かに体は元気だ。毎年一回人間ドックを受けている——今年もそろそろだ——のだが、再検査には一度も引っかかっていない。医者も「この年齢にしては珍しいぐらいクリーンだ」と言ってくれている。ただし、精神状態もいいかと言えば……快適な日々を送っているとはとても言い難い。「まあ、運がいいだけでしょう。ただし、煙草はだいぶ前にやめましたけどね」

「やっぱりそこか」溜息をついて、桂木が煙草をパッケージに戻し、ポケットに入れた。急に真顔になって振り向き、背後で固まっている捜査一課グループを見やる。

「まあ、捜査一課には恩を売っておいて……当然、八田はうちでいただく」

「何かお考えでも?」

「残念ながら具体的な計画はないですが、これから考えますよ。私も公安は長い。その間に身につけたテクニックは、全て使います」

「お手伝いしますよ。我々も変わるべきだとは思いますが、これは我々のルーツにつながる事件だ。公安が処理して然るべきです」

「所轄の長としてはいろいろ大変かと思いますが」

「私が公安一課出身だという事実に変わりはないですよ。私は最後まで、公安一課のために仕事をします」

2

高峰は、打ち合わせ後に捜査一課グループで軽く話をした。どうも疑わしい……村田は公安一課に丸めこまれたのではないか？　高峰も、公安と共同で捜査することに大きな抵抗感はないが、それはせいぜい情報共有ぐらいだ。刑事同士が組んでの監視など、上手くいくとは思えない。刑事部と公安では、張り込みのやり方そのものにも大きな違いがあるはずだし。

「課長……大丈夫ですか」高峰は遠慮しながら確認した。「公安の提案、かなり無茶に思えますが」

「さっきは了承してもらえたと思いましたけどね。アイコンタクトで」

「あの場面では無理は言えませんよ。考え直した方がいいんじゃないですか？　共同で監視……上手くいくとは思えない」

「高峰さんは、公安との共同作戦には賛成かと思ってましたよ。普段から、もう、反目しあってるような状態じゃないって言ってるじゃないですか」

「いや、それは無理でしょう」刑事課長の板野が、白けたような口調で言った。「お二人には申し訳ないですが、公安と上手くやれるはずがないですよ。だいたいこの件だって、公安は隠れて勝手に捜査してたんだし、その捜査も失敗じゃないですか。上手く監視をしていたら、こんなに何件も事件が続くはずがない。連続殺人事件にしてしまったのは公安ですよ」

「板野、言い過ぎだ」高峰は釘を刺し、少し離れたところにいる海老沢たちを見やった。ちょうどこちらを見た公安一課長と目が合ってしまう。高峰は反応せずに目を逸らした。「将来的に、公安とずっと一緒に仕事をするわけじゃない。今回だけの特例だ。そういう時は、お互いに相手を上手く利用するようにすればいいんじゃないか？　何も仲良くしろとは言わない」

「それに、目黒中央署からは、公安との共同作戦のために人はもらわない」村田が助け舟を出してくれた。「本部が中心になってやるから、板野が心配することはない」

「そうですか……まあ、さっさと八田を引っ張って吐かせましょう。それでこの件は一刻も早く終わりにしたいですね。公安の連中が捜査に入ってくると考えただけでむかつきますよ」

板野がぷいと顔を背けて、会議室を出て行った。高峰は村田と顔を見合わせ、肩をすくめた。

「彼は強硬派ですね」呆れたように村田が言った。

「まあ、元々ああいう奴ですから。こういうことは教育できるものじゃないし」

「高峰さん、無理は承知ですけど、軽く呑みにいきませんか？」

「いや、それは……」胃に異変を感じてから、まったく酒は呑んでいない。医師の指示を受けたわけではなく……痛みと吐き気で酒が呑めなくなってしまったのだ。しかし、村田がかなり精神的に参っているのは分かる。ふと考えて提案した。「呑むならうちへ来ませんか？　酒ぐらい出せますよ。俺はお茶でいいし」

「いや、それじゃ申し訳ない……」

「大丈夫ですよ」

「そうか、高峰さんの家、この近くでしたね」

「今日は官舎に早く帰りたくないんでしょう？　記者連中に摑まるのが面倒なのでは？」察して高峰は言った。

「まあねえ」村田が苦笑する。「夜回りに対応するのも一課長の役目だけど、たまには連中を待たせてもいいでしょう」

「遅くなってから記者連中が来ると、奥さん、嫌がるでしょう」

「遅くなったら、待っている連中を集めて『今日は何もなし』と宣言して終わりですよ。臨時の記者会見のようなものです」

「捜査一課長にだけはなりたくないですね」高峰は皮肉を吐いた。「まあ、俺にはもうそういう機会はないから、ありがたい限りで……取り敢えず、ご招待しますよ。酒を吞まなくなったから、いい酒が余ってるんです」


「これは……腰を落ち着けて吞みたいですね」村田が舌なめずりした。

それはそうだろう。とっておきのウィスキーを出してやったのだ。封を切ると、村田は「もったいない」と顔をしかめたが、酒は吞まれなければ意味がない。そして一口舐《な》めればうっとり……。

淑恵が簡単なつまみを用意してくれた。とはいっても、時間も遅いし、腹に負荷をかけない乾き物だ。

「すみませんね、奥さん。夜にいきなり来て、こんなにしてもらって」

「いいえいいえ」淑恵は上機嫌だった。「子どもたちもいなくなって、最近は静かで寂しいんですよ。たまにお客さんが来ると嬉しいわ。でも村田さん、何年ぶり？」

「十年……？」村田が高峰の顔を見た。「十年はいってないですかね」

「そうだな。でも、最近は同僚の家に行く機会も減っている」家に入った瞬間、二人の会話は「先輩と後輩」になっていた。この辺は、何故か自然に切り替えができる。仕事場では上司と部下、そこを離れたら後輩と先輩。

「侘しい感じですけど、これも時代ですかね」

「だからお前も、試しに記者連中の夜回りを禁止すればいい。それが定着すれば、これからの捜査一課長に感謝されるし、歴史に残るぞ」

「いやあ、記者連中の反発を抑える方が大変でしょう」村田がウィスキーを舐めるように呑んだ。

「こいつはやっぱり美味いな。最近、酒を呑んでも美味いと思えないんですけど」

「ストレスだろう。酒を呑んでストレス解消できなくて、ストレスで味が分からなくなる……捜査一課長は、ひどい役職だな」

「俺も、それほどタフじゃないですから、きついです。先輩たちの行動を思い出すと唖然とします。皆、よく無事に勤め上げたな」

「お前なら大丈夫だよ。歴代の一課長に見劣りすることは絶対にない」高峰は励ました。

「そう言ってくれるのは高峰さんだけですけどね」

「それでな」高峰はマグカップを取り上げた。中身はホットミルク。こんなものを飲むのは子どもの時以来だし、暑い今の時期にはまったく合わないのだが、胃に一番優しいのは白湯とこれなのだ。ミルクを一口飲み、慎重にテーブルにカップを戻す。「お前、公安に搦《から》め捕られてないよな？」

「まさか。それはないです。さっき言い忘れましたけど、公安一課長、同期なんですよ」

「何だ、そうなのか」それで高峰の懸念はかなり薄まった。「最初にそれを言えよ。同期同士なら、思い切って話が進んでもおかしくない」

「そういうことです。桂木は基本的に、穏健派ですから。公安一課が衰退していて、自分が沈みかかった船に乗っていることは十分分かっている。部下に嫌な思いをさせたくないだけです。今回も……まあ、公安に全面的に手柄を渡す必要はないですけど、少しは、と思ってますよ」

「ただ、公安にはもっと裏の顔、本音があるかもしれない。協力するふりをして自分たちで成果を持っていくかもしれないぞ。連中は、そういうことを平気でやる」

　高峰は淑恵が用意してくれたつまみをざっと見た。小さく切り分けたチーズがある。これをクラッカーに載せてみた。よし、これは何とか食べられる。今日の夕飯も、捜査一課の自席で軽くパンを食べただけだが、空腹は感じなかった。それが怖い。食べなくても大丈夫——ということはないのだ。栄養が足りなければ、体が根幹から参ってしまう。しかし今は、食べることを考えるだけでストレスを感じるのだった。

「お前の本音は？」

「上手く使って、後は……特捜はあくまで捜査一課の管轄ですからね」

「同期に恨みを買うかもしれないぞ」

「協力するふりで……じゃないんですか」村田がグラス越しに高峰の顔を見た。

「同期の関係は微妙だ。基本的に信頼していいけど、歳を取ると立場も変わる。立場が変われば考え方も変わる」

「まあ、揉めたら桂木と相談しますよ。話し合いが上手くいかなければ、殴り合いで」

「捜査一課長と公安一課長が殴り合いしたら、社会面のトップに行くぞ」

「せいぜい左肩で三段じゃないですか？　今時、警察のネタはそんなに扱いがよくない」

「不祥事なら別だよ」

　話は次第に現在の捜査から離れていき、高峰は久々にリラックスするのを感じた。心やすい関係の同期、信頼できる上司、背中を任せられる部下はいる。しかし警察の組織は常に流動的で、いつも自分にとってのベストメンバーで周りを固められるわけではないのだ。特に定年間際になると、気楽に話ができる相手もほとんどいなくなる。村田は貴重な存在だった——いや、もちろん普段は上司と部下の関係なのだが、職場を離れれば、つき合いの長い、気の合う後輩である。

「高峰さん」村田がグラスを置き——水割りは半分ほどに減っていた——急に真顔になる。

「手術の日程はまだ決まらないんですか？」

「色々検査をして、今それを検討して調整中、という段階だ。面倒だからさっさと済ませたいけど、これぱっかりは患者の希望で決められるものじゃない」

「そうですか……でも、早い方がいいですよね。早く手術すれば、それだけ早く復帰できるでしょう。高峰さん、来年定年なんだから……締めの仕事が終わって庁舎を去る時には、俺から花束を渡したいですよ」

「断る」高峰が即座に言うと、村田が眉をくっと上げる。「お前に花束をもらっても嬉しくないよ。捜査一課にも綺麗どころはいるんだから、花束贈呈は彼女たちにお願いしたいな」

「捜査一課長として、そういうセクハラ発言は看過できないですね……それより今、体調はどうなんですか」

「あまり食えないのが困るけど、毎日ちゃんと仕事はできてるんだから、心配するな」

「きつかったら言って下さい。何か手を考えます」

「お前に心配はかけないよ」

「せっかくだから甘えて下さい」

「子どもが親に言うみたいに言うなよ」高峰はニヤリと笑った。「まだ、そんな年寄りじゃない」

「さっさと治して、また一緒に酒を呑みましょう」村田が顔の高さにグラスを掲げ、一気に呑み干した。「——ごちそうさまでした。帰りますわ」

「やっぱり記者連中の相手は避けられないか」

「たまには泥酔して会ってみようかと思いますけどね」

「それこそ社会面左肩の記事になるぞ。天下の警視庁捜査一課長は、酔っ払うことも許されないんだ」


翌朝、高峰は久しぶりにすっきりと目覚めた。いつもは、誰かに頭を引っ張られて泥沼から引っ張り出されるような感覚があるのだが、今日はごく自然に目が覚め、胃の痛みも感じなかった。

「今日はちゃんと食べられそうだ」ダイニングテーブルについて、淑恵に笑みを向ける。

「たまにはパンにしてみる？　サラダはあるから……卵は食べられそう？」

「いける感じだ」

高峰は冷蔵庫を漁り、牛乳を取り出した。カップに入れて電子レンジに……高峰は基本的に家事をしないまま五十九歳になったが、最近は少しずつチャレンジしようとしている。手始めに料理と思って、実際に包丁を手に取るようになったのだが、直後に体調が悪化して、それからはほとんど何もしていない。生活は全て、淑恵におんぶに抱っこという感じだった。せめて牛乳を温めるぐらいはしよう。いや、パンも焼くか。これもトースターに突っこんで焼くだけだが。

「電子レンジとトースター、一緒に使ってブレーカーは大丈夫かな」なにぶんにも古い家なのだ。

「大丈夫よ。今まで何度もやってるわ」

「ああ」トースターのタイマーを三分半に合わせる。淑恵はスクランブルエッグを作ってくれていた。少し牛乳を加えるせいか、ふんわりした感じに仕上がるのが淑恵流である。

トーストにサラダ、スクランブルエッグとホットミルク。ホットミルクがコーヒーなら、病気が発覚する前のごく普通の朝食である。しかし、こういうのも悪くない。トーストを半分ほど食べたところで、残ったスクランブルエッグをトーストに載せ、ケチャップを少しかけた。上品ではない食べ方だが、高峰は昔から、卵にはケチャップが一番合うと思っている。

「お腹、大丈夫？」すっかり空になった皿を見て、淑恵が心配そうに言った。

「何とかね。普通に食べられた」高峰は胃の辺りを擦った。最近、こうするのが癖になってしまっている。痛くても痛くなくても関係ないのだ。「自然に治ってるってことはないのかな」

「それはないでしょう」

「また胃カメラ呑んでもいいけど」

「麻酔で大変じゃない」

それはその通り。胃カメラは既に何回か呑んでいるが、高峰は嘔吐反応が激しいので、麻酔——というか鎮静剤を点滴しながら行っている。毎回ほとんど意識がないので、胃カメラには特に抵抗感がなくなっていた。検査を受けている時に自分がどうなっているかは、まったく分からないのだが、実際には不様な姿を晒《さら》しているのかもしれない。検査してくれる医師には、毎回申し訳ないと思っている。

「どうせ腹を切るんだから、それに比べたら大したことはないよ」

「でも、手術の方法も早く決めて欲しいわよね。本当に切るのか、腹腔鏡なのか」

「腹腔鏡っていうのも、どうも信用できないんだよな。遠隔操作みたいなものじゃないか。ぱっくり開けて、ちゃんと目視で処理して欲しい」

「朝ごはんの後の会話じゃないわね……昨夜、村田さんが来てご機嫌だったから、今朝は調子いいんじゃない？」

「そうかもな。あいつを労うつもりだったけど、逆に俺がリラックスできた。昨日のボトルには、あいつの名前を書いておいてやってくれ。村田専用にしよう」

「はいはい――今日も遅くなりそう？」

「そうなるな。しばらくは続くと思う」二十四時間監視が今日から始まるので、その結果も気になる。

「言っても聞かないでしょうけど、無理はしないでね」淑恵が案じた。

「無理もできないさ……帰る時に連絡するよ」

「夕飯は大丈夫？」

「ま、何か食べるから、心配するな」

心配するな、と言うことが増えた。心配しているのは淑恵の方なのだろうが、そう考えると逆に、妻の精神状態が気になってしまう。ここで俺が死んだら……金のことは心配いらないだろう。この家を売り払えば、そこそこの金が残る。そして、ローンの支払いが終わったマンションへ引っ越せば、楽に暮らしていけるだろう。もっと歳を取って体の自由が利かなくなったら、息子も娘もいる。そうだ、本格的に遺言書の準備をした方がいいだろうか。財産の処理、その他諸々……長く一緒に仕事をした検事が、去年引退して公証人になっている。彼に相談するのも手だろう。

そんなことを考えているうちに、朝の爽やかな気分はあっという間に吹っ飛んでしまった。

監視は十日続き、八田の行動パターンが浮かび上がってきた。

基本的に、二勤一休らしい。勤務時は、二日続けて午前九時から午後四時までの早番、その翌日は午後二時から午後十時までの遅番、翌日が休みになるパターンのようだ。正社員ではなく契約社員という扱いだが、これだけきっちり働いていれば、給料はそれほど悪くないだろう。

自宅は、スーパーから歩いて十分ほどの、古いワンルームマンション。恵比寿駅の近くなので、そんなに安くはないだろう。生活は、かつかつというわけではないが余裕があるとは言えないはずだ。実際、帰宅時には、スーパーの商品をよく持ち帰っている。タイムセールで安くなったものなのか、働いている人は安く買えるのか……いずれにせよ、節約している感じだ。昼は自分で弁当を持ってきて済ませているらしい。

八田将道、四十九歳。平成元年の飛翔弾事件の時は二十六歳。都内の大学の理工学部を三年で中退し、その後は専従の活動家になっていた。理系の出身ということもあり、兵器の開発が専門……当時の情報では、デモや集会などに参加することはほとんどなく、自宅とアジトの往復だけで、兵器の開発に集中していたらしい。何というか……八田にすれば、研究職として就職したような感覚だったのかもしれない。

出身は神奈川県だが、大学を中退後に家族との関係はすっかり切れていた。逮捕が決定打になったようだが、それ以前にも、家族と会う機会はほとんどなくなっていたらしい。古くから続く農家で、特に父親が激怒していたようだ。せっかく大学へやったのに、ろくでもない過激派の活動に身を落として、親戚にもご近所様にも申し訳が立たない——逮捕された時は、名前も顔写真も新聞に載ってしまったのだ。悪評が立ったのは間違いない。

こういうのはどうなのだろう、と高峰は不思議に思った。高峰が知っている「加害者家族」は、殺人や強盗事件など、荒っぽい事件の犯人の家族である。そういう家族は、だいたい犯人が普段何をしているかを全く知らず、いきなり事件のことを知らされ、まさに青天の霹靂《へきれき》という感じで驚く。しかし極左の場合は……家族は事前に、子どもがそういう活動をしていることを知っている場合もある。止めさせようと説得するかもしれない。しかし子どもの方では、親を「無教養」「時代遅れ」と批判して話もしない。説得が噛み合わないまま、やがて子どもはゲリラ事件や内ゲバを起こし、逮捕される——止められたかもしれないのに止められなかったという意味では、こちらの方がショックは大きいだろう。

どんな事件でも、加害者とその家族も不幸になるのだが。

十日が過ぎたところで、高峰は宮内と今後の展開について相談した。捜査一課の管理官は、複数の係を統括するのが普通で、宮内は目黒中央署の特捜本部の指揮を執っていた。その関連ということで、八田の監視についても、待機中の係を投入して指揮を執っていたのだ。

「今のところ、引く材料はないですね」宮内が目を瞬《しばたた》かせながら言った。本人が監視をしているわけではないが、忙しない日々を送っているのは間違いない。

「そうなんだよな」高峰は顎を撫で、パソコンの画面を凝視した。「これはやっぱり、公安のミスだよ。もしも八田が、自分だけ逮捕されたことを恨んでいて、他の実行犯に復讐しようとしていたら、最初から殺された元活動家を監視して、実質的に守っておくべきだった。それをしなかったから、犠牲者が増えたとも言える。でも、当時公安が容疑者とみなしていた人間は、これで全員死んだわけで、犯行は止まるんじゃないかな」

「そうなりますか」宮内がうなずく。「ただし、八田の恨みは相当深いと思いますよ——本当に四人も殺したとしてですが。そうなると、自分を見捨てた革連協の当時の幹部をターゲットにする可能性もあるんじゃないですか」

「ところが革連協は、八田をそれなりにフォローした。弁護士を世話して、裁判費用の面倒も見たんだ。実刑判決を受けたけど、弁護士が頑張らなかったら、もっと長い刑期になっていたかもしれない。出所してから、住むところや仕事を世話したのも革連協、という噂もあるようだ」

「公安情報ですか？　どこまで当たってるんですかね」宮内が首を捻《ひね》る。

「あれだけの事件で逮捕した人間だから、出所した後もそれなりに動向確認していたようだ。ただし、八田は今は、完全に革連協と離れているから、強い監視はできなかったようだが」

「普段から人権無視の捜査をしてるんだから、無理にでも監視しておけばよかったじゃないですか」

　こいつも公安蔑視派か、と高峰はうんざりしてきた。捜査一課の中では、公安肯定派、あるいは協力して仕事をしてもいいと考えている人間は本当に少数派なのだ。もしかしたら自分と村田ぐらい……その自分たちにしてからが、基本的には「利用できるものは利用する」スタンスだ。捜査一課の刑事はプライドが高く癖も強い。指示されても、納得しなければ正面から反発してくる。ましてや「公安と仲良く」などと言われたら、そっぽを向くだろう。

　しかし今回の監視は上手くいっている――少なくともトラブルにはなっていない。

「監視の方は？　公安の連中とは上手くやってるようだけど」

「向こうと相談して、組み合わせを考えたんですよ。なるべく年齢が離れているとか、男女とか……年齢が近い同士の捜査一課と公安だったら、ちょっとしたことで喧嘩になりかねませんからね」

「なるほど。上手い手だ」

「ただし、同期が一組いますから、それは組ませてます。所属が違っても、同期の絆は固いですからね」

「結構だ」高峰はうなずいた。「監視は、あと一週間続けたい。生活ぶり、行動パターンを完全に把握したいんだ。その後は、また考えよう」

「分かりました。だいぶへばってきてるみたいですが……」

「天下の捜査一課が、これしきでへばったら困るよ。いい訓練だ」半病人の自分に、そんな強気なことを言う権利はないかもしれないが。

「気合いを入れ直しておきましょう」

「無事に事件が解決したら、大々的に打ち上げだ」

「捜査一課と公安合同で、ですか？」

宮内が疑わしげな表情を浮かべた。

「一仕事終えたら呑み会、が警察ってもんだろう。予算は俺の方で差配するから心配するな」

話し合いを終えて、高峰は監視のレポートを再読した。今は、現場の人間がメールやメッセージでリアルタイムに報告を送り、本部で待機している人間がそれをまとめる。いずれ、特捜本部での捜査もそういう感じになるだろう。全員が集まった捜査会議で報告するよりも、リアルタイムで情報を集めた方が、幹部も早く方針を立てられる。

宮内の部下たちは、雑多に集まって来る情報を上手くまとめてくれていた。それによると、八田は著しく不活発な人間だと分かった。趣味もなし。帰宅途中でどこかに立ち寄ったことも一度もなかった。ただし、早番の時には一度家に戻って、必ず出かける。とはいっても、行き先は、山手線の恵比寿と渋谷の中間地点にある銭湯だった。ワンルームマンションの狭い風呂ではなく、広々とした銭湯で湯に浸かるのが、数少ない贅沢らしい。そして帰りには自販機で缶コーヒーを買い、ゆっくりと煙草を楽しんでから歩いて帰宅する。

遅番の日には、帰宅してから外へ出ることはない。ただし、午前中に近所を散歩している。のんびりした散歩ではなく、ウォーキングとジョギングの中間ぐらいのスピード。Tシャツに短パン、本格的なランニングシューズという格好なので、本人的にはジョギングのつもりかもしれない。そのせいか、八田は棒のように痩せているという。身長は百八十センチ近くあるのだが、ガリガリ……レポートには「体重六十五キロ」とあった。どうやってこの情報を割り出したのかと不思議に思ったら、銭湯までつき合って、八田が体重計に乗ったタイミングで確認したらしい。即座に必要な情報ではないが、これをやったのは捜査一課の刑事だろうと思った。連中は、一度監視を始めたら、相手が完全に丸裸になるまで続ける。

何の変哲もない日々。大きな犯罪に関わり、実刑判決を受けた人間が、世間から隠れるように静かに暮らしている感じだ。

もう少し手を打つか……高峰は、自席に戻った宮内のところへ行った。すかさず宮内が立ち上がる。

「八田の実家なんだけど、今は完全に関係が切れているそうだね」

「そう聞いてますよ」

「一応、チェックした方がいいんじゃないかな」高峰は遠慮がちに切り出した。昔だったら、こういう指示は有無を言わさぬ感じでやっていた……最近の自分が弱気になっていることは意識している。

「ああ──そうですけど、ちょっと人手が足りませんね」

「神奈川県の山北《やまきた》か──そんなに遠いわけじゃないだろう。泊まりがけにはならないはずだし、二人ほど、出してくれないかな。ローテーションに影響が出るようなら、他の係から借りてもいい」

「その方がいいですね。やっぱり、三交代制で二十四時間監視だと、段々ダメージが重なってきますよ」

「申し訳ないけど……早急に、派遣してくれ」

「分かりました」

自席に戻ると、ぐったり疲れているのに気づく。これじゃ駄目だ……さっさと手術を受けて元気になりたい。

しかし元気になる保証もないのだった。

3

上手くないな……海老沢は回ってきたメモを見て顔をしかめた。

公安が密かに行っている調査の結果、四人の被害者は、現在は八田とまったく関係がないことが分かったのだった。

そもそも八田には、他人と接触する手立てがあまりない。今時は誰でも持っている携帯電話は持たず、自宅に電話すら引いていない。パソコンも持っていないようだ。つまり、電話や電子メールなどの手軽な手段で、誰かに連絡を取ることができない。

しかも、捜査一課との合同での監視が始まって以降、八田は公衆電話やネットカフェなどを使った形跡もない。もしかしたら、勤務先のスーパーの電話を使っているかもしれない。この辺は勤務先に確認するしかないが、今はまだそのタイミングではない……もっと捜査が進んで、いよいよ逮捕かというぐらいまでいかないと、勤務先とは接触すべきではないだろう。どんな形であっても、警察が動いていることを八田に知られたくない。

メモを見てほどなく、捜査一課からも情報が入ってきて、海老沢は驚いた。捜査一課は八田の出身地での聞き込みを敢行したらしい。八田は実家と絶縁状態にあり、両親は既に死亡していたが、家業の農家を継いだ姉と八田が、昨年会っていたというのだ。実家の事情は公安一課でも摑んでいたが、八田が姉と会っていたという情報は初耳だった。去年の十月、八田が数十年ぶりに実家に顔を見せたのだという。事前に約束はなく、まったく突然の訪問。八田が大学入学で家を出て以来、数十年ぶりの姉弟の再会だった。

　八田は特に感慨深い様子も見せず、昨日訪ねて来た実家に今日も顔を見せた、という態度だった。特に用事があったわけではなく「様子を見に来た」。姉は気を遣って事件のことは聞かず、今何をしているのか、暮らしぶりはどうなのかだけを確認した。「何とか暮らしている」というのが八田の返事で、それに嘘はないようだったが、姉は「実家に戻らないか」と誘った。農業法人化してハウス栽培を拡大し、人手が足りなくなっていたのだという。子どもたちは家業を継ぐ気がないので、今後農業を続けていくためには人手が必要、という話だった。

　八田は姉に勧められるまま、二ヵ月近く実家に滞在して仕事を手伝った。その際、地元の旧友たちとも再会したが、話はあまり弾まなかったようだという。それはそうだろう。八田は、ゲリラ事件で人を死なせた人間である。罪は償《つぐな》ったとはいえ、地元で穏やかに暮らしている人間から見ると、得体の知れない怖い存在だろう。

　年末に、八田は実家を離れた。仕事が決まったからという話で、これは彼がスーパーで働き始めた時期と一致する。結局何のために実家に戻ったかは分からないままだったが、姉は奇妙な感じを抱いていたという。仕事もそうだが、何かやることがあるようだったのだ。そのために、どうしても東京へ戻らないといけない……事件のため、と想像するのは難しくなかった。

　管理官の安本と、電話でこの情報を検討した。

「地元に里心がついた、ということですかね」と安本。「あるいは金がなくて実家を頼ったとか」

「いや、それはどうかな。奴は出所して、もう十年以上、一人で暮らしている。経済的に困っていた様子もない。そもそも実家とは疎遠になっていたわけだし、今更戻る理由はないだろう」

「確かに、両親の葬式にも出なかったぐらいですからね」安本も同意する。八田の両親は、八田が出所してから相次いで亡くなっていた。

「例えば、病気とか」海老沢は指摘した。

「不安になって実家を頼った——あり得ない話じゃないですが、聞き込みではそういう情報は出てきてないようですね」

「捜査一課の連中も気が利かない」海老沢は鼻を鳴らした。

「家族もうんざりしてるでしょうけどね。うちが何度も話を聴きに行ってますから」

「動向確認は基本だよ」

後で高峰に聴いてみようか。知っていて隠している可能性もある——捜査一課はそういうことをするだろうか?

「しかし、どうにも行き詰まりという感じじゃないですか」安本がずけずけと言った。

「まあ、そう言わないでくれ」海老沢としては苦笑せざるを得ない。「発生から十日程度は、まだまだ初動の段階だよ」

「ああいう住宅地でなければ、もう少し手がかりがありそうですけどね。最近、繁華街では防犯カメラでチェックができますよ」

「それは調べた。現場付近には防犯カメラはないんだ」

「お疲れ様ですとしか言いようがないですが……うちも引き続き、四人の関係は調べますけど、どうもつながりそうにないですね」自信なげに安本がこぼした。

「他の幹部の線も捨てないでいきたいな」海老沢は提案した。「裁判で面倒を見たとはいっても、そもそも革連協が組織的に計画・指示してあの事件を起こしたからこそ、八田は逮捕されたんだ。最初から恨んでいたとしてもおかしくはない」

「当時の幹部は、ほぼ引退してますよ。死んだ人間もいる」

「動向確認はしてるだろう？　一応、警戒対象にしておいた方がいい」海老沢は指示した。

「革連協の連中を保護してやるのは、何だか筋が違う感じがしますけどね」安本は乗ってこない。

「まあ、そう言わずに」

電話を切り、腕組みをして天井を身上げる。首が凝っていて、バキバキと嫌な音を立てた。ふと空いた時間……所轄の署長には、昼間は自由になる時間がほとんどない。書類を決裁し、会議をこなし、客人を迎えることも珍しくない。警察署長というのは地域の「顔」の一人なので、地元名士とのつき合いができるのだ。夜は夜で、そういう人たちとの会合もある。

しかし今は、次の予定まで三十分空いている。少し思案した結果、警電の受話器を取り上げ、記憶にある番号をプッシュした。

「はい、板橋中央署、小池《こいけ》」

「ああ、俺だ。海老沢だ」

「おやおや、署長さんが何のご用かな?」小池が皮肉っぽく言った。

「あんたも署長だろうが」小池は長年、公安で同僚だった同期だ。海老沢と同時期に、板橋中央署の署長に就任している。

「目黒中央署の方が格上だぞ」

「いや、熊野町《くまのちょう》交差点を抱えた署の方が大変だろう」海老沢は指摘した。

「それを言うな。上からもガンガン言われてる」

板橋中央署管内にある熊野町交差点は、しばしば「日本で一番交通事故の多い交差点」になってしまう。山手通りと川越街道の交差点で、上を首都高五号線が走っており、その支柱のせいで見通しが悪くなっているからだとも言われている。大規模な道路構造が事故原因になっているとしたら、警察の頑張りだけではどうしようもない。

「どうかしたか？　今、そっちも特捜で忙しいだろう」小池が話を引き戻した。

「ちょいと知恵を貸してくれないか」

「おやおや、それは怖いな」

「あんたじゃないと分からないことだよ。六本木飛翔弾事件の八田なんだが」

「ああ」小池の口調が急に引き締まった。

海老沢とは同期、公安一課に赴任したのも同じタイミングだった小池は、飛翔弾事件の時に、八田の取り調べを担当した。極左の活動家を取り調べるのはストレスが溜まる――相手が警察慣れしているが故に、調べは遅々として進まないのだが、小池は上手くやっていた。それこそ一種の才能だろう。何故か極左の連中と自然に話せる男で、その取り調べ能力は重宝されていた。海老沢は一緒に仕事をしたことはないのだが、同期ということもあって、盃を酌み交わす機会は多かった。ひょうきんなところがありながら、仕事はできたので順調に出世し、海老沢と同じように、定年間際で最後のお勤めとして署長職に就いている。

「八田をマークしてるんだ」

「何の関係で？　そうか、そっちの被害者も革連協の人間だったか」

「うちだけじゃない。四人連続で殺されてる」

「全部八田がやったのか？」小池が急に声をひそめた。

「いや。アリバイはある。しかし完全じゃないんだ。逮捕されなかった連中に対する恨みもあるはずだし、今になって復讐ということも考えられる」

「そいつはないな」小池が即座に断じる。

「どうして？」

「調書には残さなかったけど、奴は最後の最後で喋ったんだよ。自分は革連協の活動に誇りを持っている、警察には誰も渡さないとね。俺は厳しく突っこんだよ？　共犯はいるけど名前は言わないって言ってるも同然だろう」

「ああ」

「だけど八田は、それ以上余計なことを言わなかった。俺は、自分だけが逮捕されて裁かれるのは悔しくないいか、と挑発したんだが、奴は何も言わなかった。しかし、覚悟はできていたとは思うよ。自分一人で罪を全部被って、革連協には大きな影響が出ないようにする」

「どうしてそう思う？」

「雰囲気としか言いようがない。目を見て、顔を見て、覚悟を感じたんだ」

「間違いないか……とお前に聞くのは失礼だろうな」海老沢は言った。調書に残していなくても、小池の記憶は信用できる。

「定年間際でも、記憶力は確かだぜ。この前脳ドックを受けて、まだまだ大丈夫とお墨付きを得た」

「そいつはめでたい話だけど、こっちとしては美味しくないな。八田が、自分だけが逮捕されたことで、復讐してるんじゃないかと思ったんだが……共犯については、何か言ってたか？」

「自分一人でやった、という証言を最後まで崩さなかった」

「幹部は？　八田も幹部だったけど、個人的な判断であんな事件を起こすはずがない。もっと上の連中が指示したんだよな？　死者が出たのはそいつらの責任なのに、自分だけが逮捕され——」

「八田がどんな奴かというと、技術者なんだ」小池が遮《さえぎ》った。

「それは知ってる。犯行に使われた発射装置も、基本的に奴が一人で作ったんだろう？　確かに活動家というより、技術者だよな」

「そういうこと。実は、活動家としては——思想的にはDランクだった」

革連協では昔、メンバーをランクづけしていたという。自分たちの理論が絶対の指針なので、それに関する試験を定期的に行い、成績順でAからEまでランクを決める。成績が悪いと追い出されるわけではない——そんなことができるほど人数に余裕はなかった——のだが、セクト内での扱いに影響が出る。ずっとAランクの成績を収め続けた人間は、幹部への道が開けるのだ。Dランクというのは、試験の成績的には最低に近い。学校だったら落第寸前という感じである。それでも八田が重宝されたのは、技術者として確かな能力を持っていたからである。何しろ理工学部での専攻が、航空宇宙工学だったのだ。宇宙まで行くロケットを作ろうとしていた人間にとって、飛翔弾などは簡単なものだったのではないだろうか。革連協としても、八田をゲリラのスペシャリストとして扱っていたはずだ。逮捕された後、アジトと八田のアパートの捜索が行われたが、当時まだ高価だったパソコンが両方から見つかっていた。発射装置と飛翔弾の設計と軌道計算に使われたものだが、革連協のメンバーでパソコンを与えられていたのは八田一人だった。優遇ぶりが伺える話である。

「幹部に対する不満もなし……Dランクだったことでストレスが溜まっていたとか？」

「もちろん聴いたさ。何も言うことはない――平然としていた。実際八田は、そういう成績は一切気にしていなかった。奴は自分の仕事について、ちゃんとわきまえていたんだ。出世はどうでもよくて、新兵器の開発が役目だってね。実際、開発責任者の地位にあったんだから……そして奴が逮捕された後、革連協のゲリラ事件は減っている」

「責任者が逮捕されて、その後は新しい武器を作れる人間がいなくなったということだな」海老沢は指摘した。

「ああ……まあ、とにかくあいつが今になって何かやったとは考えにくい。淡々とした男なんだよ。逮捕されたことに対しては怒っていたけど、すぐに落ち着いた。自分の力ではどうしようもないことに関しては、無駄な力を使わないタイプさ。俺も、そんな風になりたいね。もう、余計な力は抜いて、楽に人生を生きたいもんだ」

「極左に生き方を教わるとはね」海老沢は皮肉を吐いた。

「俺は、連中を全面否定はできないよ。毎日のように話して、学ぶことも多かった」

「お前は心が広いねえ」

「それが俺の取り柄かな……お前は遮眼帯をかけてるみたいだぜ。正面のものしか見えないんだから。とにかく俺は、お前の疑念には賛成できないね。復讐説は、買えないよ」

「そうか……分かった」

電話を切って、壁の時計を見る。次の会議まで、まだ少し時間があった。復讐説はいただけない
――海老沢も小池と同じ考えに傾きつつあった。しかし動機はともかく、八田の犯行という疑いは消えていない。もう一度受話器を取り上げ、公安一課にかけた。

「どうしました？」安本は驚いていた。「さっき電話を切ったばかりじゃないですか」

「気になったんだけど……うちも、山北へ人を出すべきじゃないかな。八田が実家に二ヵ月近く滞在していた話が気になる。家族、それに古い友人たちに話を聴いて、奴が何を考えて何を狙っていたか、探りたい」

「今はちょっと、人手が足りないんですけどね。監視で手一杯ですよ」安本は乗ってこない。

「そこを何とか……他の係から人を借りてもいいじゃないか。あんたの力なら、できるだろう」

「まあ……署長がそう仰るなら」安本が渋々言った。

「捜査一課の連中には、公安的な発想がない。話を聴く相手は極左じゃないけど、公安的なマインドを持って話を聴かないと、いい情報は出てこない」

「じゃあ、何とか人を手配しますよ。どうも、訳が分からない状況になってきたな」安本が不平をこぼした。

「被害者四人については、もう何も絞り出せないだろうな」

「そうですね。だから八田を調べるしかないか……とにかく、やれることをやってみましょう。山北へ行くことは、捜査一課には内密に、ですよね」

「もちろん」

「向こうで鉢合わせしたらどうします？」

「そういうことがないように動くのは、公安の得意技じゃないか」

「そうでした」

電話を切り、海老沢は書類を整理した。特捜本部が動いているとはいえ、所轄の全署員がそれに集中しているわけではない。今日は交通課との会議……夏休みに入って、子どもの事故が増える時期だ。海老沢が赴任する直前の夏には、管内で小学生の死亡事故が二件起きて問題になった。今年は事故ゼロを目指す――そのためのキャンペーン会議だ。交通課の方で知恵を出してくれるので、自分はあくまで聞き役だが、集中できるかどうか。

警察署の全業務に責任を負うとはいえ、今一番気を引かれるのは、やはりこの殺しだ。


その夜、海老沢は九時過ぎに官舎へ引き上げた。妻はいない……今日は、娘のところではなく実家へ戻っている。義母の体調が思わしくなく、このところ入退院を繰り返しているので、今後どうするか、家族会議だという。施設に預けたいところだが、本人も義父も反対しているというのだ。しかし子どもたち――妻も含めて三人いる――にはそれぞれの生活があるし、義父は既に八十六歳で、介護ができる感じではない。施設に入れないのなら、人を頼んで自宅介護になるのだが、どちらにしても金がかかる。海老沢の両親は既に他界しており、義父母の介護には積極的に関わるべきなのだろうが、妻は「あなたはいいから」と言うだけ。まるで自分の家族とは関係ないと言っているようなものだった。

シャワーを浴びて一息ついていると、電話が鳴った。個人用のスマートフォン。妻だろうかと思って取り上げると、予想もしていなかった名前が画面に浮かんでいる。高峰。一体何事かと、急に疑念が膨《ふく》らむ。何か用があるなら、昼間電話してくればいいではないか。それとも、夜になって何か起きた？　いや、それはない。特捜の動きなら、海老沢もリアルタイムで知ることができるのだ。


「どうかしたか？」海老沢は平静を装って訊ねた。

「いや……そっちで、八田の実家の方に聞き込みをかけたか？」

「さあ」海老沢はとぼけた。「俺は聞いてないけど」

「うちが聞き込みして、その結果は共有してるだろう」

「ああ。奴が去年の秋に実家に滞在していたのは初耳だったよ。どういうことかね」応じながら、高峰はどうしてうちの動きを知ったのだろうと不思議に思った。こちらは、今日の午後遅くに、捜査員を派遣したばかりなのに……向こうでたまたまぶつかってしまったのか、あるいは公安部の中にスパイを飼っているのか。

「それはこれから検証するけど、何で公安が現場に入ってるんだ？　行くなら行くで、一言言ってくれればいいじゃないか。合同で聞き込みすれば、効率がいい」

「俺は、公安の動きを指示できないし、何をやってるか、全部知ってるわけじゃないよ」

「公安の重鎮のお前が？」

「それは買い被りだ。お前も署長になれば分かるよ。所轄で仕事をしていると、余計なことに目を配っている余裕はなくなる」

「残念ながら俺は、署長にはならないよ。もう時間的な余裕がない……本当のところ、どうなんだ？　無駄な動きはやめよう」

「それは、本部の方で聞いてくれ。ただ、本当に公安が現場に出ているとしても、変な狙いがあってじゃないだろうな。今までも、八田に関しては動向監視をしてきた。今回も、周辺捜査するのは当然じゃないか」海老沢はまくしたてた。

「それでも、こっちと情報共有して欲しかった」高峰が文句を連ねる。「お互いに勝手に動いていいような事件じゃないんだ。この事件、どうもおかしな感じがするんだよ」

「それは俺も同じだけど、とにかく本部の動きは俺には把握できない。そんな余裕もない。もういいか？　俺は明日、半日休みで人間ドックなんだ」

「警察病院か？」

「いや、あそこの人間ドックに行くと、知り合いによく会うから面倒なんだ。病院で病気自慢を聞かされるのは嫌でね」

「そうか……遅くに悪かった。明日、公安一課と話すよ」高峰が萎《しお》れた声で言った。

「本当に捜査員を送りこんでいるとしても、捜査一課を出し抜くつもりじゃないからな。何か分かれば、当然そっちにも話は行くから」

「ああ」

電話を切った時には、危ないところだったと冷や汗をかく思いだった。やはり、現地の聞き込みで鉢合わせしたのかもしれない。こうなったら、聞き込みでも正式に協力態勢を取ることにするか……ただしそれは、明日の人間ドックが無事に終わってからだ。今まで何も異常がなかったとはいえ、年齢的に何があってもおかしくない。これぱかりは自分ではどうしようもなく、祈るしかなかった。

人間ドックの疲労感というのは、いったい何なのだろう。採血もレントゲンの検査も、体力を使うわけではない……結局胃カメラが問題なのだ。バリウムより正確に分かるということで、海老沢は五十歳になってからは毎年胃カメラの検査を受けているが、これが厳しい。鎮静剤なしで何とか我慢はできるが、いつもひどく力が入って、終わった時には汗だくなのだ。血圧も上がっているだろう。しかし、「異常ありませんでした」と聞いた時の安堵感は他では味わえない。その台詞を聞くために人間ドックを受けているようなものだった。

その後の内科検診でも、全般に異常なし。正確な検査結果が出るのは一ヵ月後だが、「まず心配ないでしょう」と医者のお墨付きをもらった。

さて……午後一時か。遅い昼飯を食べて署に戻ろう。人間ドックの後はいつもうどんと決めている。この病院の近くに、美味い讃岐《さぬき》うどんの店があるのだ。

支払いを待つ間、待合室の中をぼんやりと見回す——高峰？　高峰だ。暗い表情で、受付に向かっている。胃の検査だろうか？

立ち上がりかけて、固まってしまう。

声をかけにくい。高峰はどこか怯えた様子だったし、深刻な病気だったら、人には知られたくないだろう。

見ると、高峰だけでなく女性も一緒——高峰の妻の淑恵ではないか。妻も一緒ということは、何かよほど重大な相談があるのではないか？　それこそ入院とか手術とか。

これは……どうしたらいい？　同期の体調は気になるが、気楽に聞けることではない。だったらどうする？

分からない。

捜査の方がよほど、判断が簡単だ。

4

手術の日程が決まった。八月二十七日に入院して、翌日、すぐに手術。医師は手術方法でかなり迷った様子だったが、最終的には腹腔鏡手術を選んだ。リーチしやすい場所だということ、病変がそれほど広範囲ではないことから、腹腔鏡でリスクの少ない手術、ということになったのだ。

「麻酔で完全に意識がなくなりますから。あっという間に終わりますよ」

四十歳ぐらいの主治医は、安心させるつもりで言ってくれたのだろうが、まったく気は楽にならなかった。最初は安心させるようなことを言っておいて、すぐに注意事項が続く。腹腔鏡の手術でも痛みは残るし、しばらくは食事制限も必要になる。抗がん剤治療については、手術後の検査を経て決める。正確なステージは手術をしてから確認することになるので、この段階ではあまり気にする必要はない。ステージⅡだとは思うが、Ⅲの可能性も否定はできない――。

安心させたり心配させたり、この医者は大丈夫なのだろうか、と不安になる。執刀を任せるから、全面的に信頼したいのだが……いや、どんな医者が担当してくれても、百パーセント安心というわけにはいかないだろう。医者と患者の相性ということもあるだろうし。

既にセカンドオピニオンも得ていて、治療には手術しかないという結論は出ていた。しかし、一ヵ月後に自分が手術を受け、それで今後の人生が決まることが信じられない。もしかしたら、手術が失敗してそのまま死んでしまうかもしれない。全身麻酔のリスクもある。

ただし、大きく開腹しないで済むのは助かる。腹に大きな傷が残れば、現場に復帰するのに時間がかかるだろう。

自分には、そんなに長い時間は残されていないのだ。

覚悟はある。しかし今回はまた動転してしまった。手術はもう少し先だと思っていたのに……病室の空きの関係などで、予想よりもずいぶん早くなってしまった。

説明を聞き終え、病院内の食堂へ向かう。とても食べる気になれないが、既に午後一時近くになっているので、無理にも食べなければ。医者からも、痛みなどがなければできるだけ普通に食べた方がいい、ただし刺激物は避けて、という指示が出ていた。食べて体力をつけないと、手術にも耐えられないということか。腹腔鏡での手術は、開腹手術よりも時間がかからないというが、全身に負担がかかるのは間違いないだろう。

しかし、うどんぐらいしか食べる気になれない。この暑さだと、冷たいざるうどんだ。とはいえ、いくら何でもこれだけでは力が出ない……稲荷寿司二個というメニューがあったので、それも追加した。淑恵は煮魚の定食を食べている。

何とかうどんを啜《すす》り始めた。こういうところの食堂だから大したことはないだろうと思っていたら、意外にしっかりしたうどんだった。麺のエッジが感じられるほどではないが、そんなに硬いうどんは、今の自分にはこなしきれない。うどんを半分ほど食べたところで、稲荷寿司にも手をつけた。酢がきつい稲荷寿司だったが、これぐらいは刺激があってもいい。

「そんなに食べて大丈夫？」淑恵が心配そうに訊ねる。

「医者の説明を聞いた後は、腹が減るんだよ」

「無理しないで、残しても大丈夫だから」

「作った人に申し訳ない」

淑恵が微笑んだ。そういえば最近、こんなに軽い調子で会話を交わしたこともない。高峰も少しだけ気が楽になっていることを意識した。

しかしそれも、食事が終わるまでだった。食べ終えると、淑恵はすぐに手帳を取り出し、医者の説明の確認を始めた。しっかり聞いていたはずなのに、案外覚えていない。やはり恐怖で、無意識のうちに頭から締め出してしまったのかもしれない。

「入院も十日ぐらいだから、そんなに心配いらないわね」

「十日も休んだら、社会復帰できないんじゃないかな」

実際、警察官になってから、十日も仕事から離れたことはない。両親が亡くなった時に、一週間ずつ忌引きを取っただけだった。その忌引きも、事務手続きに追われて終わってしまったので、ただ何もしない十日間というのは、社会に出てから初めてである。

「毎日病院に来ますから、心配しないで」

「そんなに頻繁《ひんぱん》に来なくても大丈夫だよ」高峰は苦笑した。「だいたい、最初は動けないだろうし」

「でも、手術後すぐに動くようにって……先生、仰ってたわよ」

「そうだっけ？」完全に記憶から抜け落ちている。

「今は、手術した後でも、できるだけ早く動くように……そうしないと筋肉が固まって、寝たきりになるからって」

「寝たきりになるような年齢じゃないよ。それに足とかの手術でもないし」

「そこを馬鹿にしちゃいけないって、先生、仰ってたわよ。腹腔鏡だから、お腹の傷は小さいでしょう？　翌日からでも動いた方がいいんだって」

「しかし、本当に歩けるのかな」

「やる気があれば大丈夫よ。今まで、もっときついことだってあったでしょう」

「それは間違いない」

しかし、六十歳近くになって、初めての経験というのはなかなか厳しい。肉体も精神も年齢を重ね、柔軟性を失っているのだ。昔だったら難なく対処できたかもしれないことに驚き、体も心も固まってしまうかもしれない。

今は情報が溢れている時代だから、インターネットで調べれば、手術に関する知識も手に入るだろう。しかしそれを知るのは怖い気もする。病院側に教えてもらい、言われることを守っている方が精神衛生上はいいだろう。

「俺は仕事へ戻る」高峰は宣言した。

「大丈夫？　こんな日ぐらい……」

「胃カメラを突っこまれたならともかく、今日は話を聞いただけじゃないか。部下にも、午後には帰ると言ってある」

「無理しないで」

「一つ、頼んでいいかな」

「何？」淑恵が居心地悪そうに体を揺らす。

「ネットでいろいろ調べておいてくれないかな。心構えが欲しいけど、自分で調べるのは……面倒だ」本当は「怖い」と言いたかったが、弱気な本音を妻には知られたくない。「それで、役に立ちそうなことだけ、教えてくれ」

「悪いことは耳に入れたくないのね」

「怪しい情報もあるし……それと、子どもたちには手術の日程だけ教えておいてくれないか？　詳しいことは説明しなくていいよ。あいつらにも自分の家族があるんだから、俺のことで余計な心配をかけたくない」

「じゃあ、必要最低限のことだけ言っておくわね」

「頼む」

そして俺は、日常へ戻る。捜査の仕事にはきついことも多いのだが、何十年も慣れ親しんだ世界である。そこに身を置くことで、気持ちも安定するのだ。

殺伐《さつばつ》とした世界に助けられることがあるとは思わなかった。人生には、何があるか分からない。

捜査も何があるか分からない。

捜査一課に入ると、まず目黒中央署の特捜本部からマイナスの連絡が入った。現場周辺の民家への聞き込み、完全終了。今回の聞き込みでは、犯人に関する情報を求めると同時に、防犯カメラの有無を確認していた。最近は、民家でも防犯カメラを備えた家が多く、現場から逃走する犯人が映っていたりするのだ。何ヵ所かのカメラに映っていれば、犯人の逃走経路が分かる。最高に上手くいったケースでは、そのまま犯人宅の最寄駅が判明していた。

しかし今回の事件では、現場近くには防犯カメラのある家が少なかった。提供してもらった映像は、ＳＳＢＣ（捜査支援分析センター）が解析しているものの、犯人らしい人間は見つかっていない。

「まあ、しょうがないでしょう」宮内が慰めるように言った。「防犯カメラは役に立ちますけど、そんなに数が多いわけじゃない。映っていればラッキー、ですよ」

「繁華街なら、もう少し防犯カメラも多いんだけどな。民家の玄関先に防犯カメラを設置するよう、義務づけるべきかもしれない」

「それはそれで、監視社会と言われるでしょう……理事官、大丈夫ですか？」

「何が？」

「顔色が……」

「ああ」高峰は顔を擦った。「病院で検査を受けるだけでも疲れるんだよ。でも今日は、ただの定期検診だったから」

「定期検診でそんなに疲れたら、病気になんかなれないですよね」

「そう言わずに、お前もちゃんと人間ドックへ行け。もう、健康診断だけじゃ駄目だぞ。年に一回は、体を隅から隅までチェックしないと」

「それで悪いところが分かったら、怖いじゃないですか」

「度胸がないねえ。お前ももうすぐ五十なんだから、もっと自分の体をケアしていかないと駄目だぜ」

ケアしていても、俺のように胃がんになるのだが。

わずか二年の間に発症したとしか考えられない。たまたま忙しくて人間ドックに行けなかった年があったのだが、その前年の検査では全く異常はなかった。ところが人間ドックを飛ばしてしまった年に、胃に痛みを感じるようになったのだ。食欲も失せ、体重が徐々に減り……次の人間ドックで、病変が見つかった。それから検査に次ぐ検査で、とうとう今日、手術の日程が決まったのだ。

いつ宮内たちに言うか、判断が難しい。あまり早いと変に気を遣われてしまうし、ぎりぎりだと仕事の引き継ぎができない。十日も休むとなると当然、誰かに自分の代わりをやってもらわないといけないし、そもそも退院したらすぐに仕事に復帰できるわけではないのだ。医者も「体力が回復するまでは自宅療養」と言っていたし……寝ているだけで体力が奪われてしまうとは、想像もできなかったが。

「ところで八田の監視の方ですが、どうしますか？　生活パターンは摑めましたし、今のところ動きもない。もしも革連協の過去に起因する事件だったとしても、八田が復讐すべき人間ももういないでしょう？　そろそろ監視網を解かないと……刑事たちもへばってきてます」

「公安と相談するよ。向こうがそのまま監視を続けて、うちが蚊帳《かや》の外になるのは困る」

「公安もジリ貧なんですから、うちの軍門に降るべきなんですよ。黙ってこっちの言うことを聞いておけばいいんだ」

「軍門って……」高峰は苦笑した。「まあ、とにかく二十四時間監視は解除する方向で話を進めるよ。それより、他の三件の事件で、現場周辺の防犯カメラのチェックは終わってるよな？」

「もちろんです」

「映像をもう一度精査するように、ＳＳＢＣに頼んでくれないか？」

「もう一回ですか？　嫌がられますよ。今、あそこには映像解析なんかの依頼が殺到しているようですから」最新の科学捜査は頼りになる——少なくとも、そういうイメージがあるのだ。

「そこを、お前の愛嬌でよろしく頼む」

「愛嬌ねえ。俺にそんなものがあるとは思えませんけど」

「頼むよ」高峰はもう一度言って頭を下げた。「俺は今日、目黒中央署の特捜に顔を出してくる」

「分かりました。直帰されます？」

「何もなければな」

何か起きて欲しい。そして直帰できなくなっても捜査が進めばいい——しかしこの事件では、徹夜を強いられるような大きな動きがまったく起きていないのが不安だった。

普通の捜査では、発生からさほど時間が経たないうちに必ず波がくる。一番早い時は、事件の認知直後だ。通報を受けて駆けつけると、血のついた凶器を持った犯人が、遺体を前に呆然としている——ということもある。あるいは家庭内の犯行で、子どもが親を殺したと一目で分かり、後はどこにいるか捜すだけ、というケースも珍しくない。実際、殺人事件のかなり多くが、家庭内で起きているのだ。

そういう事件でない場合、次の波は重要な目撃証言だったり、防犯カメラに犯人が映っているのが分かったり、被害者が隠していたトラブルが露見したり——そういう波の積み重ねで、事件は解決に向かう。しかしこの目黒中央署の事件では、そういう波がほとんど来ないのだ。

目黒中央署の件だけではない。

革連協の元活動家が殺された他の三件の事件でも、捜査は停滞していた。世間の話題にもならない……あるいは、捜査一課の刑事たちの偏見かもしれない。どうせ極左の事件。元活動家が殺されようが、世間には何の影響もない。そんな事件に熱を入れるより、もっと世の中に役立つ仕事があるはずだ——。

まあ、捜査一課の刑事とはそういうものだろう。公安に偏見は持つな、と高峰は部下たちに言うが、そんなに頻繁に言えるわけもない。

捜査一課と公安がわだかまりなく一緒に仕事できるようになるのはいつだろう。何世代後なのか。


夜の捜査会議に、海老沢は顔を出していなかった。今日は人間ドックで、半日休みとは言っていたが……疲れて、丸一日休みにしたのかもしれない。

会議は内容がなかった。今日もいい情報は手に入らず、空振りが続く……刑事たちの顔にも疲れが見えてきた。捜査が一気に動いている状態なら、徹夜が続いてもびくともしないのが刑事という人種なのだが。

高峰は、志村春《しむらはる》という若い女性刑事を摑まえて話を聞いた。彼女の動きが少し気にかかっていたのだ。宮内が作成したシフトに従って、公安と共同の監視が続いていたのだが、宮内傘下の係の刑事が一人、病欠した。それで急遽、目黒中央署の特捜に入っていた春が呼び戻され、深夜の監視を任されたのだ。それも終わって特捜に戻ってきたのだが、その件を労《ねぎら》っていなかった。

「一回徹夜して、調子が狂ったんじゃないか?」

「あ、でもその後で一日非番をもらいましたから、全然大丈夫です」実際、春は平然としている。

「若いねえ」高峰は苦笑してしまった。「俺なんか、一晩徹夜したら、長期休暇をもらわないと体力が回復しない……ところで、組んだ相手はどんな奴だった?」

「奴というか、女性刑事でした」

「そうか」公安にも女性刑事はいる。女性の活動家も少なくないので、取り調べの時にも女性刑事がいた方が何かと上手くいく。ただし、どんな女性が公安に回されるのか、高峰にはピンとこなかった。「どんな人だった」と訂正する。

「四十歳、既婚、子ども一人。出身地が熊本で、私と同じでした」

「ちゃんと一緒に仕事できたか?」

「ええ。特に問題なかったですけど……」春が疑わしげに首を捻る。「何か問題ありますか?」

「いやいや、捜査一課と公安の組み合わせで上手くいくかどうか、ずっと心配してたんだ」

「でも、提案されたの、理事官ですよね?」

「自分で言っておきながら、ってやつさ」

春がクスリと笑い、「全然問題ありませんでした」と繰り返した。

「他の人も、上手くやってるみたいです。単なる動向監視ですから、捜査一課と公安のぶつかり合いにもなりませんし」

「何か隠している様子は?」

「私が話した限りでは、そういうのは感じませんでした。正直、公安でも困っている感じでしたよ」

「そうか？」高峰は首を傾げた。

「昔だったら、別件でも何でもとにかく逮捕して、攻めていたって。でも今は、さすがにそういう無理もできないそうです」

「昔のやり方が間違ってたんだよ。別件逮捕は、褒められたものじゃない」

「ですね……でも、公安ってもっと秘密主義で傲慢だと思っていたので、意外でした。今は結構大変なんじゃないですか？　仕事も減ってるし」

「ああ……とにかく、お疲れだった。急な仕事で申し訳なかったな」

「いえいえ、これも給料のうちです。理事官もお疲れみたいですけど、大丈夫ですか」

「歳だよ。ジイさんを労ってくれてありがとう」笑ってみせたが、内心ヒヤリとしていた。普段あまり話をしない若い刑事にも見透かされるぐらい、疲れて見えるわけだ。まるきり病人……そう考えると、この先が心配になる。


このまま家に帰ってしまってもよかったが、高峰は現場に行ってみることにした。「現場百回」には本当に効果があると思うが、既に現場の刑事ではない高峰には、そんなことをする義務も権利もない。それでも、少し時間をおいて現場を見れば、何かが分かるかもしれない、と考えた。

理事官専用車で現場に向かって……というのは何だか図々しい感じがする。刑事は足で稼いでこそ——とはいえ、署から現場までは結構距離がある。しかし、現場の神社近くの道路は細いから、長い時間車を停めてはおけない。少し離れたところで待っていてもらって、現場までは歩こうと決めた。

午後九時前、現場の神社は静まり返っていた。昼間の熱気がまだ境内に残っている。夏――こんな時期に手術を受けるときつくないだろうか、と余計なことを考えてしまう。

たまたま犬を連れて境内に入ってきた老人と少し話をした。すぐ近くに住んでいるのだが、事件にはまったく気づかなかったという。

「静かですから、何かあったら物音ぐらい聞こえそうですけどね」高峰は指摘した。

「私の家は少し離れているから……まあ、見たり聞いたりしても、警察には言わない人もいるでしょう。余計なことを言ったら、散々話を聴かれるでしょう？　それで時間が潰れるのが嫌な人もいる」

「事件なんで、ご協力いただきたいですけどねえ。自分が住んでいる街で事件が起きて、それが解決しないのは嫌な感じじゃないですか？」

「まあねえ。でも、警察と関わり合いになるのが嫌なのは……分かるでしょう？　警察っていうのは、透明な存在であって欲しいよね。自分に何かあった時には助けて欲しいけど、普通に暮らしている分には縁がない、見えない――それは勝手かな」

「いえいえ」高峰は苦笑した。「それは分かりますよ。警察の出番がないのが、本当にいい社会ですから」

老人は、まったく鳴かない小型犬を連れて神社を出ていった。一人になり、ベンチに腰を下ろす。何だか疲れた――この時間に疲れてしまうようでは、本当にこの先心配だ。

闇の中に人影が見える。立ち上がり、身構えた。自分に危害を与えるような相手が来るとは思えないが……海老沢だった。向こうも気づき、ぎょっとしたような様子で立ち止まる。高峰はゆっくり歩み寄った。

「今日は半休で、人間ドックだろう」

「ああ」海老沢がさらりと言った。

「それで？　人間ドック帰りの人間が、こんなところで何してる？」

「たまには現場を再訪するんだよ。俺にもまだ、刑事の血が残ってるんでな。お前は？」

「右に同じく、だ」

「どうする？　せっかくだから、合同監視の結果と今後の展開についてでも話しておくか？」

「監視は緩める方向でいく。うちもそろそろ、刑事たちに疲れが見えるからな。明日の朝まで監視して、それで終わりにすることにした。今後の監視方法については、また考える」

「うちの連中は、別に疲れてないみたいだけどな」

　捜査一課の刑事と公安の刑事では、同じ仕事をしていても気持ちの入り方が違うのではないだろうか。捜査一課の刑事は常に全力投球で、神経も張り詰めている。それ故に疲れてしまうのではないだろうか。

「お前も、ちゃんと体をケアしてるんだな」高峰は言った。

「年齢的にも、当然だよ」言って、海老沢が一瞬口を引き結ぶ。「──お前、どうかしたのか」

「何が」高峰は、一気に緊張感が高まるのを感じた。この男のことだから、何か知っているのかもしれない。しかし俺の病気を把握しているのは、家族と村田だけだ。家族が話すわけがないから、村田から聞いた？　だとしたら、あいつにも制裁が必要だ。病気は、究極の個人情報なのだから……いや、村田がそんなに簡単に人の秘密を明かすとは思えない。海老沢と親しいわけでもあるまいし。

「このところ、ずいぶん痩せたんじゃないか？　それに今日、病院にいただろう」

「何だよ」高峰は緊張感が少しだけ緩むのを感じた。見られていたのか……海老沢も人間ドックであの病院を使っているのだろう。だとしたら、間の悪い偶然だ。「見てたのか」

「たまたまな。しかも、奥さんが一緒だったじゃないか。夫婦で病院に来るということは、どっちかが深刻な病気——違うか？」

「誰にも言わないで欲しいんだ。警察の中では、まだうちの課長にしか明かしていない」

「ああ」

「胃がんだ。来月、手術を受ける。手術を終えてみないと、最終的なステージの判断はできない」

「お前……こんなところでうろうろしている場合なのか？」

「今のところ、仕事ができないほど調子が悪いわけじゃない」高峰は肩をすくめた。「食欲がないぐらいで……痩せたけど、まあ、これぐらいは誤差の範囲だ」

「無理してないのか」

「手術を受けるからって、家に引っこんで大人しくしていても、よくなるわけじゃない。医者も、動ける限りは普通に生活していた方がいいって言ってるしな」

「そうか」

「この件、内密にしておいてくれ」高峰は頼みこんだ。「同僚には、自分の口からちゃんと言いたい。他から情報が漏れるのは避けたいんだ」

「分かった。じゃあ、相互抑止にしよう」

「ああ？」

「お互いに核ミサイルを持って相手を狙っているから、攻撃できないようになる」

「お前も病気なのか？」海老沢は完全な健康体に見えるが、この歳だ、何か持病を抱えていてもおかしくはない。

「いや」

海老沢が唇を舐めた。表情は苦しそうだ。この男にしては珍しい……何があっても動揺せず、淡々と仕事をこなす人間なのに。ということは、仕事ではないかもしれない。そうなると家庭の事情ではないかと思えるが、高峰は海老沢の家族のことをほとんど知らない。父親同士が親友だったと言っても、今の家族は——娘が一人いるが、既に結婚して家を出たことを知っているぐらいだ。

「俺は間もなく離婚する」

「ああ——でも、署長が離婚はまずいんじゃないか？」夫婦仲が冷えこんでいることは以前にも聞いていたが、話が進んだのだろうか。

「だから、離婚するのは退職した後だ。その後をどうするか考えて、頭が痛い」

「——金か？」

「弁護士を入れて後腐れがないようにするが、そのためには金がものを言うんだよ。十分な金を渡して、文句が出ないようにしたい。ただしそのためには、俺は退職してもまだ仕事を続けないといけない。ところが、お前も分かってると思うが、署長の天下り先はあまりない」

「そうだな」

警察官の天下り――この言葉は嫌いなので高峰は「再就職」と言うが――は難しい。それこそキャリア官僚ならば、大企業の顧問などに迎えられることもある。また、現場生活をずっと続けてきた刑事が、一般企業の「保安担当」に就任することもある。企業がトラブルに巻きこまれることも多いので、そういう時にアドバイスしたり、警察との橋渡し役を期待されているのだ。そうでない警察官は、現役時代の業務とまったく関係ない仕事を選んで、老後に備えて金を貯めていく。しかし署長というのは警察官としては中途半端なポジションなのだ。大企業の役員などに迎えられるほど偉くはないが、駐車場の整理係をやるわけにもいかないだろう。再就職で苦労する署長が多い、という話は聞く。

「何でまた、離婚なんか」

「最初から気が合わなかった。適齢期になったからという理由だけで結婚したらいけないんだな。親父もそういう感じだったから、警察官夫婦なんてこんなものだろうと思っていたけど……やっぱりきつい。精神衛生によくないよ。娘が結婚して家を出てからは、家の中はずっと緊張している」

「そういう家もあるだろうな」高峰の場合はまったく逆だ。少なくとも高峰は、まだ淑恵とは互いに細やかな気遣いを持って接していると信じている。それこそ、両親の影響もあるかもしれない。両親は戦時中、空襲を受けて慌てて飛びこんだ防空壕で一緒になった。「吊り橋効果」のようなものだが、それがきっかけで結婚に至ったのだ。父親は昭和の男の常で家では威張っていたが、実際には母親に頼り切りだったと分かっている。母親も、よく父親の世話をしていて、楽しそうだった。要するに、あの年齢にしては仲のいい夫婦だったのだ。

「さすがに、署長が離婚協議中の話が漏れるとまずいよな」高峰は言った。

「ああ。これで俺も弱点は完全に話した。お互い様だな」海老沢がうなずく。

「ありがたくもないな――お互いに笑って話せることじゃないな」

「年齢を重ねると、こういうこともあるだろう。お互いに、どうしようもないことじゃないか？気をつけていても病気になるし、夫婦仲も悪化する」

「まあな――とにかく俺は、入院するまでは通常通り仕事をする。できれば、手術までにはこの事件を解決したい」

「それは――そうだな」

一瞬口ごもった海老沢の本音は「無理だ」だろう。それを言わなかったのが海老沢の良心なのか。

第三章　消えた男

1

捜査は意外なところから動き出す。

互いの秘密を明かし合った翌日の午前中、その高峰から電話がかかってきた。昨日の暗い話などなかったかのように、声は弾んでいる。

「八田だ」

「容疑が固まったのか？」海老沢は思わず、受話器を握る手に力をこめた。

「今回の事件じゃない。橋田宗太郎が犠牲になった事件だ」

「橋田宗太郎？　あの件でも、八田の関与は証明できてないぞ」

「それが、できるかもしれない。ＳＳＢＣがやってくれた」

高峰の説明によると、ＳＳＢＣでは各犯行現場の近くにあった防犯カメラの映像を再チェックし始めたのだという。その結果、橋田宗太郎が殺された現場近くで、八田の姿が映っていたのが確認された。

「それは、SSBCのヘマとも言えるんじゃないか？」海老沢は指摘した。「見逃したんだから」

「いや、あの事件の当初、八田は正式には容疑者になっていなかった。今も容疑者と言っていいかどうかは分からないが……しかし今回、監視を始めて、奴の鮮明な顔写真が手に入っただろう？それを使ってチェックしたら、合致したんだ」

「そうか」

「SSBCを褒めてやれよ。昨日の午後、再チェックの指示を出して、今朝にはもう見つけたんだぜ」

「分かった。機会があったら俺から感謝状を贈っておく」SSBCは三年前に発足した新しい捜査セクションで、映像や電子機器の分析で捜査をサポートする部署である。ただし刑事部の組織なので、海老沢が普段接触する機会はないし、感謝状を出す謂《いわ》れもない。

「冗談はいい。これから、SSBCの担当者と一緒に、板橋中央署の特捜へ行く。そっちからも誰か人を出してくれないか？　情報共有したい」

「分かった」自分が行くわけにはいかないが……本当は、自ら足を運びたいところだ。もしかしたらこれが、暗闇を照らす光になるかもしれない。「然るべき人間をそちらに向かわせる。それで――お前はどう思う？　これで八田の犯行が裏づけられるか？」

「まだだ」高峰は慎重だった。「たまたま現場近くで八田が映っている映像が一つ見つかっただけだ。これから、他の映像も再チェックする。さらに何か見つかれば――」

「つなげて容疑が濃くなる」海老沢は続きを引き取った。

「SSBCも精一杯やってくれてる。俺たちもそれに乗っかろう」

「分かった」話しているうちに、海老沢も今後の方針を決めた。刑事課係長の相川《あいかわ》を板橋中央署へ派遣しよう。あいつなら逃さず情報を聞き取り、的確な質問もぶつけてくれるはずだ。

特捜本部の置かれた会議室に電話をかけ、相川を呼び出す。事情を説明して板橋中央署へ向かうように指示しながら、海老沢は今後、捜査の方針が大きく変わるかもしれないと予想した。

もしも板橋の事件で八田を引っ張れれば、その後は当然、他の三件の事件についても追及していくことになる。そのためには、合同捜査本部にする必要があるだろう。捜査が動いている途中で特捜本部が一緒になるケースはあまりなく、混乱も予想される。それでも自分は一歩引いて、サポートする立場を守るべきだろう。

公安で何とか……という狙いは上手くいかないかもしれない。しかし当初の目標はあくまで、犯人逮捕。それに向かっていけるなら、よしとしなければ。

そして公安でも、まだできることはあるはずだ。

相川への指示を終えると、海老沢は本部に電話を入れ、安本を摑まえた。

「八田の監視は、今朝でやめたよな？」昨夜、高峰がそう言っていた。

「ええ。捜査一課から申し出がありまして。連中も、堪《こら》え性がないですね」安本が皮肉をぶつけてきた。

「うちは続けろ」

「はい？」

海老沢は事情を説明した。ＳＳＢＣの働きで、板橋の事件で現場近くに八田がいたことが分かった。まだ逮捕できるまでの材料はないが、八田の動向はちゃんと把握しておきたい。高飛びされたら、全て台無しだ——安本はすぐに了解した。

「分かりました。うちの刑事にやらせます。板橋中央署の警備課には……任せないほうがいいですね」

「情報漏れがないように、信用できる内輪の人間でやってくれ」

電話を切って、ほっと息を吐く。ゆっくり立ち上がって、署長室に自腹で設置したコーヒーメーカーでコーヒーを用意した。警務課に一声かければ、お茶でもコーヒーでも用意してくれるのだが、もうそんな時代ではあるまい。客人が来る時だけ、お茶を出してもらうようにしていた。

今日は、その来客がある。これから、目黒区の教育委員会の幹部が来る予定なのだ。少年の非行問題について検討する——なのだが、目黒中央署では少年事件はさほど多くない。「念のため」の顔合わせが年二回、行われているだけだった。とはいえ、こうやって顔を売っておくのも署長の仕事である。警察は地元の問題に常に目を配っている——相手にそう信じてもらうことが何より大事なのだ。

夕方になって、相川が戻って来た。海老沢はすぐに特捜本部の幹部を招集し、情報を共有した。

相川が説明に立つ。

「最初、一ヵ所の防犯カメラに映っているのが確認できただけですが、打ち合わせをしている間にも、あと二ヵ所で確認できました。犯行現場は、ＪＲ板橋駅前の繁華街に近い場所なので、これからも映像が見つかる可能性があります」

相川が、映像から切り出した静止画のプリントアウトを、海老沢たちの前に並べた。

「左から順番に、現場に近い位置の映像です」

海老沢は順番に写真を凝視した。一番左の写真……八田は黒いポロシャツ、ジーンズにベースボールキャップという格好だ。眼鏡をかけているが、変装らしいのはそれだけ。マスクもしていないので、顔は比較的はっきり映っていた。海老沢も、監視の連中が撮影した最近の顔写真は見ていたのだが、防犯カメラに映った映像は、それよりもずっと人相が悪く、老けて見える。いかにも、何か悪巧みしているような感じだった。

他の二枚の写真も、同じように顔ははっきり映っていたが、画像からはこれ以上分かることはない。重要なのは、タイムスタンプと撮影場所だ。

相川が、板橋駅前の地図を広げた。あちこちに書き込みがしてあるのは、彼が板橋中央署で会議に出ていた名残りだろうが、目立つのは三つの赤丸である。

「この数字は」相川が地図を指差した。「それぞれ防犯カメラの映像に対応しています。現場が①のすぐ近く、その後②、③と順番に駅の方に近づいています」

「電車で帰れるような時間じゃなかったはずだが」

海老沢は指摘した。板橋の事件は、午前三時頃の発生と見られている。当然、電車は動いていない。

「駅の近くでは、遅くまでタクシーが待機していたはずだ、という話です。タクシー会社への聞き込みも、再度行うそうです」

今まで怠慢だった……わけではない。公安は、八田の存在をそれぞれの特捜本部には隠していたのだから。

「八田を引くのか？」海老沢は確認した。

「いえ、それについては捜査一課の中でも意見が割れているようです。私の感覚では、引くのはまだ早いと思いますが……決定的な証拠が出たわけではないですから」

元々相川も、慎重なタイプだ。この件で、八田を逮捕するかどうかという議論に巻きこまれたら、間違いなく「待て」派に一票入れるだろう。

「それと、分かりにくいですが動画も持ってきましたので、ご確認下さい」

相川が、自分のパソコンで三種類の動画を見せた。確かに静止画の方が分かりやすい。しかし海老沢は、動いている八田を見たことがなかったので、確認する意味はあった。

「こういう動画が次々に見つかれば、マル対の動きが確認できるわけか」

「電車が動いている時間なら、駅構内の防犯カメラも頼りになるんですけどね。駅の防犯カメラはかなり高性能なので、もっと鮮明な映像が確認できます」

「分かった、ありがとう。今後の動きは？」

「ＳＳＢＣは、板橋中央署の件を中心に、他の三件のビデオ解析も進める予定です」

「うち以外だから、二件だな」海老沢は指摘した。目黒中央署の事件だけ、近所の防犯カメラが確認できていないのだ。たまたまだろうが……ないものはどうしようもない。

「失礼しました」相川が慌てて言った。「何か分かれば、遅滞なく連絡が入ることになっています」

「うちも、もう少し粘《ねば》って、防犯カメラを探そう。漏れているところがないかどうか、もう一度チェックしてくれ」海老沢は指示した。

「分かりました」相川がうなずき、パソコンに向かう。それが、打ち合わせ終了の合図になった。

「板野課長」海老沢は刑事課長に声をかけた。「いずれ合同捜査本部になるだろう。あまり無理せずに、その流れに乗ってくれ」

「八田で決まりですかね」山場を迎えるところだが、板野は淡々としていた。

「いや、まだ弱いな。まさにその現場で目撃されたわけじゃないし、他に物証もない」

「ですね……聞いた限りでは、決めつけるのは無理があります。でも、捜査一課の中には強硬派がいるんですね。珍しいな」

「そうか？　どこにだって、慎重な奴も強引な奴もいるだろう」

「捜査一課の場合、マル被を引くか引かないかで意見が割れたら、引かないのが普通です」

「えらく消極的だな」

「捜査一課は、絶対にミスができないので」板野が言った。公安はそういうことを別に気にしていないだろう、とでも言いたげだった。

「そうか」

「戦後すぐには、強引な捜査で冤罪事件も起きましたからね。その反省が未だに続いているんですよ」

「本当かね」それは警察の黒い歴史として、内部の人間なら誰でも知っていることだ。ただし、表沙汰になっていない公安の悪どいやり口よりはましだろう。自分たちの組織を延命させるために、事件をでっち上げることすらしていたのだから。

「そういうことにしておいて下さい。それでうちは、防犯カメラの再チェックだけでいいんですか？」

「今のところ、何もできないだろう。無理する必要はない。いずれ、八田が逮捕されれば、合同捜査本部になって、自由に動けなくなるだろうしな」

「そうですね。事件を持って行かれるみたいな感じですけど、まあ、別にいいですかね。解決すれば、悪いことはないんですから」ほとんど熱が感じられない口調で板野が言った。

「ああ。とにかく、情報共有だけはしっかりしていこう」

「了解です」

後は夜の捜査会議に備えよう。相川には、この件を会議でしっかり報告するように指示して、海老沢は署長室に戻った。今日の書類仕事がまだ終わっていない。何もない時の署長の仕事には余裕があり、海老沢は積極的に管内視察を行っていたのだが、このところそういうことともご無沙汰だ。

とにかく、夜の部に備えて書類を片づけておかないと……と思って「未決」箱を引き寄せた瞬間に電話が鳴った。どうしてこう、何かしようとすると邪魔が入るのか。

安本だった。

「どうした」

「山北に行ってる連中ですけど、ネタを引っかけてきましたよ」

「家族か？」

「いえ。八田の中学時代の友だちからです。八田は一ヵ月ほど前にも地元に戻っていたようです」

「うちの事件が起きる前だな」海老沢は軽い緊張を覚えた。

「ええ。そちらの事件との関連についてはよく分かりませんが……妙にしみじみと話をしていったので、おかしいなと思った人もいたようです」

安本の説明によると、八田が小中学校時代の友人・平康二《たいらこうじ》の営む理髪店に顔を見せたのは、六月十日だった。五月の多摩の事件、七月の目黒の事件の間ということになる。そのタイミングに何か意味があるとは思えなかったが。

八田が平の店に来たのは初めてだった。八田は普通に髪を刈ってもらうように頼み、平も普通の客として遇した。その間に、「夕飯を食べようか」という話になり、それなら他の連中も呼ぼうということになって、平が連絡を回したのだという。その結果、五人ほどが集まり、平の家で宴会になった。

「人の家に集まるのは、今時珍しいんじゃないか」海老沢は指摘した。

「山北駅の近辺には、飯を食ったり酒を呑んだりできる場所があまりないんです。聞き込みに行った連中、文句言ってますよ」

「どこにいても、ちゃんと飯を調達できるのが、刑事の大事な資質だ」

「ですね……八田とは数十年ぶりに会う人間もいて、それなりに盛り上がったんですが、その席で酔っ払った八田が、『いよいよこれからだ』と言っていたというんですね」

「何か起こすような感じか？」

「そう聞こえますよね。その話を聞いた人たちも、八田の態度は気になった、と証言していました。何か、重大な決意をしていたような感じだと」

「その連中、八田とは普通に話ができたのか？　八田は、田舎の人にしてみれば、理解し難い存在なんじゃないか？」

地元を飛び出して東京の大学へ入った優秀な人間。しかし学生運動に走り、故意ではないとはいえ、人を死なせてしまった――できれば関わり合いになりたくないと考えるのが自然ではないだろうか。

そういう複雑な過去があったのに、久しぶりに会っただけで話に花が咲くものだろうか。海老沢は友だちが多いタイプではないので、よく分からない。

「まあ、平さんの言い分だと、少しわだかまり――怖い感じはあったけど、話してみれば普通だったと。幼馴染みは、そういう感じじゃないでしょうか」

「分かった。それで、八田の決意というのは？」海老沢は先を急がせた。

「皆酒が入っていたので流してしまって、詳しくは聞かなかったそうですけど、後から気になった、という話ですね。その後目黒中央署の事件が起きて、警察が聞き込みに来たので、そのことが関係しているのか、と思ったようです」

「なるほど……何かやらかす前に、地元の友だちに別れを言いに来た感じだろうか」

「否定はできませんが、何十年ぶりに会ってわざわざ言う必要があるとは思えないんですよね。八田は、田舎を捨てたようなものですから、古い友人に対する思いも特にないでしょう」

「しかし、引っかかるな」海老沢はつぶやいた。

「ええ。もしかしたら、この時に他の知り合いにも会っている可能性がありますから、引き続き捜査させます。ただしこの時、実家には顔を出していないそうです」

「お姉さんと連絡は？」

「一ヵ月前……そちらの事件が起きる少し前に、電話がかかってきたそうです。特に用事はなくて、ご機嫌伺いだったそうですが。去年しばらく滞在した後から、時々八田の方から電話してくるようになったそうです。用事はいつも特にない——近況報告ぐらいですね」

「実家との関係を修復しようとしてたんだろうか？　それこそ、家の仕事を手伝う気になったとか」

「その辺も、再調査します」

「ちなみに一課の連中はどうした？　その後ぶつかってないか？」

「ええ。早々に引き上げたみたいですよ」

「堪え性のない連中だ」

安本が声を上げて笑う。「では、何かあったらまた連絡します」と言って電話を切ってしまった。

さて、これでようやく書類仕事に戻れる——と思った瞬間にまた電話が鳴る。いい加減にしてくれよと思ったが、無視もできない。高峰だった。

「会議の結果、聞いたか？」高峰が切り出す。

「今聞いたところだ。さらに映像が出てきたそうだな」

「ああ。鮮明な顔写真が手に入ったのが大きい。合同の監視も、役に立ったということだよな」

高峰が自慢げに言ったが、誇るほどのこともないだろう……監視対象の写真を撮るぐらいは、難しくも何ともない。

「うちでも、もう一回防犯カメラをチェックするように指示したよ。他の現場に比べると、見つかる可能性は低いけどな。何しろ住宅街だから」

「それは知ってる。俺も何度も現場に行ってるんだ」

「現場百回、か」

「刑事の基本だ」高峰が嬉しそうに言った。

　先ほどもそうだったが、今日は高峰の声には張りがある。大きな手がかりが手に入って、気合いが入ったのかもしれない。刑事というのは現金なものだ。いい手がかりさえあれば、体調もよくなってしまう。

「しかし、八田を引くかどうかはまだ決まってないんだな？」

「皆、弱気過ぎる。ここは思い切って引くべきなんだよ。任意の調べでいい。何度も繰り返せば、絶対に落とせる」

　強硬派は高峰だったのか――意外だった。どちらかというと慎重なタイプだと思っていたのに。いや、自分たちはあくまで違う道を歩んできて、がっちり組んで一緒に仕事をしたことはないから、本当はどういうタイプの刑事かは分からないのだ。もしかしたら普段から、多少証拠が足りなくても一気に犯人を追いこめ、と号令をかけるのかもしれない。

「まあ、焦るなよ。八田はこちらの監視に気づいていないはずだ。もう少し証拠を固めてからでも遅くないんじゃないか？　他の防犯カメラでも、あいつの姿が確認できるかもしれないし、他の証拠も――」

「冗談じゃない！」高峰が急に声を張り上げた。「これはチャンスなんだ。ここで一気に攻めないと、八田に逃げられてしまうかもしれない。極左の活動家っていうのは、警察の動きに敏感なんじゃないか？」

「概してそうだけど、八田はもう極左とは関係ない」海老沢は指摘した。

「三つ子の魂百まで、だろう。一度そういう生活を送った人間は、一生警察を警戒するんだよ」高峰は引かない。

「しかし八田は、服役も終えて、一応まともな社会生活を送ってる」

「何だよ、あいつを容疑者リストから外すつもりか？」

「そういうわけじゃない。証拠が足りないって言ってるんだ」

「時間がないんだ！」高峰が叫んだ。「俺には時間がない！」

頭がかっと熱くなってくる。これは高峰の心の叫びだ。捜査一課の幹部として、こんな重大な事件が未解決のまま入院・手術など耐えられないだろう。無事に解決して、心おきなく治療に入りたいはずだ。

「高峰」海老沢は敢えて声を低くした。「気持ちは分かる。きちんと解決しないと、気になるよな。気になると、治療にも悪影響が出るんじゃないか？」

「奴を呼んで叩けば落とせる。うちには優秀な取り調べ担当がいるんだ」

「分かってるよ。でも、焦ったらろくなことにならないぜ」海老沢は忠告した。

「時間がないんだよ！」高峰がまた声を張り上げる。

「お前、今どこにいるんだ？」海老沢は敢えて声を抑えた。

「ああ？」

「周りに人はいないよな？　時間がないって叫んでるのを聞かれたら、変に思われるぜ」

高峰が、音が聞こえるほどはっきりと息を呑んだ。無言……しかしすぐに、低い声で「悪かった」と謝った。

「俺だって、特捜を抱えた署の署長として、絶対に事件は解決したいと思ってるよ。未解決のまま定年になったら、一生悔やむ。そんな目には遭いたくない」

「お互いに、だな」

「でも、焦るな。うちも捜査一課も、日本最高の捜査機関だ。絶対に解決できる。でもそのためには、もっと証拠が必要だ」

「分かってる。焦ってるだけだ」

「焦りやストレスは、体によくないんじゃないか」

「それも分かってる」

「気を楽に持て。完全な証拠を集めて事件を解決して、お前が安心して治療に入れるようにしよう。それで、戻ってきたら祝杯だ」

「たぶん、酒は禁止されると思う」

「酒が呑めるようになるほど、回復してもらうさ。お前の定年は俺が祝ってやるよ」

「じゃあ、俺もその逆で」

「とにかく、落ち着け」海老沢は宥《なだ》めた。「変に焦ると、周りにおかしく思われるぞ。お前、病気のことは周りに言ってないんだろう？」

「……ああ」

「刑事は変なところで鋭いからな。気をつけろ」

「分かってるよ」

不機嫌に言って、高峰は電話を切ってしまった。さて……この辺もケアしておかねばならないだも大事なのだ。

ろう。高峰が安心して治療に専念できるようにするには、事件を解決するのも大事だが、他の環境

　夜の捜査会議が終わってから、海老沢は捜査一課長の村田を摑まえた。内密の話なので署長室で……記者が署に取材に来ていないことは当直の連中に確認していた。見つかったら面倒なことになる。署長と捜査一課長が、わざわざ署長室で深夜の密会――疑わしい状況だ。

「お茶も出ませんが」言いながら、海老沢はソファを勧めた。

「いえいえ……どうしました？」村田が疑わしげに言った。

「課長はご存じだという前提で話しますが……高峰の体調のことです」

「ああ」村田の顔が一気に暗くなる。「高峰さんから聞きましたか？」

「たまたま病院で見かけて。奥さんが一緒だったから、何か重い病気ではないかと思って問い詰めましたよ。そうしたら認めた――胃がんですね？」

　村田が無言でうなずく。言葉にすると、高峰の容体が悪化するとでもいうように。

「来月手術、と聞いています。でも、それを聞いているのはあなただけだ」

「一応、上司ですからね」掠《かす》れた声で村田が言った。「まだ内密にお願いします」

「もちろんです。それで……高峰は少し焦っている」

「確かに」村田がうなずく。

「今日も、八田の逮捕に異常にこだわった。実際には、一課の中ではどういう取り組みなんですか？」

「高峰さんだけが焦ってる感じなんですよ。一人強硬派と言うか」

「焦らないように言っておきましたが、課長もケアしていただけませんか？　ここで高峰に無理させるわけにはいかない」

「もちろん」

「八田が犯人かどうかはまだ分かりませんが、何とか事件を解決して、高峰を安心させましょう」

「そして、高峰さんが自分で言い出すまで、この件は内密に——ですね？」

うなずいた瞬間、携帯電話が鳴った。安本。嫌な予感がして、「失礼」と言って電話に出る。

「どうした？」

「八田が飛びました」

2

「八田が飛んだ？」

高峰は自宅でその連絡を受けた。今日になって、昨日の病院での疲れが出てきた感じだったので、長居せずに引き上げたのだ。夕飯はおかゆに煮魚、ほうれん草のおひたし……昔ならうんざりしていたであろう病人向けメニューだが、今はこういう優しい食事がありがたい。淑恵はおかゆに、焼いた餅を一つ入れてくれていた。最近、おかゆの時はこのパターンが多い。おかゆに焼き餅なんて……と疑念を抱いたのだが、食べてみると意外に合う。それに今は、少しでもカロリーを摂取しておいた方がいい。

餅のおかげで満腹になったところで、携帯が鳴ったのだった。宮内が、申し訳なさそうに報告する。

「八田を引く話が出たので、今日の午後から監視に入っていました」

「それは承知している」

「早番で、午後四時までスーパーで勤務していたのは確認できていました。スーパーを出て、今日は家に帰らずに別の方向へ……東京駅へ向かいました」

「新幹線か？」

「いえ……うちの捜査員は新幹線を警戒していたんですが、実際には中央線に乗りました。捜査員が乗りこむタイミングを見ていたようにフェイントをかけて、発車寸前に乗りこんで逃げた——目の前でドアが閉まったそうです」

「行き先は分からないか……」

「申し訳ありません」宮内の口調は硬い。「取り敢えず自宅に四人、張り込ませています」

「家はそれで十分だろう」八田の住むワンルームマンションには、出入り口が二ヵ所しかない。正面の出入り口と、自転車置き場から出られる裏口だ。それぞれを二人で張っていれば、まず見逃すことはない。「スーパーを出てから東京駅へ行くまでの行動は？　どこへも寄らずに真っ直ぐ行ったのか？」

「いえ。喫茶店で三十分ほど時間を潰して、さらに近くの中華料理屋で夕飯を食べてから東京駅へ向かいました」

時間の調整をしつつ周囲を警戒し、さらに逃亡のために腹ごしらえをしたのか。実家、という考えが浮かんだ。東京駅から中央線に乗ったら、ＪＲ御殿場線の山北駅まではかなり遠回りになるが、鉄道はつながっている。時間がかかっても辿り着けるはずだ。

「山北の実家の方に――」

「そちらは手配しました」宮内が被せるように言った。「うちからも人を出しましたが、神奈川県警の方に、所在を確認するように依頼しています」

「万全だ」さすが宮内だ。相当焦っているはずだが、指示はまったく問題ない。「一課長には？」

「もう連絡しました」

「俺もそっちへ行く」

「いえ、理事官に出ていただくようなことではありません」

嫌な予感が走る。こいつも、俺の病状を知っているのではないか？　それで気を遣って、夜の仕事を避けようとしている？　もしもそうなら、どこから漏れたのだろう。今のところ、村田か海老沢の可能性しかないが、どちらも簡単に情報を漏らす人間ではない。

「非常時だぞ。すぐに方針を決めないといけない。一課長もそっちへ向かってるだろう」

「一課長は……目黒中央署の特捜の方から向かわれています」

もう少し早く言ってくれれば、一課長専用車に少し遠回りして拾ってもらったのに。いや、この際そんなことはどうでもいい。

「どこへ集合だ？」

「一課長は、本部へ来られます」

「分かった。俺もこれからすぐ行く」

「理事官、もう遅い時間――」

「夜はまだ始まったばかりだぞ」

九時過ぎ、高峰は警視庁本部前でタクシーを降りた。自宅からは地下鉄を乗り継いだ方が早いのは分かっているのだが、今夜は気が急《せ》いて、家を出た途端に見つけたタクシーに向かって手を上げてしまった。

既に村田は来ていた。課長室に宮内と一緒に入り、善後策を相談している。

「今できることは、すべて手を打ちましたね」村田が宮内に確認する。

「はい。まだ連絡は入りませんが……」

「明日の夕方までは、自宅、実家とも監視下に置いて下さい。それ以降は、明日の夕方に判断します」

「分かりました」

「課長、ここは積極的に打って出るべきです。逮捕状を取って、指名手配しましょう」高峰は提案した。

「それは無理があります」村田が反対した。「まだ逮捕状を取れる状況ではない。より具体的な証拠がないと」

「しかし、今は非常時ですよ」

「これは我々のミスです」村田は冷静だった。「見逃したわけですから……強引に逮捕状請求をすると、ミスをカバーするためだと見られますよ。裁判所がゴーサインを出すとは思えない」

「検察とも相談してくれないか、宮内。検察の意向を知りたい」

「いや、難しいと思います」宮内も冷静だった。「理事官、ここは冷静にいきましょう」

「俺は冷静だ」高峰は、何とか声を張り上げずに耐えた。血管の病気ではないから、大声を上げたところで血管が裂けるような恐れはないはずだが、ストレスが溜まるのは間違いない。それが自分の病気にどんな影響を及ぼすかは、想像もつかないのだった。

「理事官、ここは私が指示します」村田が低い声で宣言する。「重大な事態です。課長直轄ということで」

「俺を外すつもりですか」高峰は目を見開いた。

「まさか。理事官には他にも重要な仕事があるでしょう」

「しかし俺は、この事件には最初から関わっていた。自分の仕事人生の仕上げとして、絶対に外せない事件です」

　言ってしまってから失敗を悟る。「人生の仕上げ」は微妙な言い方で、宮内に変に勘ぐられたら困る。

「俺は来年定年だ。今やっている事件を、定年で積み残したら悔いが残る。今まで何人もの先輩が、苦虫を嚙み潰したような表情で警視庁を去っていったのを見ている」

「まだ時間はあるでしょう」宮内はまったく感情を乱されていないようだった。「焦ることはないですよ。焦って失敗したら、余計に後悔するでしょう」

「俺は失敗しない」

「理事官、その辺で」村田が釘を刺した。

高峰は言葉を切り、ゆっくり呼吸した。落ち着いている——いや、落ち着いていない。両の拳を二回、三回、握っては開いてを繰り返す。最後に静かに息を吐いて終了。

俺はいつも通りだ。

「とにかくこの件は、最優先で進めましょう」村田が話をまとめた。「明日の朝イチで打ち合わせますが、係を一つ、投入します。管理官、張り込みをしていない係を選抜して、捜査に当たらせて下さい」

「分かりました。しかし、人づき合いが極端に少ない人間ですから……立ち回り先と言ってもピンときませんね」

公安と合同の監視は、決して失敗だったわけではない。実際に八田は、誰かと会うこともなく、動きに乏しい人間だったのだ。電話も持っていないので、通話記録から話した相手を割り出すわけにもいかない。

「自宅の捜索ができるといいんですが」高峰は口を挟んだ。

「逮捕状と一緒で、家宅捜索の理由も見つけられない」村田が渋い表情を浮かべる。「それより、公安はどうなんですか？　また勝手に動いて、何か情報を隠しているかもしれない」

「チェックしましょう」しかし海老沢も、簡単には本音を明かさないだろう。あの男とのつき合いも長くなったが、未だに二人の間には、薄い壁があるように感じる。

「それではよろしく——明日、八時半から打ち合わせをします」

宮内が一礼して課長室を出ていった。室内に満ちていた緊張感が、少しだけ薄れる。

「少し話しませんか？」村田が静かに持ちかけてきた。

「テーマは？」

「海老沢さんと話したんですよ」村田が打ち明けた。「海老沢さんも、高峰さんの病気のことを知っていますね」

「たまたま病院で会って、ばれましたよ」高峰は肩をすくめた。

「これで、警察の中で高峰さんの事情を知っている人間は二人になりました。この先はどうしますか？　私も海老沢署長も絶対に喋りません――それは約束します。でも、ずっと部下にも隠したままで、やっていけますか？　いきなり『明日から入院』なんて言ったら、皆ショックを受けますよ。高峰さんを慕っている連中ばかりなんだから」

「このところ、評判は落ちる一方だけどな」高峰はまた肩をすくめた。「しかし、お前の言う通りだ。どこかのタイミングで、少なくとも幹部連中には話すよ。月曜日の幹部会でいいんじゃないかな」

係長以上が集まる捜査一課の全体会議で、特捜本部などにかかりきりになっていない幹部が集まり、現在取り組んでいる捜査に関して情報を共有する。係長全員が集合できるのは、年に一度もないのだが。

「そうして下さい。私は、それまで何も言いませんから」

「何だったら、噂で流しておいてくれてもいい。いきなり俺が言うよりもショックは小さいだろうから……でも、今時、胃がんだって聞いて驚く人もいないだろう。治らない病気じゃないんだから」

「それでも、手術ですから」

「腹腔鏡の手術だから、負担は開腹手術よりずっと少ないよ」高峰は自分を納得させるようにうなずいた。「俺自身、そうやって自分に言い聞かせている。そうじゃないと、さすがにビビるよ」

「伝説の刑事・高峰さんでも怖いものがあるんですか」

「そりゃ、あるさ。それと、伝説の刑事っていうのは親父の二つ名だ。俺はまだ、何も伝説を作っていない」

「十分作ってると思いますよ。高峰さんは、捜査一課を居心地良くしてくれた」

「何だよ、それ」高峰は思わず笑ってしまった。「環境浄化、みたいなものか」

「俺が来た頃の捜査一課って、まだ昭和の雰囲気があったじゃないですか」

「そもそもお前が一課に来た時は、まだ昭和だったよ」そして平成になってからすぐ、二人は極左絡みの暗い事件に巻きこまれた。あれ以来、何だかんだと二人で組んで仕事をすることが多かった。

「厳しかったですよね。鉄拳制裁する先輩もいたし、今よりずっと殺伐としてました。でも、高峰さんが雰囲気を変えてくれたんですよ。高峰さん、無茶を言わないじゃないですか。無理強いもしないで、黙々と捜査をして……俺らは、そういうのを見て育ったんですよ。今の時代の捜査一課はこうあるべきだと思います。柔らかくなったから、女性刑事も仕事しやすくなったでしょう」

「まだまだ不十分だけどな」警察でも女性登用は大きなテーマになっているが、そもそも女性が少ないので、なかなか上手くいかない。「警察と女性」は、これから何十年も検討されていかねばならないテーマだろう。「まあ、しかし親父と並べられるとくすぐったいよ。戦争を生き抜いてきた人と俺を比べることはできないだろう」

「戦争は……世代によって経験しているかどうかです。そういうことは、自分たちではどうしようもないものでしょう。ただし昔よりは、一課の仕事も難しくなっていると思いますよ。社会がずっと複雑になっているんだから」

「公安絡みの事件にさえ手を出すんだから」

「公安絡み――じゃない可能性も排除しない方がいいですよ」村田が指摘した。「連続殺人事件でさえない可能性もある。日本で、ここまで本格的な連続殺人は、なかなかないですからね」

「村田――お前こそ、伝説の課長になれるんじゃないか？」

「そうですか？」

「特捜全体が勢いづいて同じ方向を向いている時に『ちょっと待った』を言える人間は滅多にいない。でも、一瞬立ち止まって振り返ってみることは大事だと思うんだ。それができる人材は貴重だよ」

「お褒めいただいてどうも」村田が頭を下げる。「ただ、事件解決にはまだまだ時間がかかりそうですけどね」

「それは困る」高峰は真顔で言った。「俺には時間がないんだ。この事件を中途半端にしておくわけにはいかない」

「分かってますよ。高峰さんのためにも、この事件は絶対に解決します――ただし、連続殺人か、個別の事件かも、まだはっきりしませんけどね」

「全部別の事件だったら、捜査はいつまでも終わらないぜ」高峰は指摘した。

「捜査の難しさから言えば、どっちがましか、ですね。本当に連続殺人事件だったら大事ですよ」

おそらく、捜査一課にとっても、数年ぶりの大一番である。ただし高峰は最後まで見届けることはできないだろう。

それは辛く悲しい。しかし病気は自分の責任なのだ。医者以外の人間に助けてもらうわけにはいかない。


自席に戻ると、すぐに宮内がやって来た。

「今、実家の方に行っている連中から報告がありました。実家には顔を出していないそうです。警戒すると同時に、念のために昔の友人たちにも話を聴いて回るそうです」

「了解。自宅の方は?」

「まったく動きがないですね。一応、このまま張り込ませます。日付が変わる頃に、交代要員を送りますから」

「人数は足りているか?」

「所轄から応援をもらいたいところですし、実家の方は神奈川県警に任せたいですけどね……県警でも、張り込みぐらいはできるでしょう」

「神奈川県警を馬鹿にすると、痛い目に遭うぞ」

「いやあ……所詮、うちを落ちた連中の集まりじゃないですか」

昔からよく言われている話だ。警視庁を受験する学生が滑り止めにするのが、神奈川、埼玉、千葉の各県警。当然、各県警の警察官の質は、警視庁より落ちる——ということを言っているのは、もちろん警視庁の人間だ。実際には、そんなことはない。

「取り敢えず明日までは、うち中心でいこう。それ以降は、所轄にも応援をもらう格好になるよ」

「何だったら、今のうちに話を回しておきますか?」宮内が提案する。「向こうもローテーションになりますから、準備が必要でしょう」

「まだいいだろう。所轄だって、急な話に対応するのには慣れている」

「では、明日にしましょう。理事官、どうされますか?　もう打ち合わせも終わったんだから、引き上げて下さい」

「お前は?」高峰は訊ねた。

「俺はもう少しいます。報告があるかもしれないし」

「何のために携帯があるんだよ。どこでも連絡は受けられるだろう。帰れよ」

「家で携帯が鳴るのが嫌いでしてね」宮内が奇妙なこだわりを見せた。「携帯が入る前からそうですけど、家で電話が鳴るのは、本当に嫌いなんですよ」

「くつろいでいる時——寝てる時に電話が鳴るのは、確かに嫌だな」特に夜、寝入りばなの電話は体に悪い。一気に鼓動が跳ね上がり、心臓の発作でも起きたような感じになるのだ。発作を起こした経験はないが。

「家でビクビクしているぐらいなら、何かありそうな時には職場に残っている方が気が楽ですよ」

「今日は動きがないような気がするけど」

「私は逆です。何かあるような予感がしています」宮内が反論した。「もちろん、勘ですから根拠はないですけどね」

「俺の何もないというのも、単なる勘だよ。残るのは勝手だけど、無理するな……ちなみに、山北の方は誰が行ってる？」

「キャップ格が木内《きのうち》で、他に三人行っています」

「木内に電話しても大丈夫だろうか」

「聞き込み中でなければ平気でしょう」

午後十時……誰かの家を訪ねて話を聴くには遅過ぎる時間だ。既に夜中の監視に入っていると考えるべきだろう。四人で監視だと、かなり楽だ。二人ずつ交代で眠れるので、徹夜にもならない。ただし狭い覆面パトカーの中で寝るには、相応のテクニックが必要なのだが。

木内美沙《みさ》は七係の女性警部補だ。まだ三十五歳で、将来の幹部候補と目されている。本人はしばしば「結婚は諦めた」と周囲に漏らしているのだが、それが本気かどうかは分からない。どうも、捜査二課にいる恋人と別れた後にそう言い出したようなのだ。自棄《やけ》になっているのか……そもそも「結婚か出世か」を女性に強いてしまう組織は根本的に間違っているのだが。男性の場合は、決してそんな選択には直面しない。高峰も彼女の態度は気になって、いずれゆっくり話してみようと思っているのだが、まだその機会がない。

「木内です」消えそうな声で美沙が電話に応答した。

「高峰だ。今、話して大丈夫か？」高峰もつい声をひそめてしまう。

「大丈夫です……ちょっと待って下さい」

がさがさと何かを擦るような音が聞こえ、車のドアを開ける音が続く。美沙が小声で何か指示するのが聞こえた。

「すみません、車に戻りました」

「外で監視中だったのか」

「ええ、順番で。今、交代しました」

「特に用事はないんだ。こっちはどんな感じかと思ってね。自分で現場に出られたら、そうしたいぐらいだけど」

「理事官が来られたら、現場の刑事は緊張して仕事になりませんよ」

「俺もそろそろ、現場に戻してもらいたいと思ってるんだけどな」冗談で応じながら、そういうやり方もあるな、とふいに思いついた。退職後に、何らかの形で警察に残る手もあるのだ。交番勤務の補助に入ったり、交通取り締まりの手助けをしたり……それ以外にも、所轄で若手の「指導係」になることがある。今は若い刑事の扱いが難しいし、所轄はどこでも仕事に追われるから、現場できちんと教育している余裕がない。それで、OBを指導役にして、若手の教育に専念させるのだ。「現場教育」のような感じで、一緒に外へ出ることもある。そういう機会を増やせば、現場で仕事ができるわけだ。

無事に復帰できれば。

「現場の雰囲気だけでも教えてくれ。八田のお姉さんはどうしてる?」

「ちょっと心配させてしまいました。言い方がよくなかったのかもしれません」

「いや、緊急事態だと理解してもらった方がいいよ」

「連絡があれば、必ずこちらに知らせてもらうようにお願いしました。でも、お姉さんも大変だと思いますよ。『いつまでも人様に迷惑かけて』って溜息をついていました」

姉にすれば、それは本音だろう。極左の活動を始めただけでも、ご近所に顔向けできないと思うが、さらにゲリラ事件の結果人を死なせてしまった。近所の人に迷惑がかかったわけではないだろうが、肩身の狭い思いをしただろう。補償問題などもあったのではないだろうか。高峰はチェックしていなかったが、事件で犠牲になった人の家族が、損害賠償を請求した可能性はある。革連協を相手にして勝っても、あの連中が金を払うとは思えないから、家族が被ることになったのではないだろうか。犠牲者は、当時四十歳。まだ長く働けることを考えると、逸失利益は相当な額になる。一億円を請求して認められてもおかしくないだろう。

「精神的に参らないといいけど」

「旦那さんがおっとりした人なので、フォローしてくれるとは思いますが」

「八田がどこにいるか、情報は取れなかったか？」

「散々突っこんだんですけど、お姉さんも本当に心当たりはないようです。実際、大学進学で家を出てから、実家との関係はほぼ切れていましたからね。去年、実家に戻って来た時に、久しぶりにじっくり話したそうですけど、今考えると、八田は全然本音を話していなかったようだって」

「何か隠していると？　姉弟なら、そういう感じも分かるんじゃないか？」

「うーん、どうですかね」美沙は懐疑的だった。「家族といっても、何十年も離れ離れだったんですよ？　顔を見ただけで本音を読めるとは思えません」

「そうか……友だちは？」

「この前、久しぶりに会った幼馴染みと、同窓会的に宴会をやった話は……」

「聞いてる」高峰はうなずいた。

「本当に久しぶりで、変な感じの宴会だったそうです。言わば犯罪者と呑むわけでしょう？　罪は償っているとはいえ、極左の元活動家ですから、警戒しちゃいますよね」

「分かるよ」地元の友人たちにすれば、「迷惑ではないがよく分からない存在」という感じではないだろうか。「しかしその会合……八田は、地元にお別れしたような感じがするんだよな」

「そうですか？」

「実際、そういうことがあった。何十年も田舎に帰っていなかった人が、急に顔を出して昔の友人たちと呑んで、その翌日に東京に戻って人を殺した」

「今回も同じ……かどうかは分からないですよね」

「ああ。でも、地元を捨てた人も、何か大事なことをする時には、突然故郷を思い出すこともあるようだ。それでけじめをつけに行く、みたいな」

東京生まれ東京育ちの高峰には実感しにくいことだが、地方出身の同僚に聞くと、そういう感覚を持っていることが分かる。普段は思い出すこともないけれど、何かのきっかけで急に友だちに会いたくなることがある。歳を取るに連れて、そういうことが増えるんだ、と。

「地元の友人たちをもっと割り出して、当たってみてくれ。明日の夕方までは何とか頑張ってくれよ。必ず応援を出すから」

「大丈夫ですけど、お風呂に入れないのはきついですね。暑いです」

「それは申し訳ない。山北には、温泉はないのか？」

「調べてないですけど、温泉に行ってる暇はないですよ」

「すまん。そこは耐えてくれ」

「捜査一課魂で頑張ります」

風呂を我慢することが捜査一課魂と言われても……苦笑して電話を切った高峰は、ふいに虚空に向かって頭を下げてしまった。後輩たちは、この時間も現場で頑張っている。自分は片翼飛行のようなもので、現場に行くわけでもなく、的確な指示を出せるわけでもなく、捜査一課の中ではお荷物になりつつある。情けない話だ。

情けないが、世の中には、自分ではどうしようもないこともあるのだ。

3

翌日の午前中、海老沢は高峰から連絡を受けた。

「じゃあ、八田の捜索は、基本的に捜査一課に任せていいわけだな?」

「ああ。ただ、所轄や神奈川県警の応援ももらうことにした」

かなり特殊な状況だ、と海老沢は訝《いぶか》った。所轄どころか他県警も巻きこんだ捜査は、かなり重大な事件に限られる。しかしまだ、八田には逮捕状も出ていないのだ。

「目黒中央署としては、今まで通りに殺しの捜査を進めることになる」海老沢は告げた。

「そうだな……ところで、公安もまだ動いてるんだろう? 八田に関する新しい情報は、何かないのか?」

「今のところはないな。何か分かれば、情報提供するさ」

電話の向こうで、高峰が黙りこむ。それは不信感の表れだと判断して、海老沢は言い訳した。

「うちだって、マル対を二十四時間三百六十五日監視してはいない。しかも八田は正式なマル対でさえなかった」

「まあ、お前がそう言うなら……」高峰は不機嫌だった。

「信じろって。同じ事件を追いかけてるんだから、嘘をついてもしょうがないだろう」

「公安は、自分だけの手柄が欲しいんじゃないか？」

「もう、そういうことを言ってる段階じゃなくなってる。緊急事態だ」

電話を切って、高峰の頑《かたく》なな態度は、やはり体調が原因だろうかと不安になる。海老沢は胃を悪くしたことがないので、その痛みや不快感は想像もできない。高峰は毎日、どんな風に病気と闘っているのだろう。

同情はするが、それで気持ちが不安定になるようでは、俺もまだまだだ。取り敢えず、俺にできることは……今日は珍しく、予定が入っていない。書類仕事はしなくてはいけないが、緊急の用事がなければ、夕方まで体は空いている。久しぶりに外で仕事をしようか。署長が自ら動いて捜査など、まずあり得ないことだが、禁止されているわけではない。今は少しでも情報が欲しかった。

海老沢は受話器を取り上げ、副署長の嶋尾に「少し署を空ける」と告げた。

「何かありましたか？」

「昔の伝《つて》を辿って、調べ物をしてくるよ。夕方までには帰れると思うし、何かあったら呼んでくれ。近くにいる」

「出る時は、お気をつけ下さい」

「記者連中か？」

「ええ」

なるほど、面倒だ。海老沢は運転担当の警務の職員に電話をして、駐車場に車を用意するように命じた。そして出かける準備を整える——といっても、鞄を持てば準備完了だ。暑いこの季節、背広も着ない。

署長室から出て、副署長席の前を通る時に、ソファに座っていた記者と目が合った。日本新報の警察《サツ》回りか……記者が立ち上がり、さっと一礼した。

「署長、何か……」

「いやいや、ただの管内巡視だよ」海老沢はわざと軽い口調で言った。「最近、ご無沙汰でね」

「本当ですか?」

「嘘をついてもしょうがない。何だったら一緒に行きますか? 最近の警察回りは、管内をゆっくり見て歩く暇もないのでは?」

「今、ここの事件の取材中なんです」

真面目な記者で助かった。こちらの嘘に調子を合わせて、本当に車に乗りこまれたら面倒なことになる。

もっとも自分は嘘をついたわけではない、と海老沢は自分を納得させた。会うべき相手は、目黒中央署の管内にいるのだ。

ＪＲ目黒駅の近くにあるオフィスビルの前で、海老沢は車を停めさせた。このまま待たせておいてもいいのだが、交通量の多い場所なので、署に戻すことにした。終わったら迎えに来てもらってもいいし、歩いて帰ってもいい。歩いても十五分ほどなのだ。ただし今日も三十度を超える猛暑なので、帰り着く頃には汗だくになってしまうだろう。

このビルには、署長として赴任してきた時に、一度だけ来たことがある。ご挨拶、というやつだ。向こうは嫌そうにしていたが……長いつき合いとはいえ、向こうからすれば、海老沢は避けておきたい相手だろう。

事前に、事務所にいることは確認してあったので、そのままエレベーターに乗りこむ。古いビルでエレベーターもかなり古びており、止まった瞬間には膝ががくんとするほどのショックがあった。このビルにいる時に地震が起きないで欲しい、と真剣に願う。

「目黒弁護士事務所」のシンプルな看板。インタフォンはないので、海老沢はドアをノックして、すぐにドアを開けた。途端に煙草の臭いが襲いかかってくる。

中年の女性事務員に声をかけ、北岡《きたおか》と約束がある、と告げた。すぐに中に通される。

この事務所には今、弁護士は北岡しかいない。昔は何人もいたそうだが、次々に独立し、今は所長の北岡が一人で頑張っているようだ。いや、頑張っているとは言えないか……北岡は今年七十歳になり、かなりくたびれている。

それでも煙草は手放せないということか。

事務所の一角を仕切ったスペースが、北岡の部屋になっている。本と書類を積み上げたデスクにつき、煙草をふかしている。海老沢はデスクの前のソファに腰を下ろした。

「署長さんが何の用だい」北岡がつまらなそうに言った。

「ちょいと昔話をしようと思いましてね……それより、煙草、大丈夫なんですか?」デスクに載った灰皿には、煙草の吸い殻が山盛りになっている。

「家で吸えないから、ここで吸うしかないんだよ。ここが俺の喫煙所」

「いい加減、体のことを考えた方がいいんじゃないですか？」

「肺の病気にならないで、五十年間煙草を吸い続けたんだ。今さら何も起きないだろう。それに、病気になっても後悔しないよ。好きなだけ煙草が吸えたんだから、実にいい人生だった」

なんと望みの低い人生か……北岡は、極左の裁判で弁護を担当することの多い弁護士だ。自身も学生時代――六〇年安保の時代だ――には学生運動にはまったが、それを卒業して法曹の道へ進んだ。しかし学生運動の理念からは卒業できなかったようで、弁護士になってからは、活動家の弁護を多く担当している。彼にすれば、金ではなく弁護でカンパしている感じなのかもしれない。実際、カンパするほど儲けてもいないようだ。

「八田のことなんですけどね。八田将道」

「八田がどうした？　俺はあいつの弁護は担当してないぞ」

「でも、話は聞いてるでしょう。北岡さん、革連協には詳しいんだから」

「古い話だよ」北岡が耳をいじった。「あの連中とは、しばらくつき合いもないね」

「うちもですね。このところ、革連協の連中の検挙もない」

「必要ないんじゃないか？」北岡がせせら笑った。「あんたらが手を出さなくても、革連協は間もなく自然消滅するよ。そうなると、俺もあんたも失業だけど、どうする？」

「私は来年定年なので」海老沢は肩をすくめた。

「あら、じゃあ、あんたは逃げ切り成功だ」

「そういう意識はないですけどね」こういう話は、公安内部ではよく話題になる。極左の活動が低調になっていく中、公安の本格的な編成替えも必要だ。それに巻きこまれず定年になる人間はラッキー——そうかもしれないが、外部の人間に言われるとむっとする。「実際のところ、八田の話は聞いてるでしょう」

「まあな」北岡が緩い口調で認めた。この男は、革連協の人間ではない。それは公安でも認定している。しかし弁護を通じて、革連協の幹部と関係を持ち、様々な情報を握っている——と言われている。それ故海老沢は何とか関係を構築してきたのだが、ネタ元とは言えない。いつものらりくらりで、いい情報をもらったことが一度もないのだ。

「会ったことは？」

「あるよ。ただし、例の事件の前だ」

「何か、法律的な相談でも受けたんですか？」

「いや、幹部として紹介されただけだ。大した技術者だったようだね」

「実質的に一人で、飛翔弾の設計・製作をしていたんですから、技術者として優秀だったのは間違いないでしょう。能力の使い方を間違いましたけど」

「それは、俺には何とも言えないな」

「どんな人でした？」

「よくいる技術者——いや、俺はそんなにたくさん技術者の知り合いがいるわけじゃないけど、普段は無口なのに、自分の専門分野の話になったら急に饒舌《じょうぜつ》になるタイプだ。自分の専門知識に自信を持っているからだろうね」

「つまり、飛翔弾の飛ばし方をあなたに講義したと？　そういう人物がいることを知っていて、隠していたとしたら、先生の態度にも問題がありますね」

「誰が飛翔弾だと言った？　彼はロケットの話をしていたんだよ。日本のロケット技術の問題点についいて、素人の俺にもよく分かるように話してくれた」

「ロケットがアレンジされれば飛翔弾になりますよ」実際には飛翔弾を作る方がはるかに簡単だろう。ロケットは推進力を持ち、圧倒的に長い距離を——巨大なら地球を脱出するまで飛ぶ。ただ打ち出すだけの飛翔弾は大砲のようなもので、天と地ほどの違いがある。

「古い話を持ち出すなよ。あの件はもう、裁判も終わって、本人は出所してるんだから。それとも、まだ何かあるのか？」

「何とも言えませんけど、彼は最近、あちこちに顔を出しています」

「別に不思議じゃないだろう。人間なんだから、生活していればいろいろな場所に行く」

「事件に関係ありそうな場所に顔を出してるんですよ」

「事件に関係している？　まさか」

「どうしてまさか、なんですか」

海老沢は突っこんだ。北岡が一瞬口籠る。嫌そうな表情を浮かべたので、弱点——問題点を指摘してしまったのだと気づいた。

「最近、会いましたね？」

「どうしてそう思う？」

「知恵比べみたいなことはやめましょう」海老沢は毅然として言った。「まさか、という否定の言葉は、彼の最近の様子を知っているからこそ出たものでしょう。いつ会ったんですか？」

「それを言う気はないね」

「彼が、四件の殺人事件の犯人だから？　あなたもそれに関連していると思われたら困る？」

「おいおい、何の話だ？」北岡が顔をしかめる。しわの多い顔に、さらにしわが加わった。

「この近くで殺人事件が起きたの、ご存じでしょう？　被害者は木野隆史、元革連協の活動家だ。六本木の飛翔弾事件で、我々がターゲットにしていた人物でもあります。残念ながら逮捕はできませんでしたけど」

「そういう捜査の動きは知らないね」北岡がとぼけた。本当は知っている……極左と暴力団は、警察の捜査を敏感に察知するのだ。木野たちが追われていたことも当然分かっていたはずで、その情報も北岡には流れていたはずである。万が一の時には頼む……ということで、弁護士には事前に情報が渡されていることも多い。弁護士は、そんなことがあったとは全く知らない素振りで、いざ裁判となったらスムーズに弁護を始めるのだ。

「昔の話は置いておきます。八田はどうなんですか？　彼は今、姿を消している。我々が追っているのを知って、逃げたんじゃないですか」

「俺に聞かないでくれよ」北岡が顔を背けた。「今は、何の関係もないんだから。彼がどこへ行くにしても、一々俺の許可を取ることはない……しかしな」

「しかし、何ですか？」

「奴が何かやったとしたら、分からないでもない」

「どういう意味です？　犯行計画でも聞いていたんですか」

「まさか」北岡が首を横に振る。「ただ、人間というのは、何か重大な局面にぶつかると、急に人が変わることがあるじゃないか。大胆になったり、逆に臆病になったり……それまでとはまったく違う側面を見せることもある」

「そうですね。八田がそうなんですか？　急に変わったとか？」

「変わってもおかしくない状況にあるということだ」

「どういう意味ですか？　さっきも言いましたが、謎かけをしているような余裕はないんです。これは殺人事件の捜査ですから」海老沢は迫った。

「八田は、今で言えばコミュ障っていうやつでね」

「人と上手くつき合えなかった？」

「そうそう。学生の頃から、実験と研究一筋の人間でね。もしも革連協と関わりができなかったら、今頃民間の研究所か政府機関で、重要な仕事をしていたかもしれない。それがたまたま革連協と出会ってしまったんだが、仲間とも上手く意思の疎通ができなかったようだ。基本、無口だし、相手が勢いに乗って議論をふっかけてきたりすると、萎縮してしまう」

「それが幹部ですか？」海老沢は首を横に振った。「あいつら、口が上手い順に出世するのかと思ってましたよ」

極左の基本は「勉強」であり「議論」だ。そのセクト独特の理論を勉強し、仲間と議論を交わす。そういうことに強い人間が、上に上がっていくのだ。八田は、ディベートなどが苦手だっただろう。それでも幹部とされていたのは、よほど技術力を信頼されていたからではないだろうか。

「基本的にはな。八田みたいなのは例外だろう。しかし、人間っていうのは、何かのタイミングで変わるんだよ。無口だった人間がよく喋るようになるとか」

「最近の八田のことですか？」

「そうとは言ってないが、あんたら、八田をどうするつもりだ？」

「然るべく調べるだけです。具体的なことは言えませんけどね。あなたが八田とつながっている可能性もあるので」

「まさか。俺は、どんな極左の連中ともつながりはない。少なくとも今は。連中も、消滅寸前だからな。最近は生きているのかいないのか、活動しているかどうか、まったく分からん」

「それじゃ、暇でしょうがないでしょう。あなたは、極左の弁護で有名になった人だ」

「俺も七十だぞ？　もう引退だ。この事務所も閉める」

「そうですか……」弁護士は何歳になってもできそうなものだ――頭がしっかりしていれば問題ないだろう――が、弁護する相手がいなくなる、イコール仕事がなくなることだから、無理に業務を続けている必要もないのだろう。彼の場合、他の弁護活動もやっているはずだが、そういうことに費やすエネルギーはなくなっているのかもしれない。

　仕方ないだろう。自分も十年後――七十歳になる時、どれだけエネルギーが残っているかは分からない。正直、あまり自信がなかった。離婚で、力を使い果たしてしまうかもしれない。

「まあ、七十にならなくても、エネルギー切れを起こす人もいるな」

「定年が一つのポイントですかね」

「その年齢になる前でも、へばってしまう人間もいる。へばってしまったらと考えると不安になるか、逆にテンションが高くなって、人が変わってしまうこともあるんだな」

「八田がそうだと言うんですか？」海老沢は話を引き戻した。

「俺は個人名を出していないよ。しかし、どうだい？　あんたの周りにもそんな人はいないか？　急に性格が変わってしまったとか」

いる。高峰。

いまのあいつは異様に焦っている。元々慎重なタイプのはずなのに、無理にも八田逮捕の方針を押し通そうとしている——病気のせいだ。余命宣告されたわけではないようだが、手術を受けるとなると、命の危険を感じるだろう。何とか仕事をやり残さず、後悔せずに……と考えるのは自然だ。

八田も病気？

「八田は病気なんですか」海老沢は訊ねた。

「どうかね」

「どうなんですか」海老沢は食い下がった。「病気で自棄になった八田が、人が変わってしまい、そのせいで事件を起こしたと？」仮にそうであっても、責任能力を問えないわけではあるまい。まあ、そういうことは逮捕してから考えるべきだが。

「俺は、八田だなんて一言も言ってないよ」

「北岡先生……一度ぐらい、俺の役に立ってくれませんか？　引退を決めておられるなら、最後の花道として。俺も定年になりますし」

「はっきりしたことじゃないから、何とも言えないね」北岡は曖昧な態度を崩さなかった。「あんたも、思いこみや先入観で捜査はしない方がいいんじゃないか？　公安はそれで、散々失敗してきただろう。だいたい、署長が一人で聞き込みに来るってのは、どういう状況かね。目黒中央署は、そんなに人手が足りないのか」

「足りませんね」海老沢は認めた。「殺人事件を抱えた所轄は、大忙しなんですよ。署長だって、黙って判子を押しているだけ、とはいかないんです」

「それは警察の事情で、俺には関係ないんでね」北岡がまた耳をこすった。「お互いに、そろそろ一線から引きましょうや。若い連中に任せないとね。俺たちがいつまでも前面に出ていると、若い連中は成長しない」

「あなたのところには、そもそも若い人がいないようですが」海老沢は指摘した――皮肉を吐いた。「全員立派に成長して、卒業していったんじゃないんですか」

「まあね。でもあんたは、若い警察官の壁になってないか？　いい加減、若手に権限を譲れよ」

「公務員の場合は、そうもいかないんです。定年のその日まで仕事を続けるのが、税金から給料をもらっている人間の義務です――それで、八田は病気なんですか？」

北岡の表情がさらに歪んだ。


海老沢は急ぎ足で署に戻った。車を呼んでいる時間が惜しかったし、たまたまタクシーも通りかからなかった――今得た情報を、途中で誰かに話したかったが、それはできない。目黒駅周辺は人も多く、携帯での会話を誰かに聞かれると、面倒なことになる。

署長室には行かず、そのまま特捜本部の置かれた会議室に向かった。刑事課長の板野、それに村田捜査一課長もいる。村田は本来、都内の凶悪事件の捜査全てに責任を負う立場なのだが、このところ昼間はほとんど目黒中央署の特捜に詰めていた。一課長なりに狙いがあるのだろうが。

「ちょっとお節介をしてきました」海老沢は、椅子を引いてきて二人の向かいに座った。

「どうしたんですか」村田が疑わしげな表情を向けてくる。

「昔のネタ元と会ってきたんですよ。革連協のメンバーではないですが、関わりの深い人間です」

「それで？」

「八田の話をしてきたんですが、奴は病気かもしれません」

村田が、板野と顔を見合わせる。当然予想もしていなかった情報のはずで、混乱していた。

「八田は最近、少し人が変わったようです。昔は無口で、周りの人間とコミュニケーションを取るのも難しかったのに、このところ、よく喋るようになった、と。そのきっかけが病気かもしれません」

「確かなんですか？」

「確証はない。私のネタ元は、のらりくらりのタイプで、簡単には認めないんですよ。ただしニュアンス的に、嘘はついていないと思います。最近も、八田と会っているのではないでしょうか」

「そいつを引きますか？」板野が冷酷な口調で言った。「本当に八田に会ったなら、もっと厳しく話を聴いてもいい」

「それはやめてくれないか、刑事課長」海老沢は板野をたしなめた。「もう引退する年齢だけど、俺にとっては長年のネタ元なんでね。あまり嫌な目に遭わせたくはない」

「まあ……」機嫌悪そうに海老沢を見ながら、板野が両手を擦り合わせた。「署長がそう仰るなら」

「本当に病気なのかどうか、チェックしてみたらどうだ？　動機につながるかもしれない」

「しかし、確認するにしてもな……病院は簡単には喋りませんよ」村田が腕組みをする。

「取り敢えず、職場はどうでしょうか」海老沢は提案した。「奴はしばらく顔を出さないでしょう。辞めたか、無断欠勤しているか、長期休暇を取ったか。捜査一課の刑事さんなら、すぐに割り出せるんじゃないですか」

　二人がまた顔を見合わせる。捜査一課の刑事同士として、海老沢の行動を胡散臭《うさんくさ》く思っているのは明らかだった。そんなことは署長の仕事じゃない、それに公安のネタ元なんか信用できるか――本音が顔に透けて出ている。しかし村田は、海老沢の提案を受け入れた。

「では、スーパーで聞き込みをしてみましょう」

「課長……」板野が血相を変えて、村田の顔を見た。

「板野課長は心配しないように。ここの刑事じゃなくて、本部の刑事たちにやらせるから」

「そう、ですか」不満げに言いながら、板野は引いた。

　余計な話に発展しないようにと、海老沢はすぐに捜査本部を出た。さて、これで何が分かるか……分かったところで、捜査をどう動かしていけばいいのか。


　捜査はすぐに動いた。夜の捜査会議が始まる前に村田に呼ばれ、報告を受けたのだ。

「病気ですね。それもかなり深刻な病気のようです。八田はスーパーに退職届を出して、それは受理されました。昨日が最後の勤務で、そのままどこかに消えた、ということですね――署長、お怒りにならないように」

「怒ってませんよ」言いながら、思わず顔を触ってしまった。

「八田の監視は極秘に行っていました。つまり、周辺にも察知されない方法を取っていたんですよ。勤務先は情報の宝庫だったかもしれないけど、そこへの調査はできませんでした」

「それぐらいは分かっています」むっとした海老沢は答えた。

「とにかく、八田は店長には体調のことを相談していたようです」

「最近の話ですか？」

「いえ、実は今年の初めから……つまり、あのスーパーで働き始めてからすぐに、体調不良を訴えていたようです。騙し騙しで勤務は続けていたんですが、たまに病院へ行くので欠勤していたようです」

「働けるかどうか、ぎりぎりの状態ということですか」

「そのようですね。それが最近、さらに病状が悪化して、療養に専念するために辞めたいと……八田が実際に調子が悪いのは店長も間近で見て知っていましたから、引き留めることはできなかったという話でした」

「奴が前科持ちだということは、店側は分かっていたんですか」

「それは承知で雇った、ということのようです。本社の方で、そういう方針があるようで」

「前科者を積極的に雇う？」

「いや、就労差別しないということです。ただし、身辺調査は徹底するようですが」

「その調査記録を入手したらどうですか？　民間の調査能力も馬鹿にできないと思いますよ」

「それは検討しましょう。残念ながら今回の件、どういう病気なのかは分かりませんでしたが……そこまでは店長にも話していなかったようです。ただし、腹の調子が悪いということは分かっていたようです」

二人は一瞬言葉を切り、顔を見合わせた。胃。胃の不調で苦しんでいる人間が身近にいる。はっと我に帰ったように、村田が首を横に振った。

「重い病気にかかると人格が変わることもある――この先が短いと諦めて、自棄になって大変なことを起こす人間もいるかもしれない」村田が言った。

「あくまで動機の話で、逮捕してみないと何も言えませんけどね」

「一つの考え方ではある――ちょっと待って下さい」

村田がテーブルに置いたスマートフォンを取り上げた。一瞬見えた画面には「高峰理事官」と浮かんでいた。村田がスマートフォンを耳に押し当て、体を半分捻る。

「はい、村田です――ええ。え？　そうですか……ではすぐに戻ります。我々が向こうへ行った方が早いでしょう。待っていてもらえますか」

電話を切り、すぐに立ち上がる。表情が一変していた。

「課長？」

「世田谷の現場でも、八田の姿が確認できたようです。ＳＳＢＣが二連続で当たりを出しましたね」

「ということは――」

「まだ逮捕状は請求できませんけど、より厳しい状況で捜査を進めることになります。今後は捜査一課で完全に仕切らせてもらいます。密かに合同捜査本部を立ち上げることになるでしょう」

4

これでもまだ、逮捕状は取れないか。

無理だ、と高峰は自分に言い聞かせようとした。八田が四件の殺人事件のうち、二件の現場で「ごく近く」にいたことは分かったものの、「確実に現場にいた」とは証明できない。

SSBCで八田の映像を見終えた後、捜査一課の幹部が課長室に集まり、今後の捜査の方針を検討した。

「うちが仕切ります」村田が強い口調で宣言した。「公安が何か言ってくるかもしれませんが、事前に向こうの課長と話し合いますよ。協力はしてもらうかもしれませんが、あくまで捜査主体はうちです」

「結構ですね」宮内が言った。「合同の捜査本部、どこに設置しますか?」

「世田谷南署にしましょう。まず、世田谷南署の署長に通告して下さい。私は刑事部長に報告します。一応、許可を得ないと」

「極秘ですよね?」高峰は念押しした。「マスコミには知らせない——八田の件も、まだ表に出ないようにすべきですよね」

「もちろん」村田がうなずいた。「内密に——それは、徹底しましょう」

「合同捜査本部の仕切りはどうしますか?」

「ちょっと考えます」

「俺がやります」高峰は申し出た。

一瞬黙った村田が、高峰の目を真っ直ぐ見る。心配そうだ。やれるんですか、と聞きたいのは分かっている。

「これまで、合同の捜査本部、特捜は何件もありました。基本的には、特例ということで理事官が仕切っているはずです」

普通の特捜本部では、捜査一課の係長が署に常駐し、所轄の刑事課長と協力して捜査を仕切る。重要なポイントでは本部の管理官や課長も顔を出して方針を決めるのだが……複数の所轄、複数の事件を束ねる合同捜査本部になると、特別に理事官が常駐して重石になるわけだ。

「井村《いむら》理事官にお願いしようと思っていたんですが」

「この件には、俺の方が多く嚙んでいます。スムーズに進めるためには、俺を仕切りにして下さい」

「高峰理事官……」村田の顔色は暗い。仕切りの重責を任せて、体調が悪化したらどうする、と心配しているのだろう。

「大丈夫です。自分の面倒は自分で見られますから」

沈黙。緊迫した空気に毒されたのか、宮内が居心地悪そうに体を揺らした。村田がさっと顔を上げ、もう一度高峰の顔を見て念押しする。

「やれますね？」

「やらせていただきます。合同捜査本部は、明日にも開設しますよね？」

「そうですね」

「そこできちんと自分の病状を説明します」

「それでいいんですか?」

「覚悟しましょう」

「井村さんには、高峰さんから言っておいて下さいよ。自分が分捕るって」

「人聞きが悪い……ただ、井村にもヘルプを頼むかもしれないから、言っておきますよ。俺は途中で倒れるかもしれないし」

「そういうのはやめて下さい」村田が真剣な表情で釘を刺した。「縁起でもない」

「縁起とかそういうことは、このご時世には関係ないでしょう。リスクを減らす、ということですよ」

高峰自身のリスクは減らせないが、捜査一課としてのリスクは減らせる。自分に何かあった時、遅滞なく井村に仕事を引き継ぐことだ。そのためには、念入りに事情を説明し、毎日の捜査結果をリポートにして、井村にも流しておくのが肝心だ。

幸運なのは、自分が理事官という捜査一課ナンバーツーの立場にいることである。今なら、書類のまとめは他の人間がやってくれる。

雑用は避けよう。そうやって体力・気力を温存しなければならないのだと、今では自覚している。

翌日午後遅く、高峰は世田谷南署へ赴いた。村田も井村も一緒である。一課長専用車の中では、病気のことは一切話さない。今後の捜査の進め方についてだけを話題にした。

四つの事件の特捜本部を統合してどこかに置くのは物理的に難しいので、村田は「ヘッドクオーター方式」を持ち出した。合同捜査本部は四つの特捜本部の「上」に位置し、それぞれの事件の情報を収集して捜査を手伝うと同時に、直近の最重要課題——八田の行方を捜すことに専念する。そのために、各部署から人を集めることになった。捜査一課は通常、係ごとのユニットで動くのだが、どこかの係をそのまま高峰に預けてしまうのは無理がある。そこで、あまり出番がない特殊犯捜査係——立てこもり事件やハイジャック、爆破事件などが頻繁に起きるわけではない——や課内庶務を担当する強行犯捜査の第一、第二係、さらには刑事総務課、機動捜査隊などから応援をもらった。総勢二十人。実際に動いて捜査するにも十分な人数である。統括は高峰だが、現場指揮官には、刑事総務課特別捜査係の倉橋《くらはし》係長が指名された。特別捜査係は刑事部長の特命捜査を行うことになっているのだが、そういう機会はほとんどない。組織改編が話題になる時、必ず廃止論が出るぐらいだ。しかし現在も残っている——刑事部長にすれば、何かあった時にいつでも自由に使える部隊が欲しいのだろう。親衛隊のようなものだ。

倉橋が人の差配などをしてくれるので、高峰は雑用に悩まされることはない。事件の筋を読み、指示を出すだけだ。統括としては、贅沢過ぎる仕事である。

幹部も含めて二十数人が集まった合同捜査本部には、内山健殺害事件の特捜本部よりも一回り小さい会議室があてがわれた。かなり狭苦しい感じだが、昼間は皆外へ出回ってしまうので、実際には使いにくいことはないだろう。

捜査会議は、まず捜査一課長の挨拶から始まる。続いて高峰。最後に倉橋が具体的な捜査の進め方を指示した。井村は今回オブザーバー的に参加しているだけなので、発言はなし。

説明が一通り終わったところで、高峰はもう一度発言を求めた。声が震え、異常に緊張していることを意識する。

「申し訳ない。個人的な話で少し時間をもらいます」そこで息を継ぐ。鼓動は速く、軽い吐き気さえ感じた。「しばらく前から体調不良で、検査を重ねてきた結果、胃がんだと分かりました。まだステージは確定していないが、今月に腹腔鏡手術を受けることにしました。入院は十日程度で済む予定ですが、仕事に戻る予定は立ちません」

高峰は部下たちの顔を見回した。三十年近く一緒に仕事をしている人間もいるし、今年出会ったばかりの若手もいる。全員が目を見開き、高峰を凝視している。当たり前か……こんな大事な仕事の場で、自分の胃がんを公表する理事官などいないだろう。そう考えると少し笑えて、緊張が抜けてきた。

「こんなところで言うべきことではないが、俺は今回、この仕事に懸けている。しっかり事件を解決して、手術に臨みたいんだ。事件が解決しているのとそうでないのでは、治療に影響が出るような気がする——それはともかく、後悔したくない。最初の事件発生から、既に五ヵ月が経っている。この辺で一気に勝負をかけて、全容を明らかにしよう」そこで一度言葉を切る。まずいな……目を潤ませている若い刑事もいる。「早く解決したいというのは、俺個人のわがままだ。だけど、皆も気持ちは同じだと思う。解決しないまま残った事件は、一生俺たちを苦しめるぞ。特に若い連中、先は長いんだから、ここで取り残すな。俺のためじゃなくて、自分のために、馬力を入れてやってくれ。俺からは以上だ……いや、一つだけ」高峰は人差し指を立てた。「病気の件については、質問は受けない。説明するのが面倒だからな。ただし、ここで合同捜査本部の指揮を執るぐらいには元気だと思っていてくれ」

小さな笑い声が上がって、高峰の告白は終わりになった。正直、ほっとする……ここで本当に泣き出す部下がいたら、高峰自身パニックになってしまっていただろう。軽い笑いで終わって、本当によかった。

座る時、村田と視線を交わす。村田が小さくうなずいたが、その目が光っているのを見て、高峰は仰天した。一課長が泣いてどうするんだよ……しかし、彼は彼で、プレッシャーを感じていたのかもしれない。捜査一課の中でただ一人、俺が胃がんだということを知りながら黙っていたのだから。海老沢とは話したようだが、その時と今では、精神的な余裕が全然違うだろう。

村田には迷惑をかけた。自分の体がどうなるかも心配だが、信頼できる後輩にきつい思いをさせてしまったことを、本当に申し訳なく思う。

これで一つ、重荷を下ろした気分だった。あとは事件を解決すれば、心残りなく本格的な治療に入れる。その方が絶対に、治りも早いはずだ。

翌朝、朝八時に高峰は合同捜査本部に入った。ほとんどの刑事が、もう揃っている。倉橋が妙に緊張していた。聞くと、ＳＳＢＣから朝イチで新情報が飛びこんできたという。板橋区の現場近くの防犯カメラに映っていた八田が、右手に何か細長い袋状のものを持っていたというのだ。八田の体の大きさと比較して、袋の直径は十センチ、長さ四十センチぐらい。袋というか、ストッキングか長い靴下のような柔らかい筒状のものに何かを詰めた感じだ。

「こいつが凶器だ」映像を見て高峰は断じた。

「そうですね」倉橋も同意した。

「アメリカでよくある、ブラックジャックだな」

「理事官、向こうの犯罪にも詳しいんですか？」

「映画か何かで見たんだ。靴下に二十五セント硬貨を大量に入れて、それで一撃」

「板橋区の事件の被害者は、全身滅多打ちにされてましたよ」

「一発で殺せないで、何回も殴りつけたんじゃないだろうか」

「面倒臭い手口を使いますね」

「いや、理に適った凶器ではあるんだ」高峰は首を横に振った。「重さはそこそこで、コントロールしやすいし、自分の拳は痛まない。後ろから忍び寄って後頭部に一発、それで動きを止めて、あとは全身滅多打ちだ」

「確かに、後頭部に傷はあります」手帳も調書も見ないで倉橋が言った。この男が言うなら間違いない……こと事件に関しては、コンピューターのように正確に記憶している。「もちろん、最初の傷かどうかは分かりませんでしたが」

「映像を見ていくと」高峰はパソコンの画面を指差した。「この凶器……らしきものを、歩きながらショルダーバッグに入れている。外から見えないようにしたんだろう」

「——そんな動きですね。これで、袋の中のものを出して、燃えるゴミとして袋を捨ててしまえば、完全な証拠隠滅です」

「ああ」一つ、謎が解けかけている。ただし、この凶器を見つけることはできまい。あくまで補強材料だ。実際に八田を逮捕した後で、突きつけて証言を迫る感じだろう。「とにかくこの情報は共有しよう。それと、板橋中央署の特捜とも話して、向こうの捜査方針を確認してくれ。当然、向こうも分かっていて、もう一度現場の聞き込みを強化すると思うが」

「分かりました」

倉橋が受話器を取り上げる。その瞬間別の電話が鳴り、高峰は手を伸ばした。他の刑事もいるが、目の前の電話が鳴ったのだから、自分で取る。電話が鳴ったらツーコールまでで出ること、というのが警察学校で叩きこまれた教えで、定年間近になっても身に染みついている。子どもたちが家にいた頃は、二人にかかってくる電話も全部高峰が取ってしまい、嫌われていた。これが習慣なのだと説明しても、子どものプライバシーに干渉している、と反発された。家に一台しか電話がないから仕方ないのに……この問題は、家族全員が携帯電話を持つようになって、自然に解消した。

「世田谷南署、合同捜査本部」

「すみません、科捜研の柳《やなぎ》です」涼やかな女性の声だった。

「柳真香《まなか》さんかい？」高峰の記憶にある声と名前だった。

「はい、その柳ですが……」真香が不審気な声をあげる。

「捜査一課の高峰です」

「あ……すみません！　理事官、その節は失礼しました！」

高峰は思わず苦笑してしまった。真香は三十歳ぐらいの科捜研の技官で、証拠「整理係」である。捜査の現場から持ちこまれる証拠は実に様々で、それぞれ専門家がいる。血液の鑑定、指紋の照合、筆跡鑑定——真香は「窓口」で、受付・整理・担当決めを一手に引き受けている。そして一度、捜査一課の証拠の扱いが雑だと言って、上司と一緒に文句をつけに来たのだ。現場で見つけた証拠については、取り扱いに常に細心の注意が必要で、鑑識が処理すれば間違うことはないのだが、捜査一課の刑事だとミスも起こりうる。自分の指紋をつけてしまったり、現場で濡らしてしまったりと、雑な扱いがたまたま数件続いた後での抗議だった。高峰としては謝るしかなかったのだが、真香の勢いは、後で大いに話題になった。彼女は技官——一般職員であって警察官ではないのだが、可能なら捜査一課に引っ張りたいぐらいだった。今時、あんなに元気のいい若手はいない。捜査一課にいれば、他の刑事に気合いを入れてくれるだろう。

「いやいや……こっちもちゃんと反省したよ。その後、証拠に関する問題は出てないだろう」

「いえ……ないわけじゃないですけど、分析担当が切れるほどひどい状況はないですね」

「今後は全部鑑識に任せて、うちの刑事には触らせないようにした方がいいかな」

「それじゃ、仕事が回りませんから、細心の注意でお願いします——すみません！　今日はそういう話じゃないです。理事官、世田谷南署の合同捜査本部におられるんですね？」

「事態の重要性に鑑み、ここにずっと詰めてる」

「朗報です。DNA型が一致しました」

「八田の？　どこの事件だ？」

「目黒です」

被害者の木野は刺殺されていた。そこで何のDNA型が一致したのだろう。

「現場で採取された血液で、被害者とは血液型が違うものがあったんです。遺体の近くにあったイチョウの木の幹から採取された血液ですが」

「確かに、そういう血痕はあった」刺された被害者の血液が飛んだものと思われたが、念のために採取しておいたのだ。

「それが、八田の血液型、ＤＮＡ型と一致したんです」

「スーパーか」

「はい」真香の声は明るかった。「スーパーの洗面所で押収していただいた歯ブラシから採取した組織で、ＤＮＡ型鑑定ができました」

決定打だ、と高峰が興奮した。最近はＤＮＡ型の照合が捜査の基本になっている。検体があればの話だが、ある人間を特定するのに、これ以上確実な方法はない。

「つまり、犯行現場に八田がいたのは間違いないんだな？」高峰は早くも立ち上がりかけた。

「理事官、冷静になりましょう」

「ああ？」

「それは間違いありません。ただし『いつ』かは、うちでは証明しようがありません。事件より前に、そこに付着した可能性もあります」

「そんなこと、あるのかね」

「たまたま鼻血が出たとか」

「君は懐疑的過ぎないか？　科捜研はそんなに消極的なのか？」

「科学的な証拠では、百にならない限りゼロと同じなんです。もちろんそこに、証言などのヒューマンな要素が加わって補強されることもありますけど、それでも百にはならないです。百になっていない限り、科捜研では『決まり』とは言えません」

「しかし朗報ではある」

「はい、現場で初めての大きな証拠ですから。データはすぐに、そちらに送ります。ちなみに、目黒中央署の特捜にも連絡済みです」

「ありがとう。いつもながら科捜研は仕事が早いな」

「刑事部長からプレッシャーがかかりました。今は、この四件の捜査が最優先だと……こっちはちゃんと考えて鑑定の順番を決めてるんですけどね」

真香が唇を尖らせる様が用意に想像できた。捜査一課に抗議に来た時も、ずっとそんな感じだったのだ。怒鳴り散らさないだけよかったが、あんな風に不満たらたらの態度を崩さないのも、叱責されている方はきつい。

「部長の件は俺には何も言えないが、助かった。捜査は大きく前進した」

「お役に立てて光栄です」

「ああ。無事に解決した暁には、君も打ち上げに呼ぶよ」

「山賊の宴会でしょう？　それは遠慮しておきます」

真香が苦笑する様が脳裏に浮かぶ。山賊の宴会と言われたら、確かにその通りだ。犯人逮捕などで捜査が山を越えた時、特捜本部には一升瓶が持ちこまれる。汚れた湯呑み茶碗になみなみと酒を注いで全員で一気呑み——署内で行うので歌こそ出ないが、あの乱暴な雰囲気は、まさに「山賊」だ。

電話を切り、倉橋に事情を説明する。それから受話器を取り上げ、目黒中央署の署長室に電話をかけた。緊急事態で海老沢は特捜に行っているかもしれないと思ったが、署長室にいた。

「今、科捜研から連絡があった」高峰は挨拶抜きで切り出した。

郵 便 は が き

1 1 2-8 7 3 1

料金受取人払郵便

小石川局承認

1141

差出有効期間
2025年12月
31日まで

〈受取人〉
東京都文京区
音羽二ー一二ー二一

講談社
文芸第二出版部 行

書名をお書きください。〔　〕

この本の感想、著者へのメッセージをご自由にご記入ください。

〔　〕

おすまいの都道府県　　　　性別　男　女

年齢　10代　20代　30代　40代　50代　60代　70代　80代〜

頂戴したご意見・ご感想を、小社ホームページ・新聞宣伝・書籍帯・販促物などに
使用させていただいてもよろしいでしょうか。　はい（承諾します）　いいえ（承諾しません）

TY 000044-2311

ご購読ありがとうございます。
今後の出版企画の参考にさせていただくため、
アンケートへのご協力のほど、よろしくお願いいたします。

■ **Q1** この本をどこでお知りになりましたか。

1 書店で本をみて
2 新聞、雑誌、フリーペーパー 〔誌名・紙名 〕
3 テレビ、ラジオ 〔番組名 〕
4 ネット書店 〔書店名 〕
5 Webサイト 〔サイト名 〕
6 携帯サイト 〔サイト名 〕
7 メールマガジン　8 人にすすめられて　9 講談社のサイト
10 その他 〔 〕

■ **Q2** 購入された動機を教えてください。〔複数可〕

1 著者が好き　2 気になるタイトル　3 装丁が好き
4 気になるテーマ　5 読んで面白そうだった　6 話題になっていた
7 好きなジャンルだから
8 その他 〔 〕

■ **Q3** 好きな作家を教えてください。〔複数可〕

〔 〕

■ **Q4** 今後どんなテーマの小説を読んでみたいですか。

〔 〕

住所

氏名　電話番号

ご記入いただいた個人情報は、この企画の目的以外には使用いたしません。

「俺も聞いた」

「どう思う？」

「百ではないな」

高峰は思わず声を上げて笑ってしまった。海老沢が不機嫌に「何だよ」と反発する。

「科捜研の担当者が、同じようなことを言っていた」

「そうなのか？」

「ああ……確かに百じゃないけど、逮捕状を請求するには十分な証拠だと思う。監視していた時の、八田の映像も写真もあるだろう？　確か左手を怪我して、結構しっかりと包帯を巻いていた」

「奴は、スーパーで鮮魚担当だったそうだから、手ぐらい切るんじゃないか」

「疑い出したらキリがない。特捜で意思を統一して、検察に相談しろよ。そこで逮捕状を請求して裁判所が認めれば、うちも動きやすくなる」

「うち——ＨＱか」

「ああ、ヘッドクオーターでも司令部でも何でもいいけど、とにかくこのチャンスを逃すな」

「焦るなよ、高峰」海老沢が忠告した。「司令官が焦ってると、周りも全員焦るぞ。下の人間は、トップの話し方や態度まで見てるから」

「ビジネス誌の下らない特集みたいなこと、言うなよ」

軽いやり取りだが、今は心が躍るわけではない。ひたすら焦りだけがあった。不思議なもので、捜査は確実に核心に近づいているはずなのに、時間ばかりが無駄に過ぎている感覚に襲われる。

「とにかく、うちにも今情報が入ったばかりなんだ。これからきちんと精査して、方針を決める。

個別の特捜のやり方にまで文句を言わないでくれよ」

「文句を言ってるんじゃない。単なる指導だ。うちはＨＱだから」

「まったく……」電話の向こうで海老沢が溜息をついた。「まあ、お前を怒らせるわけにはいかないから、何とか逮捕状を取る方向に持っていくよ。それで指名手配すれば、一安心だ」

「いや、実際に身柄を取るまでは安心できない。逮捕して、きちんと調べて裁判にかける——そこまでが警察の役目じゃないか」

「生きていればな」海老沢が低い声で言った。

「それを言うな」高峰は顔が歪むのを感じた。今回八田が消えたパターンは、自殺を予感させる。警察の捜査が迫っていることを察知し、もう逃げられないと諦めて、自殺するために東京を離れた——そういうケースは、過去にも例がないわけではない。そもそも八田は、自分の罪の重さを理解していたかどうか……いや、分かっているだろう。かつて事件を起こして実刑判決を受け、服役していた人間である。今回は故意に四人殺したとしたら、死刑は免れないことは分かっているはずだ。どうせ警察に捕まって死刑になるぐらいなら、自ら死を選ぶ決断をしてもおかしくない。

それにしても、四人を故意に殺したとしたら、その動機がどうしても気になる。極左ならではの動機なのだろうか……それを知りたかった。だから、死なれたら困る。

「死んでいない前提で捜す」

「分かってるよ。死体を捜すほどやりがいのない仕事はないからな」

「動機なんだが、どう思う？　やっぱり、自分だけが逮捕されて損をしたと思っていたのかな。上手く逃げた他の仲間をずっと恨んでいて、復讐を企てた——」

「それが一番簡単なシナリオだけど、すぐには乗れないな」

「そうか？」

「世の中、そんなに単純じゃないだろう」

「いや、事件の真相なんて案外簡単だ」

「それは捜査一課的な感覚じゃないのか？」

「少なくとも俺の経験では、そうだな」

「まあ、動機については、逮捕してからだろう。今考えてもしょうがない――ちょっと待て」

　電話の声が遠ざかり、海老沢が「はい」と返事をする声が聞こえた。誰かが署長室のドアをノックしたのだろう。しかしその後「失礼します」の一言もなかった。よほどの大事件か、と高峰は緊張した。署員が署長室に入る時は、必ずノックするように教育されているのだ――たとえドアが開いていても。

　海老沢の声が断続的に聞こえてきた。しかし本当に切れ切れで、内容が聞き取れない。海老沢は少しして電話に戻ってきた。

「すまん、切る。別件だ」

「どうした」自分に関係ない話だったらすぐに電話を切って、向こうの仕事に専念させるのが礼儀だ。しかし今回は、珍しく切羽詰まった海老沢の態度が気になった。

「いや、捜査一課には関係ない。公安も――警備マターかな？」

「警備マターで問題が生じたら、それこそ大変じゃないか」

　警備マター、イコール機動隊が絡む事案。機動隊は警察が抱える「戦力」だから、何かあったら暴力同士のぶつかり合いになりかねない。

「本当に大事かどうかは分からないけど、取り敢えずこっちに情報収集させてくれ。特捜の方は、遅滞なくそちらと連携させる」

「分かった」

電話は乱暴に切られてしまった。あいつにも、どうやら事件を引き寄せる能力のようなものがあるらしい。しかし、特捜に加えて警備部絡み——所轄では警備課の管轄になる——としたら、海老沢も今の倍ぐらい忙しくなるだろう。それこそ、離婚のことなんか考えている暇もなくなるはずだ。だったら離婚なんかやめて、家族の関係を修復する努力をするべき……。

俺が口出しするような話ではない、と高峰は反省した。家族の形は、昭和から平成にかけて大きく変わった。今や、離婚など珍しくもないのだ。

それでも、知り合いが離婚というのは、どこか寂しい話なのだが。

第四章　警戒警報

1

「どういうことだ」海老沢は、目黒中央署警備課長の水谷《みずたに》に、鋭い視線を向けた。

「サイバー犯罪対策課が情報をピックアップして、公安部と警備部に話を回してきました」

「それで、うちの署を名指しなんだな」

「うちだけではないです。目黒区、ということですから、区内の他の署も……これをどうぞ」水谷が進み出て、デスクに一枚の紙片を置いた。「ＳＮＳのログです。もう削除されていますが、サイバー犯罪対策課で保存しています」


目黒区内の政治家に警告する。お前らは日本を汚す存在だ。予想もできないやり方でお前らの誰かを殺す。止めるのは無理だ。

「悪戯《いたずら》としか読めないが」海老沢はさほど危機感を覚えなかった。

「しかし、サイバー犯罪対策課は、要警戒と言っています。SNS上では罵詈《ばり》雑言《ぞうごん》が飛び交いますが、実際に犯行予告が出ることはあまりないんです。ですから、それらしいものがあったら十分警戒する、ということですね」

海老沢は最初、水谷が「テロ予告です」と言って署長室に入ってきたので焦ったのだ。確かに「予告」とも読めるが、具体的な情報がないので、やはり悪戯ではないかと思う。

「目黒区内か……目黒区内の政治家と言っても、相当数が多いぞ」

「そうですね。地元の区議、都議会議員から国会議員まで……リストを共有します」

「そうしてくれ」

「それで──どうしますか？　通告して、身辺に注意するように気をつけてもらいますか？」

「そうだな……」海老沢は顎を撫でた。署では、管内の政治家全員に警備をつけるような余裕はない。本部の警備課や機動隊から応援をもらうにしても、その警戒はいつまで続けないといけないのだろう。警察の人員にも限界はある。しかし「自己責任で」と政治家たちに任せたら、警察は無責任だと批判されかねないし、そういうところから悪い噂が流れてしまうこともある。

「これ、もう拡散しているのかな」

「そうですね。元の投稿が消されても、拡散してしまったものについては取り消せない──」

デスクの電話が鳴り出し、水谷が黙った。海老沢は彼を目で制して受話器を取った。警備部で要人警護を担当する警護課か、公安総務課辺りではないだろうか。

違った。

「ああ、海老沢署長？　池内《いけうち》だけどね」

「池内先生――どうなさいました？」目黒区選出の東京都議で、民自党都連の重鎮だ。もう七十八歳だが、まだ矍鑠《かくしゃく》としているし、とにかく口が悪い。赴任した時に挨拶に行ったのだが、他の政治家の悪口を喋り続けて止まらず、辟易《へきえき》させられた。

「我々に対する脅迫――暗殺するみたいな話が出回っているそうだが、どうなんだ？　ＳＮＳとやらで……俺は見てないんだが、本当なのか？」

海老沢は一瞬口籠った。嘘をつくことはできる。「調査中」で逃げることもできる。しかしここは、思い切って事情を明かすことにした。後で「どうして黙っていた」と非難されたらたまらない。そもそも、自分も池内も、知っている情報は同じレベルのはずだが。

「そういう情報が流れたのは事実です。ただしうちも、先ほど警視庁本部から話を聞いたばかりなんです」

「何だ、警察も動きが遅いんだな」池内が皮肉を吐いた。

「ネット上の話については、警察も一般の人も、アプローチのスピードは同じですよ」

「それで、どうする？　警察は守ってくれるのか？　それとも俺が自腹でガードマンを雇わないといけないのか」

「そもそも、あの情報が本当かどうか、精査する必要があります」

「そんな呑気なことを言っていて大丈夫なのか？」池内は不満そうだった。

「いきなり機動隊員が周りを固めたら、かえってやりにくくないですか」

「そりゃそうだが、殺されるよりましだよ」

「今は……次の本会議は九月ですよね」海老沢は確認した。

「だからといって、遊んでるわけじゃないぞ」

「他の委員会も、八月はないんじゃないですか」要するに夏休みということだ。

「議会に出るばかりが政治家の仕事じゃないんだ。地元の人たちに会って相談を受けたり、集会に出たり、辻立ちをする人もいる」

辻立ちか……それはまずい。多くの人に聞いてもらうために、乗降客の多い駅前などで行われるが、そういう開けた場所の警備は大変なのだ。しかも、誰がどこで辻立ちをするか、警察は全て把握しているわけではない。通常の政治活動で、特別なものではないという考えなのだ。ただし、大物が行う「街頭演説」の場合には、道路使用許可や警備などの問題があるので、警察も把握する。

「近く、必ず大きな選挙がありますよね」

「衆院選かい？　任期満了は来年だけど、確かにその前にいつ選挙があってもおかしくない。政友党政権も、今や風前の灯なんだから。あの連中に任せておいたら、東北の復興なんていつになるか分からない。国家的危機に関しては、やはり民自党でないと駄目だ」

「選挙があるかもしれないということは、政治活動も活発になるということですよね？　政治家の方が、表に立つ機会も増える」しかし、政治家の頭にあるのは選挙のことばかり、と考えると情けなくなる。大事なのは自分の地位だけ。東日本大震災後、不安に怯える国民のことを考えている政治家はいるのか？

「そうなるな。だから、警察にはしっかりしてもらいたい」池内が重々しい口調で言った。

「さらに情報収集して、対策を検討します。政治家の方たちにも協力していただかないといけないですが……都内の民自党議員に関しては、池内先生の方で取りまとめて連絡していただく必要があるかもしれません」

「もちろん、構わんよ」池内は鷹揚《おうよう》だった。「政治活動を守るためだから。俺を窓口にしてもらっていい。政友党の連中については何とも言えないが」

「それはまた考えます」

受話器を置いて、水谷に指示を与えようとした瞬間にまた電話が鳴った。急いで取り上げると、今度は公安総務課の今田《いまだ》管理官だった。

「署長、サイバー犯罪対策課から情報が入ったと思いますが」

「今、聞いた。政治家連中にも漏れていて、電話で厳しく言われたばかりだよ。この件、どこまで本気にしていい？」

「七〇パーセント。サイバー犯罪対策課はかなり警戒していますが、公安的、警備的にはそこまで真剣にはなれませんね」

「しかし、無視もできない」

「そうですね。ネット犯罪に関しては、できるだけ厳しくいかないと。何か起きてからでは遅いです」

「どこが仕切る？」

「うちが仕切って、警護課も入ります。実働部隊としては、所轄と機動隊になりますね」

「機動隊の連中を、出動服で警戒させるか？」それが一番効果的なのは分かっている。盾を持ち、ヘルメットと防弾チョッキで身を守る機動隊員の姿は、何かやらかそうとする犯人側にとっては大きな圧力になるだろう。いざ犯行に及ぼうとしても、「武装集団」を見て思いとどまるかもしれない。

「それは後で考えます」今田は冷静だった。

「どうする？　日時指定のない犯行予告のようなものだから、時間はないぞ」

「ネット会議を使います。すぐに関係部署に連絡を取りますから、準備してもらえますか？　所轄にも、専門の部屋を用意しましたよね？」

「ああ」

「署長と警備課長の出席をお願いします。また連絡しますので」

電話を切り、海老沢は息を吐いて顔を擦った。

「厄介なことになったな」

「そうですね……まだ実感が湧きませんが」水谷の表情も暗い。

「俺も同じだ。しかし、都議の先生からプレッシャーをかけられたし、何もしないわけにはいかない。ネット会議の準備をしてくれないか？」

「分かりました——そう言えば、実際にネット会議をするのは初めてですね」

「俺もだ」しかし、そこで緊張するわけにはいかない。あんなものは、単なる手段なのだから。

ネット会議システムは、去年の東日本大震災を機に警視庁が導入したものだ。インターネットを使ったテレビ電話会議で、災害時の打ち合わせなどを想定している。もちろん、通常の会議で使ってもいいのだが、そういう機会はこれまでなかった。やはり警察官は、直接顔を合わせて話すのが基本である。

ネット会議の準備は、結局ＩＴ系に詳しい警備課の若い刑事に任せてしまう。会議スタート――モニターの画面が複数に分割され、そこに参加者それぞれが映っていた。このシステムは、警視庁が独自に開発したそうで、大したものだと思う。技術は日々進歩していて、自分など取り残される一方だ。これからも様々な新しい技術が出てきて、ついていけなくなるだろう。いいタイミングで定年、ということになるかもしれない。

映像が少しぎくしゃくしたり、音切れがあったりしたが、打ち合わせは順調に進んだ。公安総務課が仕切り役になり、まず目黒区内の所轄で管内の政治家をリストアップする。それはすぐに済みそうだ。元々所轄では、管内の政治家や財界人、芸能人などの所在をチェックしてある。有名人がトラブルに巻きこまれた時に出遅れると、面倒なことになるからだ。その後、各所轄が政治家に接触し、事実関係を伝える。警備は極秘、地味に行うことを基本とし、所轄、そして機動隊員を私服で出動させる。必要に応じて警護課が出て、よりシビアな警備を行う。

取り敢えず、現段階ではこれしかできないか。目黒中央署管内では、池内が民自党関係者に伝えるハブになってくれるから、少しは楽だろう。しかし実際に、全ての政治家に事情を明かして、警備のやり方を説明するにはかなりの時間がかかりそうだ。相手は簡単には納得しないだろうし、警察が本格的に警備を担当するということで、必要以上の警戒感を抱くかもしれない。面倒な仕事になるのは間違いなかった。

「では、早々にリストの提出をお願いします」今田が会議を締めにかかった。あまり深刻な様子を見せないのは、「犯人」の「本気度」がさほど高くないと判断しているからかもしれない。いや、判断ではなく勘か。学校や公共交通機関などに爆破予告の電話をかけて混乱させる脅迫事件は、昔からあった——今は、その手段がメールやＳＮＳなどに変わっただけである。しかし、人を脅し、相手が混乱するのを見て喜ぶのと、実際に手を出すことの間には大きな差がある。実際、脅迫が実行に移されたケースはほとんどないのだ。

とはいえ油断はできない。

ネット会議を終えるとすぐに会議室のドアが開き、警務課の職員がメモを持ってきた。

「電話のメモです」

「うちの管内の先生たちか？」海老沢はメモを数えた。七枚……不安に駆られて電話してきたのだろうが、こんなことが続いたら仕事にならなくなる。いっそのこと、管内の政治家を全員集めて事情を説明しようか、とも思った。ただしそんなことをしたら、話がさらに大袈裟になってしまうだろうが。

「取り敢えず、先生方に説明をしよう……警備課で、担当を割り振ってくれないか？」海老沢は水谷にメモを渡した。水谷が、さすがに嫌そうな表情を浮かべる。「俺は、池内先生に電話して、話のハブになってもらう。この際、池内先生は内輪の人間として扱って、できるだけ協力してもらおう」

「分かりました——しょうがないですね」水谷が膝を叩いて立ち上がる。まだ四十代半ば、まさに働き盛りなのだが、妙に疲れた様子だった。確かに、こういうのが一番困る。本当かどうか分からない——おそらく悪戯だろうが、警察はやはり、最悪の事態を想定して動かなければならない。こんなことが何回も続けば、心も体もすり減ってしまうだろう。ラグビーで、スクラムの組み直しが何回も続くようなものである。どうせならペナルティを取ってもらって、相手ボールでリスタートする方がましだが、警察がペナルティを科されるのは「失敗」だ。そして警察の失敗は、致命的な問題につながる。絶対にこのスクラムをきちんと組んで、押し切らなければならない。

その日は、ほとんどが雑用で潰れた。政治家への応対を雑用と呼んでいいかどうかは分からないが、海老沢は途中で情けなくなってきた。政治家たるもの、もっと堂々と胸を張り、「悪戯だ」と笑い飛ばしてもいいのに、誰もが疑心暗鬼になって怒り、怯えている。もちろん、何か起きてしまってからでは遅いのだが、人間、あまりにもびくびくしていると、予想もしていないところで失敗することがある。上の空になっていて、ただ歩いているだけでつまずいて転び、大怪我を負う——しかし海老沢も「絶対に大丈夫です」と言えないのが辛いところだった。人員の都合で、政治家一人につける警察官は、常時一人が限界だと分かったのだ。しかも、夜に政治家が自宅に戻ったら監視を外す、という前提だ。夜は、普段よりもパトカーを多く走らせて警戒するしかない。何しろ目黒区議だけで三十六人、そのうち十五人が目黒中央署管内に住んでいる。

午後遅くから、一部で監視が始まった。所在がはっきりしている政治家に関しては、夜まで警戒を続ける。まだ連絡が取れていない、あるいは都外へ出張中の政治家に関しては、明日以降から警戒を始める。実質的には、明日の朝から本格的な警戒作戦が始まることになるだろう。

夜になって、ようやく警戒態勢に格好がついてきたので、海老沢は警備課のソファでほっと一息ついた。昔なら、すかさず煙草に火を点けているところである。今は、そういう「区切り」がなくなった。なくなっても何とも思わないのも、歳を取った証拠だろうか。

「明日から本格的に警戒が始まる。数日間のことだが、何とか踏ん張ってくれ」海老沢は課員たちに声をかけた。サイバー犯罪対策課が中心になって、問題の発信をした人間を特定しようとしているが、少し時間がかかるだろう。ネットでの情報の開示は、まだ様々な手続きが必要になる。これが電話一本で——あるいはメール一通で片づくようになると、ネット犯罪はだいぶ減るはずだ。数分で正体が分かってしまうようなシステムができれば、抑止力になるだろう。

警備課を出て、署長室に戻る。この脅迫の件で、昼間の通常業務はすっかり滞ってしまった。椅子に座って覚悟を決め、未決箱に手を伸ばす。幸い、今日は普段よりも決裁が少なかった。とにかく書類に集中……まだ、決裁を待って署内にとどまっている連中もいるのだ。仕事は定時で終わらせ、私生活を充実させるべし——私生活が壊滅状態の海老沢には関係ないが、部下には上手く仕事と生活のバランスを取って欲しい。そのためには、自分がちゃんとケアしてやらないと。

そういう時に限って携帯電話が鳴る。高峰。思わず舌打ちしてしまったが、出ないわけにもいかない。事情を話して、さっさと通話を終えよう。

「面倒な事件に巻きこまれたな」高峰が同情した。

「最悪の事態を想定して動くのが公安だよ」

「そうか……八田に逮捕状が出たことは知ってるな？」

「報告だけ受けた。だけど、大丈夫なのか？　まだ決定的な材料はないはずだ」海老沢は言った。

「いや——あまりこういうことは言いたくないが、別件なんだ」

「別件？」海老沢は首を傾げた。八田は、そんなにまずいことに手を出していたのだろうか。

「奴、スーパーの売り上げ金を盗んでいたらしい」

「真面目に働いていたんじゃないのか」

「そうだけど、売り上げを誤魔化して、一部を懐に入れていた。スーパー側でもそれは把握していたんだが、警察には届けていなかった。少額だったんだ」

「いくらだ？」

「五万六千二百円」高峰がぼそりと言った。

「それは……告訴するような金額じゃないな。本人に認めさせて、弁済させたら終わりじゃないか」何だか情けなくなってきた。

「そうしようかと思ってたところで、奴の方で退職届を出して辞めちまったんだ。スーパーの方では、どうするか迷っていたようだけど、うちの刑事が事情を聴き出してね。強引に告訴させて、逮捕状を取った。それがつい一時間ほど前だ」

「逮捕状……そうだったな」海老沢は逮捕状が出たとしか聞いていなかったので、詳しい事情は知らなかった。こんな別件とは思ってもいなかった。「大丈夫なのか？」

「別件だったら、公安の得意技じゃないか」

「今時は、そんな露骨なことはやらないよ。本筋の容疑に近い部分で何かあれば、やるかもしれないが」

「まあ、横領の事実は間違いなさそうだから、そこに問題はない。あとは捕まるかどうかだ」

「指名手配になるな？」

「ああ」

「だったら、仕事は終わったと考えてもいいんじゃないか？」正直、今はそれどころではない。

「いや、本筋の容疑で逮捕状を取ったわけじゃないから、まだ終わらないよ」

「お前、無理してないか？　強引に逮捕状に持っていったんじゃないだろうな？」

「幹部全員で、慎重に相談した結果だ」高峰が静かに言った。

「それならいいが」

「お前の方、どれぐらい大変なんだ？」

「何とも言えない。警戒はするが、実際に何かあるかどうかは……まずないと思うけど、起きてからじゃ遅いからな」

「人の手当だけでも大変じゃないか」

「刑事課には面倒をかけない。機動隊を投入するよ」

「まさか、盾にヘルメットで、政治家の自宅前を固めるんじゃないだろうな」

海老沢は思わず吹き出しそうになった。高峰が機動隊に対して抱いているイメージは、一般市民のそれと変わらないようだ。

「今回は、私服で警戒させる。機動隊の一部の隊員は、警護課で要人警護の訓練も受けている。その成果を発揮する、いいチャンスだよ」

「チャンスと言うけど、何かあったら警察的にはピンチじゃないか」

「分かってる——もういいか？　この件で昼間の時間が潰れたから、書類が溜まってるんだ」

「警察の仕事も、紙から離れてもう少し効率化しないとな。いつもデスクに縛りつけられてたら、幹部は仕事もできない」

「判子を押すのも仕事だけど」

「いや、それは結果だ。一番はやはり、事件を解決するために、知恵を絞ることだから。それが、現場に出なくなった人間の責任だ」

「高峰」海老沢は静かに語りかけた。

「――何だ？」

「無理するな」

「してない」

「いや、かなりきつくネジを巻いてやってるだろう。何でもない時ならいいけど、今のお前は無理できない体なんじゃないか？」

「まあな」

「もっと部下を信用して任せろよ。お前のところには、優秀な人間が揃ってるんだろう？」

「捜査一課は、警視庁一のエリート部隊さ」

「公安一課出身としてはそれには合意できないけど、お前がそう思ってるならいい。そういう優秀な部下に任せて、お前は呑気に構えてろ。それこそ、家で休んでいて、何かあった時に報告を受けるだけでいいんじゃないか」

「ずっと家にいると、嫁さんに鬱陶しがられるんだよ」

「それはまだましだ」海老沢は溜息をついた。

「ああ？」

「鬱陶しがられなくなる――存在していないように扱われたら、結婚生活はもうおしまいだよ」

「そういう話なら、いくらでもつき合うぞ」

「馬鹿言うな」海老沢は吐き捨てた。「俺の話なんかどうでもいいんだよ。お前が気をつけろっていうことだ」

高峰が反論しなかったので、海老沢は電話を切った。これで書類に集中できると思ったが、今度は卓上の固定電話が鳴る。

「目黒区議の石塚《いしづか》さんからお電話です」

海老沢は何とか自分を落ち着かせ、深呼吸した。赤ん坊の相手をしている方がよほど楽ではないだろうか。


奇跡的に、夜は何もなかった。政治家が襲われることもなく、殺人事件の捜査にも動きがない……一度も目が覚めなかったのは、それだけ疲れていたからではないだろうか。

着替えてダイニングテーブルにつくと、朝食の用意はできていた。いつもと同じ、代わり映えのしない朝食。飯に味噌汁、卵焼き、ほうれん草のおひたしに漬物。ここ十年ほど、朝が和食の時はだいたいこういう組み合わせだ。

食事の時も会話はない。最近海老沢は、このぎこちない感じは、新婚早々から続いていたのだ、と思い出している。妻が作った朝飯に「味が少し薄い」と言った時の彼女の表情が、しきりに思い浮かぶ。妻はそれほど料理が得意ではないが、食べられないようなものを出すわけではない。それなのに自分は「味が薄い」と平然と言ってしまった。あれは無責任な一言で、これから一緒に暮らしていこうと決意を固めたばかりの女性にはショックだったのではないかと思う。

しかし時を巻き戻すことはできないし、これから態度を改めて女房孝行をしようという気にもならない。そんなことをしたらしたで、妻はさらに白けた態度を取るだろう。

仕事よりも、人間関係の方がはるかに難しい。特に家庭を築くことは……他の人たちは、どうやって穏やかな家庭を作り上げているのだろうか。

今日も一日が始まる。ということは、夜まで妻と顔を合わせないで済むわけだ。それでほっとしているのだから、自分の家庭生活は末期状態にあるのだと思う。

妻がちらりと海老沢を見る。そこにゴミが落ちているとでも気づいたように、一瞬だけ顔をしかめた。そうか、君にとって俺はそういう存在に過ぎないのか——怒りも湧いてこない。最初からずれた感覚を、今になって修復しようとした自分が間違っていた。

朝食を終え、新聞に目を通す。署長室で全紙を読むのだが、取り敢えず官舎では東日……しかし、一面や政治面は読む気がしない。最近は、政権を担って三年目になる政友党政権のだらしなさが目につき、ニュースとしても知りたくないぐらいなのだ。増税を巡って議員の造反が相次ぎ、離党者も後を絶たない。このままでは、政権与党から転落するのも時間の問題だ。

結局東日本大震災のせいだったのか、とも思う。政友党は災害の後始末、原発事故の対策で無数のヘマをして、日本を混乱させてきた。しかし下野している民自党も効果的な対案を出すでもなく、野次を飛ばし、法案に是々非々で賛成するでもなく、ただ反対するだけに野党ぶりを発揮している。

いずれ総選挙があり、政権は交代するだろう。民自党が返り咲く可能性が高い。しかしそれで何が変わる？　東日本大震災以降、政治も社会も劣化した。一般市民は体感治安の悪化は感じてはいないだろうが、もたもたとしか動かない政治に対してはうんざりしているはずだ。

いや、もううんざりさえしていないかもしれない。無関心。それが民主主義の最大の敵だと分かっていても、無力な政治に関心を持つのは極めて難しい。

日本はすっかり変わってしまった。もしも極左が今でも昔と同じように活動していたら、本気で革命を目指すかもしれない、と海老沢は夢想した。

2

八田は、山梨まで行ったのか……迂闊《うかつ》な奴だ。逮捕・服役の経験があるから、用心していると思ったのに、記名式のPASMOを使って中央線に乗っていたのだ。それを追跡したところ、大月《おおつき》で下車したことがすぐに分かった。八田には縁がないはずの場所だが……。

高峰は直ちに、捜査員を大月に派遣した。駅などで防犯カメラの映像をチェックし、八田の写真を持って聞き込みに回るという、地味な捜査になるだろう。しかし、人の足跡を探すのは、基本的に地味な捜査なのだ。

その手配をしてから、動きが途絶えた。八田の自宅・実家で張り込みをしている連中からは、報告は入らない。指名手配になったので、よりしっかりとしたローテーションを組んで、二十四時間三交代制の監視になったのだが、すぐに結果が出るものではあるまい。

しかし午後一番で、大月に派遣した刑事たちから早々に連絡が入ってきた。

「小宮《こみや》です」捜査一課の若手刑事だ。

「お疲れ。高峰だ」

「理事官、八田は大月駅で降りた後、駅の近くにあるホテルに投宿していました。残念ながら、今朝チェックアウトしています」

「クソ、タッチの差か」高峰は思わず吐き捨てた。

「申し訳ありません。これからさらに捜索範囲を広げます。駅員には八田の写真を渡して、見かけたらすぐに連絡してもらうように頼みました」

「分かるのか？　駅は混雑するぞ」

「大月は、それほど大きな駅ではありません。JRも、富士急も……見逃さないと思います。防犯カメラも、改札のところとホームにありますから、本人がいれば間違いなく映ります」

変装していなければすぐに分かるが……八田はどこまで用心しているだろう。

「大月で、奴が立ち寄りそうな場所はあるか？」

「基本的には何もないところですし……親戚や友人もいないはずです」

「レンタカーもチェックしろ。奴は免許は持っている」

「すみません、そこのチェックは抜けてました。すぐに調べます。甲府辺りのレンタカー屋まで調査します。甲府まで移動してからレンタカーを借りる手もあると思いますので」

「それは任せる。想定できることは、全部やってくれ。人手は足りてるか？」

「今のところは大丈夫です。本格的な張り込みにでもなったら不安ですが」小宮が心配そうに答える。

「やばそうだったらすぐ言ってくれ。人を手配する」

「了解しました」

二十分もしないうちに、小宮がまた電話をかけてきた。先ほどよりも声が弾んでいる。

「八田はレンタカーを借りていました」

「よし」勘で言っただけだが、それが当たったことに高峰は小さな誇りを覚えた。刑事の勘は、病気になったからといって鈍るものではないらしい。「いつ借りた?」

「今朝一番です。返却予定は明日の夕方……ここへ戻す、ということでした。行き先は長野県になっていますが、それは信じられませんね。借りる時は、適当に書いても大丈夫でしょう」

「ああ。ナンバーと車種を教えてくれ」

高峰は、小宮が告げる情報を書き取った。小宮たち大月組には、現地での八田の足跡をさらに追跡するように指示しておいてから、車の手配に取りかかった。ついで、山北の実家を担当している木内美沙に連絡を取った。

「車ですか? 大月からだと、ここは遠くないですよね」

「だから、そっちへ向かう可能性もあるんだ。警戒を強化してくれ」

「分かりました。それと、別情報ですが……八田の友人関係です」

「ああ」

「一緒に呑んだ人たち以外にも、会っていた人がいたんです。その人曰く、中学までは親友だったと」

「今は違うのか」

「別々の高校へ進んだ後は切れていたんですけど、今年の五月にいきなり訪ねて来たそうです。ただお茶を飲んでいったという話ですが、その時に『俺はでかいことをやる』と言っていたと」

「これからやる、ということか?」

「そのようなニュアンスだったそうです」

その頃、八田は既に殺人に手を染めていた可能性が高い。その先に起こす殺人事件が「でかいこと」なのか、あるいはそれ以外の犯罪なのか。

「君はどう思う?」

「ちょっと判断しにくいです。その人には、これからもう一度話を聴きますけど、八田は少し様子が違っていたようです」

「というと?」

「他の人たちと呑んだ時は穏やかな感じだったそうですが、かなり怒っていたというか、思い詰めていた感じだったそうです」

「八田は親友だと思っていたから、本音で話したんだろうか」高峰は自分に問いかけるように言った。

「その可能性はあると思います。もう一度話をして、何か分かったら連絡します」

「頼むぞ。待ってる」

電話を切り、待機に入る。こういう時間が厳しい。普通の特捜本部だったら、現場からひっきりなしに報告が入り、それを検討して次の指示を出すという仕事が延々と繰り返される。しかし今回は、八田——合同捜査本部が責任を持って追跡することにした——の捜索の「待ち」がほとんどである。あとは、各特捜本部からの報告を受けるだけだが、一気に大きな動きが出るような気配はなかった。

一方で、倉橋はパソコンの画面とずっと睨めっこをしている。今のところ、監視場所は八田の自宅と実家、そして大月にも四人の刑事を派遣している。三ヵ所に分かれて二十四時間監視となると、二十人では足りない。その中でも、必死にローテーションを組もうとしているのだ。そしてこのローテーションは、何かあったらまた組み直しになる。

見かねて高峰は声をかけた。

「もう少し応援をもらおうか？　余裕はあると思う」

「あと三人いれば、明後日の朝までのローテーションが組めます」倉橋が顔を上げた。

「だったら、六人もらおう。遊軍的に動ける人間が三人ぐらいいないと、いざという時に困る」

「大丈夫ですかね」

「一課長に許可をもらうよ。こういう重大事件だから、問題ないだろう」

村田と話して、すぐに人の手配をした。世田谷南署の生活安全課から二人、隣の所轄の刑事課から二人、機動捜査隊からさらに二人を増員してもらえることになった。その手配が済むまで、わずか十五分。警視庁全体がこの事件を重視して、一刻も早い解決のために手を貸そうとしているようだ。高峰は、最近すっかり聞かれなくなった「警察一家」などという言葉を思い出していた。

一段落したところで、また美沙から連絡が入る。申し訳なさそうな様子だった。

「相手なんですけど、夕方まで摑まりません。すみません……」

「そこの交代要員は確保したから、心配しないでくれ」

「助かります」美沙がほっとした口調で言った。

「それより、相手とは何時頃会えそうだ？」

「六時ぐらいですね。仕事帰りに会うことになっています」

「だったら俺も行く」

「はい？」

美沙が疑わしげな声を上げた。見ると、倉橋も怪訝そうな表情でこちらを見ている。

「まだローテーションの組み替えが終わってないから、人手が足りないんだ。俺も手を貸すよ」

「いや、でも理事官が現場で……」

「理事官が聞き込みしたらまずいか？」

「そういう意味じゃないですけど……お体のこと、聞きました」

「こうやって君と普通に話してるんだから、大丈夫だ」何で急にこんな気になったかは、自分でも説明できない。「六時までにそっちへ行く。どこで落ち合ったらいいか、後で俺の携帯に連絡してくれ」

「――分かりました」

高峰は電話を切った。余計なことは言われたくない――立場を利用した無理な指示のようなものだが、今は「自分が動くべきだ」という信念が次第に強くなっている。

「理事官、山北に行かれるんですか？」倉橋が不安そうに言った。

「すぐに応援の連中が来る。そうしたら出かけるよ」

「人のことではなく、体調の話です」倉橋の口調は厳しい。「あんな話を聞いた後では、行かせるわけにはいきません」

「そこは俺が判断する。俺の体だ」

「本当は、休んでいた方がいいんじゃないですか」

「そんなのは、昭和の時代の話だよ。医者からも、入院まではできるだけ普通に動いて仕事をしている方がいいと言われてる」体調が悪化しなければの話だが……今のところは、食欲不振と、ぎりぎり我慢できるぐらいの胃痛以外に異常はない。体重が減っているのは、食べていないから仕方がないことだ。「普通の生活をすることで、ストレスがたまらない。どんな病気でも、ストレスが与える影響は大きいんだ。胃がんでも同じなんだよ」

「何かあっても、俺は責任を取れません」倉橋の顔が強張《こわば》る。

「大事な部下に、責任を取れなんて言わないよ。責任を取るとしたら、課長だろう。そんなに嫌なら、課長に密告しておくといい。ただし俺は、携帯の電源を切っておくからな。事情聴取が終わるまでは、連絡は取れない」

「理事官……」倉橋が溜息をついた。「これきりにして下さいよ。こっちがストレスで胃をやられそうだ」

「そいつは申し訳ない。あとで、よく効く頓服《とんぷく》の胃薬を教えてやるよ」

久々の遠出だ。

理事官の仕事は一課長のサポートで、しばしば本部を留守にする一課長の代わりに、課全体の運営について責任を持つ。どうしても「留守番」が多くなってしまうので、県境を越えるのは本当に久しぶりだった。

そう考えると心が沸き立ったが、途中で気持ちが折れそうになった。山北駅のある御殿場線というのは、都内からはリーチしにくい。高峰は東急二子玉川駅で田園都市線に乗り、終点の中央林間まで出てから小田急で藤沢《ふじさわ》まで行き、東海道線の国府津駅でようやく御殿場線に乗り換え……二時間近くもかかって、ようやく山北駅に着いた。北口のタクシー乗り場では、美沙が覆面パトカーに寄りかかって待機している。既に午後五時を過ぎているのだが、まだ暑く、長距離を歩いたらめまいがしてきそうだった。

「お疲れ様です」

美沙が小走りに駆け寄って来たので、高峰はさっと手を上げた。

「車、冷やしておきました」

「助かるよ。しかし、この辺も暑いんだな。山の中だから、少しは涼しいかと思った」

「山北は、そんなに標高が高いわけじゃないですよ」

高峰は、助手席のドアに手をかけた。美沙が慌てて「後ろにどうぞ」と声をかけてくる。

「いや、一緒に行くんだから、今日の俺は君の相棒だ。後ろでふんぞりかえってるわけにはいかないよ」

高峰は助手席に落ち着いて、ワイシャツの胸元を引っ張った。冷気が体を撫でていき、ほっとする。しかし今日は、本当に暑い。冷房の効いた電車に乗ってきたのに、駅から一瞬外に出て歩いただけで、一気に汗が吹き出たぐらいである。これでも数年前までは、真夏でもネクタイをしていたのだ、と思い出す。今考えれば、よく耐えられたものだ。

「今日はありがとう」

「え……いえ、そんなこと言われましても」美沙が動揺した。

「理事官が聞き込みなんて、単なるわがままだよ。でも今の俺には、これが必要だったんだ。ずっと捜査本部に座って指示を飛ばしているだけだと、事件の筋が見えてこない」

「分かります——分かりますなんて言ったら、生意気かもしれませんけど」

「いや、そんなことはない。俺にとっては、これが日常生活なんだ。しばらく現場を離れていたけど、やっぱりここが俺のいるべき場所なんだ。今の俺にとっては、何より日常が大事でね……行こう」

「すぐ近くです。ちょっと待ちますけど……」

「かまわない。六時だろう?」高峰は腕時計を見た。午後五時十五分。四十五分待つぐらい、何でもない。

高峰たちが会う相手、江本正樹《えもとまさき》の勤務する会社、足柄《あしがら》電子部品は、小さな川沿いにあった。プレハブのような建物だが、相当大きい。外から見た限りでは、何を作っている工場なのか、見当もつかなかった。

「あれ、自分の会社なんですよ」美沙が唐突に言った。

「社長なのか?」

「正確には、次期社長です」

「親父さんの会社で働いてる?」

「そういうことです。今の社長、もう七十過ぎなんですけど、元気なんですよ。元気過ぎるぐらいで」ハンドルを握る美沙が苦笑した。「最初、工場を訪ねて行ったんですけど、社長が出てきて、いきなり『警察に用はない!』ですからね。昔何かあったのかもしれませんけど、かなり警察を嫌っている様子でした。息子さん——正樹さんに話を聴いている時も、ずっと傍に座って一々口出ししてくるんですから……それじゃたまらないので、仕事が終わった後に何とか抜け出してきてくれるように頼んだんです」

「親子で一緒に住んでるのか？」

「ええ。この工場の裏が自宅です」

口うるさく元気な父親に、家でも仕事でも頭を押さえつけられ……きつい人生だろうと思う。いずれは社長になるにしても、あまり希望が持てないはずだ。

「父親抜きで、どう話す？」

「拉致《らち》します」

「拉致？」

「駅前まで行って、話をします。終わったら家まで送って、という約束になっています」

「話ができるような場所、あるのか？」駅前は寂《さび》れた地方都市という感じで、喫茶店などもなかったはずだ。

「指定してきたのはレストランです。でも普通のソフトドリンクもあるし、オーナーが顔見知りで個室を貸してくれるという話です」

「いいチョイスだ。話をする気はあるみたいじゃないか」

「そうですね」

二人は雑談を交わしながら、午後六時を待った。六時五分……小太りな男が工場から出て、こちらに向かって来る。美沙は運転席を出て一礼した。高峰も外に出る。何となくだが、この男を一人で後部座席に乗せるのは失礼な気がした。店に行く時には、自分も並んで後ろに座ろう。

「すみません、遅れまして」江本の顔は汗で濡れていた。仕事が終わって、顔も洗わずに外へ出たら暑さにやられたのだろう。申し訳ないと思う。

高峰は自己紹介して、江本を車の後部座席に導いた。自分もすぐ横に座る。三人乗ると、車のエアコンも効きが悪いようだった。

「お時間いただいてすみません」車が発進すると、高峰はすかさず切り出した。「仕事終わりで、ゆったりされたいところですよね」

「いえいえ……」江本が消え入りそうな声で言った。

「御社、長いんですか？」

「親父が創業して、今年でちょうど四十年ですね」

「そろそろ、跡を継がれる？」

「いや、親父は元気なんで、あと何年かは……急に辞めると、がっくりきちゃいそうですし」

「六十歳を過ぎても現役バリバリでやっていた人が、ある程度年齢がいってから辞めると、定年で辞めた人に比べて病気になったりする確率が上がると言いますよね」高峰は話を合わせた。

「まあ……家族経営なんでしょうがないですけど」

「しょうがない」の台詞に、江本が普段感じているプレッシャーを感じ取った。

「普通の勤め人にはなかなか分からない感覚ですね」

「警察官が普通の勤め人ですか？」江本が意外そうに言った。

「勤め人の中の勤め人ですよ。公務員ですからね」

「何だか危ないことも多いような気がしますけど」

「それはドラマの世界の話でしてね。職務中に死亡する確率は、タクシーの運転手さんの方が高いそうです」

「意外です」

「日本では、犯人と撃ち合いとかにはなりませんから」

会話が転がっているので、高峰は早くもほっとしてきた。これだ、この感覚だ……俺は「現役感」を味わいたかったのだ。管理職になって、捜査の現場を離れてからかなり時間が経つ。作戦を考え、人に指示をする仕事に慣れていたが、自分の本領はやはり、現場で人に話を聴き、隠された真実に迫っていくことだ。歩き回って巨大なパズルを完成させていくようなものである。

変に出世街道に乗るべきではなかったのかもしれない。警察は上意下達が徹底していないと仕事が上手く回らなくなるから――それぞれの刑事が勝手に動いていたら、捜査は崩壊する――誰かが上に行かねばならない。しかし、自分がそういう立場に立たなくてもよかったかもしれない、と思った。試験には誰かが合格し、上に立つ立場になる。自分はずっと現場にいて、現場なりの知恵を出しながら仕事を続けていく手もあった。

少なくとも、現場で動き回っている方が、健康にはよかったと思う。高峰は若い頃から万歩計を愛用しているが、二十代、三十代の頃は一日に二万歩歩くことも珍しくなかった。それが管理職になり、本部や特捜に詰める時間が増えると、てきめんに歩数が減った。年々、体力が落ちているのは感じていた。ジョギングやウォーキング、ジム通いで体を鍛えればよかったのだが、時間がないことを言い訳に何もしなかったのは自分の責任である。それが今の病気に繋がっているとしたら……誰のせいにもできない。

店に入り、個室に落ちつく。午後六時過ぎだとまだ夕食タイムではないのか、店内に他の客はいなかった。

席に着いたところで、高峰は名刺を差し出した。「理事官」という肩書きに着目されるかと思ったが、江本は気にしてもいないようだ。それはそれでいい。捜査一課のナンバーツーが事情聴取に来た――と緊張されたら困る。もっとも、一般の人はそもそも「理事官」が何か分からないだろうが。

「本当は、ビールといきたいところですよね」江本の小太りな体型は、ビールのせいではないかと思われた。「申し訳ないですが、ここでは真面目に話をしないといけません。ソフトドリンクでおつきあい願えますか?」

「あ、酒は呑まないので」江本が顔の前で手を振った。「水でも大丈夫です」

「何か頼んできますけど」美沙が立ち上がった。

「では、アイスコーヒーで」メニューを見もしないで江本が言った。常連なので、飲み物メニューも把握しているのだろう。

しかし高峰は、アイスであっても刺激の強いコーヒーは飲めない。素早くメニューを見て、アイスティーがあるのを確認し、それを頼んだ。美沙がカーテンを引いて――カーテンで仕切っているということは「半個室」ということか――出ていく。江本が、斜めがけしていた小さなバッグから煙草を取り出し、「いいですか?」と遠慮がちに訊ねる。

「私はいいですけど、ここ、吸えるんですか?」最近、飲食店でも「禁煙」を打ち出すところが増えてきた。

「この個室は大丈夫です」

「では、どうぞ」

江本が煙草に火を点け、ゆっくりと煙を吸いこむ。少し手が震えているように見えたが、携帯灰皿に灰を落とす動きはしっかりしていた。

「八田のことですよね」江本が先に切り出した。

「前も、別の刑事が伺いました。何度も繰り返しで申し訳ないですが、それが警察のやり方なので」

「そうなんですか？」

「別の人間が聴くと、忘れていた事実を思い出すこともあります。若い女性からオッサンに替わると、印象も変わるんじゃないですか」

「……緊張しますね」

「申し訳ない。でも、ただの定年間近のオッサンですから。経験が豊富なだけです」

「ええ」江本が忙《せわ》しなく煙草を吸う。煙草では緊張は解《ほぐ》せないようだ。

「八田さんは、何十年かぶりに会いに来たんですね？」

「ええ。俺のことなんか、忘れてるんだろうなって思いました」

「中学までは親友だった、と聞いていますよ」

「そうですね。昔はそれこそ……家も近かったし、中学では部活も一緒でしたから」

「部活、何だったんですか？」

「バスケです。全然強くない学校で、本当に楽しんでやってただけですけどね。練習が終わって家に帰る途中で、自販機でジュースを飲むのだけが楽しみでした」

「八田さんは……学生運動をやるようなタイプに見えました？」

「少なくとも中学生の頃までは、そんなことは全然なかったです。そもそも俺らの年代だと、学生運動をやる人なんか、いないですよ」

「確かに、我々の年代が中心でしょうね。私は団塊の世代の尻尾みたいなものですから、周りにもそういう人間は結構いました。江本さんは、私とは一回りぐらい違うんじゃないですか？」

「もうすぐ定年、と仰いましたよね」

「ええ」江本がうなずく。

「だったら本当に、一回りぐらい違いますね。学生運動なんて、テレビの中でだけ見る世界で、自分たちには関係ないと思ってました。高校でもそういうことにハマる人間はいなかったし……大学ではあったんですかね」

「江本さんは、大学には？」

「行ってないです。専門学校で、機械関係の勉強をしただけで」

「江本さんが専門学校にいたのって、昭和の終わり頃ですか？」

「ええ」

「だったらもう、大学での学生運動も、ピークは過ぎてましたよ」

「そうですよね。だから、八田が事件を起こして逮捕されたと聞いた時は驚いた……というか、ピンとこなかったですね。今時、まだそんなことをやってるんだって。あの時も、警察の人が何人もここに来て、大騒ぎでした。ただ、八田はもう、地元とは縁を切った感じになってたから、最近のことを聞かれても分からなかったけど」

「八田さんが大学を辞めたのはご存じでしたか？」

「ええ。家が近いんで、八田の親父さんやお袋さんとも、普段から話をしてましたから。親父さんが激怒して、俺まで怒られましたよ」江本が肩をすくめる。

「それはとんだ迷惑でしたね」

そこでカーテンが開き、美沙が飲み物の載ったトレイを自分で運んできた。江本の前にアイスコーヒー、高峰の前にアイスティーを置く。自分用にもアイスティーのようだ。トレイはそのまま、広いテーブルの隅に置く。若いのにさすがだ、と高峰は感心した。店の人を中に入れない方が、話は上手く転がるから、自分で運んできたのだ。

「どうぞ」

「いただきます」

江本はストローも使わず、背の高いグラスに直接口をつけた。勢いが良過ぎて、アイスコーヒーが少し溢れて顎を濡らす。慌てて紙ナプキンで顎を拭いたが、飲み物が入って少しほっとしたのか、煙草を持つ手の震えは止まった。

「結局、八田さんとはほとんど会わなかったんですね？」

「高校の時には会ってましたよ。高校は別々だったけど、家が近所だし。でも、あいつが大学へ行ってからは、ほぼ会ってなかったですね。東京で下宿して、こっちへはほとんど帰ってきてなかったし、俺は実家にいたし」

「専門学校は？」

「藤沢でした。通ってたんです」

「そうですか……それで今回、八田さんはいきなり訪ねて来たんですか？」

「びっくりしました。こっちに帰って来てるって話は聞いたけど、俺には用事はないだろうと思ってたから、何だかビビりましたよ。いきなり工場に来て……すぐに分かりましたけどね。三十年以上会ってなくても、分かるものなんですね」

「当時とあまり変わっていない？」服役などのきつい体験をすると、顔も体型も変わってしまいそうなものだが。

「そうですね。若いですよ」江本の表情が少しだけ緩んだ。「まあ……でも、いきなり来られて、少しびっくりしましたよ。最近はたまに家にも帰るし、いろいろ考えてるんだ、とか言って。お互いの家に行くのもちょっと違うかなと思って、この店に来たんです」江本が人差し指を下に向けた。「それで二時間ぐらい話して」

「その時に、どんな話が出たんですか？」

「俺はでかいことをやるって言ってたんです。それにちょっと引っかかったんですけどね」

「何か具体的な話は？」

「それはなかったんですけど、喋ってる時に目が据わってるというか……ちょっと怖かったですね」

　こういう話は、自分で直に聞いてみないと出てこないものだ。美沙が悪いわけではないが、表情や身振り、どんな風に感じたかなどは、説明しにくいものである。動画で撮影して後で見ても、分からないだろう。やはり直接会って、相手の全身の動きをこの目で確かめないと。

「どういう文脈で出てきた話なんですか?」

「それこそ、事件の話です。俺は、そういうのは聞かない方がいいだろうと思って、適当に最近の仕事の話なんかをしてたんですけど、いきなり……それで『あれは俺が悪い』って何回も繰り返したんです。少し酒も入っていたんだけど、本当に悪いと思っているというより、自分を納得させるためのような台詞でしたね」

「どうしてそう思いました?」

「表情。目つき」江本が言って、自分の目を指差す。「そういうのが、反省している感じじゃなかったんです。それに何度も繰り返すから……わざとらしい感じもしたし」

「なるほど。それで、でかいことというのは?」

「人生も後半に入ってきたから、これから取り返さないといけないって——前半を無駄にしたという意識があったんでしょうね。俺は世の中を正すって言い始めたんで、ちょっとビビりました」

「正す?」確かに今の世の中には、改めねばならないことが多過ぎる。世直しのつもりなのだろうが、元革連協の活動家が言うと、少し気味が悪い。「八田さんが、極左の活動家だったのは間違いありません。極左の目的というのは革命——世の中の全てをひっくり返すわけですから、究極の世直しですよね」

「あの……実はですね」江本が居心地悪そうに体を揺らした。すっかり短くなっていた煙草を携帯灰皿に押しこみ、アイスコーヒーを飲む。「それ、まずいかもしれないと思いながら、聞いちゃったんですよ」

「それ、とは?　革命ということですか」

「革命とは言いませんでしたけど――そんなこと何も分からないし――過激派に戻るつもりじゃないだろうなって……そうしたら、あんな子どもじみたことはやらないって笑ったんです。それが気味悪い笑いで、ちょっとぞっとしました。それで『でかいことをやるんだ』って言い出して。さすがにそれ以上は話が聞けない感じで、俺は黙っちゃいましたけど」

「その話をした時、彼はどんな様子でしたか？」もしも八田が連続殺人事件の犯人だとしたら、その時には既に何件かの事件は起こしていたことになる。連続殺人が「でかいこと」なのか？　革命を夢見てそれに挫折し、刑務所で悔恨の日々を送った人間が考える「でかいこと」だとは思えないのだが……。

「興奮してました。目がぎらぎらして、顔が真っ赤になって。だから、相当大きな計画を立ててるんだろうとは思いましたけど、聞けませんでした」江本が首を横に振った。

「無理する必要はなかったですね」高峰はうなずいた。八田は、連続殺人の容疑をかけられている人間である。江本がよく知っている中学時代の八田とは、別人になっている可能性が高い。下手に刺激したら、江本も被害を受けていた可能性もあるのだ。

「際どい話はそれだけでしたか？」

「ええ。いろいろと聞きにくい感じでしたから」

「その日は、八田さんはどうしたんですか？　実家に泊まった？」

「いえ、帰りました。午後八時頃だったかな……御殿場線も、一時間に一本はありますから」

「その時間に電車で帰るのは大変じゃないですか？」

「そう思って、どこかへ送ろうかって言ったんですけど、迷惑かけたくないって……そういうのは、中学時代と変わってなかったですね」

「中学生の頃から、そんなこと、言ってたんですか？」

「あいつ、頭はいいけど運動は全然駄目で」江本が肩をすくめる。「でも、三年生になると、やっぱり試合に出るようになるんですよ。人数もそんなに多くない部だったし。でも、あいつは遠慮しちゃって……チームに迷惑かけたくないからって。控え目なんです。結局、三年間で試合に出たのなんて、数えるほどでした」

「ずっと補欠ということですか」

「練習は真面目にやってて、一度もサボらなかったけど、確かに上手くはならなかったですね。控え目なところは、昔と変わってなかったな。そんな人間が『でかいこと』なんて言い出すのは、ちょっと不自然でした」


監視の交代要員が来て、美沙が東京へ戻るというので、高峰は覆面パトカーに同乗させてもらった。車だと早い――東名に乗ればいいので楽だった。本当は、無理に捜査に参加させてもらったお礼かたがた飯でも奢るべきなのだが、食欲のない自分を見せたくない。

「理事官、さすがでした」美沙が本当に感心したように言った。

「君が聞き出したことと変わらないよ」

「でも、話をした時の八田の様子とか……ああいうのは、もっとしつこく聴いておくべきでした」

「その場にいない人間がどんな表情や態度だったか、知るのは難しい。でも、しつこく聴く価値はあるよ。自分の目で観察できればいいけど、常にそうできるとは限らないからな」

「そういう時のコツって何ですか？」

「とにかく話を切らないことと、誘導尋問はしないことだ。時間をかけて、相手に思い出してもらう。ちょっと言葉を変えて、同じ質問を繰り返すといい」

「勉強になります」美沙が真剣な口調で言った。「メモを取れないのが残念です」

「君は管理職になる人間だから、現場のテクニックはあまり気にしない方がいいんじゃないか」

「部下に指導できるじゃないですか」

「なるほどね」

よく考えているものだ。こういう人間が上に立つと、警察も変わっていくのではないだろうか。そう考えると胸の中が温かくなるようだったが、すぐに冷たい風が吹いて、胸の灯火を吹き消した。

「でかいこと……何だと思う？」

「殺しじゃないですか？　自分だけが逮捕された恨みを晴らすために、かつての仲間を殺す――十分『でかいこと』ですよ」

「ただし、殺しについては、その時点で現在進行形――もう、三人を殺していた。それだったら、これから何かやるような予告はしないんじゃないかな」

「そうか……」美沙がつぶやいた。「殺しだったら、『でかいことをやってる』になりますよね」

「まあ、そこまで正確性を求めるのは考え過ぎかもしれないけど、ちょっと気になる」

気になる原因にすぐに気づいた。テロ予告だ。「目黒区内」で「政治家」が対象だと、あまりにも範囲が広過ぎて狙いがよく分からないが、元極左の人間がやぶれかぶれになって「でかいこと」

をやろうとした時に、「政治家をテロで狙う」のはあり得る話だ。ただし、適当に飛翔弾を飛ばすゲリラと、常に周りに人がいる政治家を狙うのでは、難易度は雲泥の差だが。

「海老名《えびな》のサービスエリアで、軽く蕎麦でも食べていかないか？　奢るよ」ふいに思い直して誘ってみた。

「いいですけど……」急に食事の話が出たせいか、美沙は戸惑っていた。

「ちょっと電話もかけたいんだ。車の中では落ち着いて話もできないからな」

「分かりました。何か胃に入れておきたいですよね。でも、蕎麦でいいんですか？　海老名だったら、他にもいろいろ食べるものがありますよ」

「いや、蕎麦でいいんだ。辛気臭い話だけど、今は蕎麦やうどんが一番食べやすい」

「無理しないで下さいね」

「無理もできないよ」

しかし今は、もう少し無理をしてでも走りたい。嫌な予感が——破滅の足音が聞こえている。

3

「テロ？」その言葉を聞いた瞬間にピンときて、海老沢は署長室で携帯電話を握り締めた。「八田が、目黒区内でテロをやると言いたいのか？」

「ああ。二ヵ月ほど前に、幼馴染みに『でかいことをやる』と話している。文脈からして、殺しではないと思う。そして八田は、レンタカーを借りて姿を消したままだ」高峰が淡々とした口調で説明した。

「どこかに潜んでチャンスを狙っているのかもしれない」

「その件の捜査、どうなんだ？　ＳＮＳで書きこみした人間、特定できたのか？」

「ついさっき分かったんだが、ネットカフェからしい」

「ネットカフェか……」高峰がつぶやく。

「ああ。今、うちの刑事を向かわせてる。ネットカフェを使う時にも身分証明書が必要だから、どのブースのパソコンをいつ誰が使ったかは分かるはずなんだ……ちょっと待て」

海老沢は、目の前に立った若い刑事に視線を向けた。刑事が一礼してメモを差し出す。さっと見て、海老沢はすぐに高峰に告げた。

「あの発信があった時、八田が問題のネットカフェにいたことは分かった。ただし、それで八田が書きこんだ証拠になるかどうかと言うと……今、パソコンの使用履歴を調べているから、もう少し詳しい事情が分かるかもしれない」

「分かった。どう思う？　長年自分のセクトに恨みを抱いていた男が、怒りを全く別の方向に向けるのは……そういうことはあり得るだろうか」

「ちょっと考えにくいな。俺の経験では、極左の活動をして服役した人間は、二種類に分かれる。もう一度セクトに戻るか、完全に足を洗って、隠れるように暮らすかだ。最近は、関係していたセクトとは完全に関係を切る人間が多い。今更流行らない、将来も見えないということだろう。八田もそうじゃないかと思う。出所してから今まで、問題は起こしてこなかったしな」

「しかし、四人を殺した疑いはある。ずっと準備していたのかもしれない」高峰が食い下がる。

「あくまで可能性の話だな。逮捕してみないと分からない。とにかく、警戒はマックスでやってるから、こっちのことは心配しないでくれ」

「ああ……気にはなるけどな」

「分かるけど、全部に手を出せるわけじゃないんだぜ」海老沢は忠告した。「仕事するなとは言わないけど、もう少し自分を大事にしたらどうだ？」

「分かってるよ」怒ったように言って、高峰は電話を切ってしまった。

やはり、心配し過ぎのように思える。ただ、高峰に忠告されたことで、海老沢も不安になってきたのは事実である。さらに上のレベルでの警戒が必要ではないだろうか。機動隊の本格的な投入とか。しかし……さすがにそれは現実味がない。

水谷が疲れた表情を浮かべて署長室に入ってきた。

「まだいたのか」海老沢は壁の時計を見た。既に午後八時を過ぎている。「配備は済んでいるんだから、あんたが残っていてもしょうがないぜ」

「明日以降の配置のローテーションを考えていました」

「上手く回りそうか？」

「何とも……状況が流動的ですからねえ」水谷は首を捻る。

「明日の朝、一緒に考えよう。今日はもう、引き上げろよ。こんなところで体力を削られたら、馬鹿みたいだぜ」

「署長はどうされますか」

「俺はもう少しいる。今夜は特捜の捜査会議もすっ飛ばしちまったから、少し話も聞かないと……

「どうせ、上に帰るだけだからな」

本当は酒でも呑みたいところだ。殺人事件に端を発した署全体の緊張状態に、海老沢も巻きこまれている。一度この緊張感から逃れないと、どこかで壊れるかもしれない。それには酒が一番なのだが……しかしそれは、今夜ではない。緊急警戒態勢に入った初日に酔っ払って、万が一何か起きたら、目も当てられない。

上階にある特捜本部に上がる前に、新鮮な空気を吸おうと海老沢は外に出た。目黒中央署は山手通り沿いにあるが、裏手に回ると目黒川が流れている。桜の季節は花見客の警備で大変だが、今は静かなもので、夜の散歩を楽しむにはちょうどいい。

しかし署を出たところで、会いたくない人間に摑まってしまった。東日新聞の第三方面担当の警察回り、安西真智《あんざいまち》。小柄だがエネルギッシュなタイプで、何もなくても署によく顔を出している。

「署長、まだお仕事ですか」真智がきょとんとした表情を浮かべる。

「そうだよ。特捜があるんだから、そう簡単には帰れない」

「何かあったんじゃないですか」

「いやいや、夜の捜査会議が終わってから他の仕事を片づけていたら、これぐらいになるよ。あんたこそ、何か摑んできたのか?」海老沢も探りを入れた。

「どうでしょう……」真智が微妙な表情を見せた。「容疑者が浮かんでいる、という噂があるんですけど、本当ですか?」

「本当なら、俺が教えて欲しいな」海老沢はわざとらしく見えないだろうかと心配しながらとぼけた。

「もう手配しているという話もあるんですけど、どうなんですか」

「誰を？」

「名前は分かりません。男性というだけで、人定はまったく……逮捕状、取ったんですか？」

「殺人容疑で？　いや、俺はそういう話は全然聞いてないよ」これは嘘ではない。今のところは、単なる業務上横領容疑だ。しかし真智がどこまで事実を摑んでいるかが気になり、カマをかけた。「本部の情報かい？」

「それは言えませんよ」真智がニヤリと笑った。

しかし、本部筋から何らかの情報が流れてきたことは想像がつく。だいたい、事件記事の特ダネで警察の動きが漏れる時は、本部からだ。本部には、警視庁記者クラブの記者が常駐して、幹部に食いこんで取材を続けている。一方警察回りは、警視庁クラブの記者に言われるままに都内をあちこち飛び回るだけで、腰を落ち着けた取材ができない。一応「所轄を担当する」ことになっているのだが、いるのかいないのか分からない記者がほとんどだ。所轄の幹部と親交を結ぶ機会さえ、まずない。真智は頑張っている方だろう。

「だいたい、本部からでしょう」

「私は本部担当ではないので」

「だったら警視庁クラブから言われた？」

「やめて下さいよ、署長。これじゃどっちが取材されてるか、分かりません」真智が苦笑した。

「俺だって、必要とあらば取材するよ。ま、あんたの狙いは的を外れてるような気がするけど」

「そうですか……でも、署長がこんなに遅くまで残っておられるんですから、何かあったと思っちゃいますよ」

「残念ながら家に帰りたくなくてねえ」海老沢はわざと情けない表情を浮かべた。「家庭不和ってやつで。あんたのところのご両親は大丈夫かい？」

「仲良いですよ」

「そいつはよかった」海老沢は真顔でうなずいた。「夫婦仲良く、それが一番だ。そうじゃないと、俺みたいに辛い目に遭う」

「またまた、署長……そんなこと言う人ほど、むしろ夫婦仲がいいんじゃないですか」

「さあ、どうかな」

海老沢は答えをぼかした。少なくとも一つは本当のことを言った――プライベートな話で。真智がそれを信じたかどうかは分からないが。

「こんな遅い時間じゃなければ、お茶でもご馳走するところだけどね。今夜はもう帰りなさいよ。これからは何も起きないから」

「そうですか？」

「突発的な発生はどうしようもないけど、それは誰にもコントロールできない」

「そういう話、そのうちじっくり聞かせてもらえますか？　官舎にうかがいますよ」

「来てもらっても、うちの奥さんがいるかは分からないけどね。お構いできるかどうか……」

真智の顔に微妙な表情が浮かぶ。夫婦不仲の話を本気にし出したのだろうか？　別に、知られても問題にはならない。世間体はよくないが、夫婦仲が悪いからといって処分を受けるわけではないのだ。

真智はさっと一礼して署に入って行った。当直の連中と雑談して、帰るしかないだろう。署内には、捜査の動きに関して緘口令《かんこうれい》を敷いている。

遅れて署に入ると、真智は当直責任者の交通課長と話していた。交通課長もうんざりした様子……真智は話が長くしつこいことで有名なのだ。海老沢は交通課長に視線を投げた。気づいた課長が、さっとうなずく。そいつを頼んだぞ——何とか引き留めておきます。無言の会話が飛び交った。

頼りになる部下ほどありがたいものはない。

多くの政治家は家を出て事務所に向かうか、辻立ちなどで一日の活動を始める。海老沢たちは政治家をリスト化して、それぞれにまず三人ずつの警備担当を割り振った。基本的に二交代。朝から午後までと、午後から夜中——マル対が帰宅するまで。しかしこれも、三人体制ではいずれ回らなくなる。増員はしたものの、水谷はまだ人のやりくりに苦労していたし。

「しょうがないな。署内の他の部署にも応援を頼むか」

「しかし、警護となると、特殊な訓練が必要ですよ。交通課や警務課の連中には無理でしょう」

「地域課の若手は……私服で仕事するだけで緊張するかもしれないな」海老沢は苦笑した。彼らにとっては、制服は一種のバリアである。脱いだ瞬間に脱力する、という話を海老沢も聞いたことがあった。

「しょうがないな。隣に応援をお願いするか」

「もう頼んでますよ」

「それは目黒西署だろう？　渋谷中央署なら人が余ってる」

「それはそうですけど、区が違いますよ」

「今、そんなこと言ってる場合じゃない。近けりゃいいんだよ。俺が話す」

海老沢は本部に電話を入れ、公安総務課の今田管理官と話した。自分で説得してくれるならＯＫということで、海老沢は一度電話を切り、渋谷中央署の署長に電話を入れた。ここの署長も公安出身で、海老沢よりも一つ年下だ。渋谷中央署は、目黒中央署よりも格上だが、年次が下なら、やはり「後輩」扱いになる。

「お待ちしてましたよ」

「何だよ、君は予言者か？」

「何人、必要ですか？　警備課の人間がいいですか？」

「そっちに、警護課経験者はいないだろう？　機動隊出身の体力自慢か、できるだけ機転のきく人間がありがたい。三人でも四人でも」

「分かりました。適当に見繕いますが、そちらにすぐ行かせますか？」

「いや、まず名前を教えて欲しい。こちらで勤務シフトを作っているから、いつ入ってもらうか決めて、改めて連絡するよ。夜は解除だ」

「大丈夫ですか？　自宅にいる時に狙われる可能性もありますよ」

「外に出ないように徹底してる。政治家だって、殺されるよりは大人しくしている方がましだろう。夜の会合はしばらく自粛でお願いした」海老沢は説明した。

「厳しいですねえ」

「こっちは必死で守ってやってるんだ。向こうにもそれを意識してもらわないと。いつも警察のミスだと言われたら納得できない」

「そうですね。では、連絡をお待ちします。うちは警備課長を窓口にしますから」

「実際には、最短で明日の朝から頼む感じになると思う……ところで、俺が泣きつくことを予想していたのか？」

「情報収集していましたから。こんな大規模な警備作戦は前代未聞でしょう？　遅かれ早かれ人手が足りなくなって破綻すると思ってましたよ」

「そう思ってるなら、そっちから先に声をかけてくれればよかったのに」海老沢は愚痴をこぼした。「そうしたら、お前の評価はうなぎ登りだったぞ」

「そいつは気がつきませんでした。勝手に人を送りこむような、差し出がましい真似はできないと思いましてね」

「相変わらず控えめだねえ」不思議な男だった。本部の幹部、あるいは署長になるような人間は、だいたい特有の押しの強さがあるものだが……海老沢の場合も、自分では意識していないものの「圧が強い」と言われることがある。「そちらの警備課に連絡する。そのうち呑もうぜ」

「目黒中央署に、そんな暇がありますかね」

「署長がばたついていたら、その署は駄目になるさ。うちの管内にご案内するよ。中目黒辺りには、いい店が多いぞ」

「若向けの店ばかりで、俺らが行ったら恥をかきますよ」

「管内の若い人たちの生態観察だよ。そういうのは大事だろう」

互いに笑い合って電話を切った。一年後輩の人間というのは、実にありがたい存在だ。特に歳を重ね、互いに出世した後は……気兼ねなく頼み事ができるし、それは向こうも同じなのだ。これが同期同士だったら、微妙なライバル心もあり、頼みにくい感じが残る。高峰など、貴重な例外だろう。

水谷に、応援が来ると告げた。それで彼はほっとして、再びローテーション表の作成に取りかかった。

「五人もらえたら、一週間は楽に持ちますよ」

「そういうの、自動的に作成してくれるソフトとかないのか?」海老沢は首を傾げた。「お前は毎回、ローテーション作りに苦労してるじゃねえか」

「自分が苦手なだけですよ」水谷が苦笑した。「それでも、パソコンがなかった時代の人に比べれば、全然楽ですから。昔はこれを、手書きでやってたんですよね」

「ああ。パソコン様々だな」

「そのせいで、目は悪くなりましたけどね」

「疲れてるところ申し訳ねえが、この件はまだ走り始めたばかりだから、よろしく頼むぞ。俺はちょっと特捜に顔を出す」

「お疲れ様です」

特捜本部には、倦怠感が流れていた。刑事課長の板野ら幹部がいるだけで、電話も鳴らない。板野は、カップにインスタントコーヒーを入れて、ポットからお湯を注いだ――が、すぐに情けない音がして、お湯がなくなったのが分かった。人を殺しそうなほど凶暴な顔で周囲を見回したが、そんなことをしてもお湯が補給されるわけではない。ただし、留守番役の若い刑事が気づいて、慌てて飛んできた。脅しをかけるように、板野が一言二言——若い刑事はすぐに、ポットを抱えて特捜本部を出て行った。

板野は、カップを口元に持っていき、一口コーヒーを飲んで、顔をしかめた。いつも座っている会議室の前方の長テーブルにつき、両手を広げて置く。そこで海老沢に気づいて軽く会釈した。

海老沢は椅子を引いて、板野の前に座った。

「コーヒーマシンの導入を検討するよ」

「刑事課で、金を出し合って買いましょうかね。それで、特捜ができたら貸与するとか」

「それぐらいの予算は何とか捻出するよ。しかし、そのコーヒー、飲めるのか?」見ると、紙コップの半分ぐらいまでしか入っていない。

「入れてるインスタントコーヒーの量は同じですよ。お湯が多いか少ないかの違いだけじゃないですか」

「カフェインの摂取量は同じでも、無理に苦いものを飲むのはきついだろう」

「エスプレッソだと思うことにします」

「そうしろよ……あまり若い奴に当たり散らすなよな」

「いや、あいつはこれ以外にも気が利かないことが多くてですね……」板野が渋い表情を浮かべる。「今のうちに鍛えておかないと、本部へ行って苦労する」

「あまり厳しくならないように指導してやってくれ——それで、どうだ? しばらく警備事案の方にかかりきりだったから、こっちの動きが分からなくなった」

「うちだけ、取り残された気分ですよ」板野がむっとした表情を浮かべる。「板橋と世田谷の特捜の事件では、ＳＳＢＣが八田の姿を見つけています。でもうちと多摩は、そもそも防犯カメラの映像を確保できていない」溜息をついて、板野がコーヒーを飲み、思い切り嫌そうな表情を浮かべた。

「それはうちの責任じゃない。八田包囲網は確実に広げているし、奴はいずれ、その中に入ってくるさ。うちはそれをいただけばいい」

「指名手配したから終わりってわけじゃないですよ。できればうちの若い連中に、でかい事件の犯人に手錠をかけさせてやりたい。目黒中央署では、昔から大きい事件がありませんからね」

「歴史的に平和な署なんだよ。だけど確かに、若い連中が経験を積めないのは痛いな」

「ですからこの件は――何とかうちでやろうと思っていましたけど、話が広がりましたね。合同捜査本部になるとは、思ってもいませんでしたよ」

「合同捜査本部からの指示が厳しいとか？」思わず高峰の顔を思い浮かべる。あの男は、捜査一課の刑事らしくなく当たりは柔らかいのだが、指示は厳しい。笑顔で「そんなのはできて当たり前だ」と言うタイプだ。実は、部下からしたら一番厳しい上司である。

「厳しくはないですけど、朝晩必ず電話がかかってきます。そこで『何もない』と言うのは、なかなかきついですよ。他の特捜本部の話を聞くと、ますますきつい。もしかしたらこれは、連続殺人じゃないかもしれないと考え始めてます」

「うちだけ別の犯人だと？」海老沢は目を細めた。

「そうだとしたら、完全に出遅れですね。今から捜査をやり直しても、もうどうしようもないでしょう」

「そこはあまり考えるな。走れるだけ走って、壁にぶつかったらそこで引き返せばいい」

板野がまじまじと海老沢の顔を見た。残ったコーヒーを一気に飲み干したが、もう慣れたのか、表情は変わらない。

「署長、それは公安的なやり方ではないですか？」

「そうか？」

「捜査一課には必ず『待ったマン』がいますよ。捜査が上手くいって、全員が同じ方向を向いている時に限って『待った』をかける人。むかつくんですよね。全力疾走している時に、いきなり後ろから襟首を摑まれるようなものですから。ところが、そういう『待った』は大抵合ってるんですよね」

「ほう」

「捜査一課に行くと、まず他の刑事がやっていること、自分がやっていることを疑うように教わります」

「そんなことじゃ、信頼感を持って仕事できないだろう」

「信頼はしてますよ」板野が首を横に振る。「でも、間違いや勘違いはあり得る。それを見逃さないようにしろ、ということです。昔は一課も冤罪事件を起こしてますから、その反省なんでしょうね」

一方公安は……と思う。公安の場合、最初にストーリーを作って、それに合わせて捜査することも少なくない。極左集団を相手にするので、その時々の状況に応じて捜査をしている余裕がないせいもある。それが何十年も続いて、今では「生かさず殺さず」の状態だ。大規模なゲリラ事件や内ゲバは起こさないように警戒するが、潰しはしない。潰してしまったら、公安一課が必要なくなるからだ。

十数年前にも、こんな問題で高峰と激論を交わしたことがある。その頃に比べても、公安一課の存在感は薄れるばかりだ。一段落したら、高峰とまた話そう。せいぜい公安一課を馬鹿にしてもらって……それであいつが元気になるならそれでいい。

昔の俺なら、こんなに卑屈になることはなかったのだが。

4

「間違いないか？」高峰はつい声を張り上げた。相手が口ごもってしまうほどの勢いだったので、「取り敢えず落ち着け」と心の中で自分に言い聞かせる。いつの間にか立ち上がっていたことに気づき、ゆっくりと腰を下ろしてボールペンを構えた。「場所は……コインパーキングか。監視は？結構だ。応援を出すから、それまで頼む」

倉橋がこちらを注視している。高峰はメモを渡して「八田の車が見つかった」と告げた。

「都内ですか？」意外だとでも言うように、倉橋がメモを凝視する。「この近くじゃないですか」

「ああ、遠くはない。今、中野中央署の連中が監視してくれている。うちからも人を出そう。できれば車の中を調べたいが……レンタカーの返却予定は今日じゃなかったか？」

「そうですね」

「レンタカー会社に事前に連絡を入れて、返却時間がきたらすぐにチェックを始められるように手配しよう」高峰は指示した。「スペアキーを持って、こっちに来てもらうように頼むんだ。大月組はどうしてる？」

「今朝、こっちへ戻しました」

「向こうでレンタカー会社に話を聴いたのは、小宮だったな」

「ええ」

「奴を摑まえて、レンタカー会社に連絡を入れさせろ」

「分かりました」

「まあ、八田がすぐに車に戻ってきて全部終了、になるかもしれない」

「期待しないでいきましょう」倉橋が電話を引き寄せた。「この八田という人間は、正体が見えません。だから、行動が予想できないんですよ。私は怖いですね」

「怖がるのは大事だと思う。でも、こっちは大胆にいかないと駄目なんだ。俺たちにとっては、この捜査で初めての大きなチャンスなんだから——俺も行く」

「理事官」咎《とが》めるように倉橋がこちらを見た。「昨日の今日ですよ？　無理はされない方が」

「ところが今朝なんか、いつもより体調がいいぐらいなんだ」久しぶりに朝食も美味く食べられ、エネルギーが完全に充塡《じゅうてん》された感じである。「ここは重要なポイントになるかもしれない。人はいるんだし、俺が抜けてもいいだろう」

「一人で行くのはやめて下さい」倉橋が溜息をついてから部屋の中を見回し、美沙に合図を送った。「木内！」

二人のやり取りを聞いていたのか、美沙が呆れたとでも言いたげな表情で近づいて来る。

「理事官を現場にお送りして」

「私もその後、監視に入りますか?」

「それは流れで頼む。理事官が無茶なことを言い出したら、制圧していい」

「分かりました」美沙が真顔でうなずく。

「おいおい――」

「捜査一課長から、直々に言われています。高峰理事官が無理したら、そのまま抑えていいと」倉橋が冷たく言った。

「聞いてないぞ」

「理事官がお知りになる必要はないと思います」倉橋が淡々とした口調で言った。「もう言ってしまいましたから、自重して下さい。内輪で怪我人が出たら困りますから」

ここで笑いが弾けて緊張が解れる――と思ったら、倉橋も美沙もまったく表情を崩さない。こいつらは本気なんだと悟って、高峰はぞっとした。


「何で俺が監視されるんだ」中野の現場へ向かう車の中で、高峰はつい文句を言った。

「すみません、私が提案しました」美沙がいきなり打ち明ける。

「ああ?」

「昨日も、そんなに絶好調ではありませんでしたよ。事情聴取はさすがという感じでしたけど、ずいぶんお疲れでした」

「そんなことはない」

「それに、海老名で食事している時も……食べ方を見れば、体調は分かります」

「そうかもしれないけど……」

「私は父を亡くしているんです！」急に美沙が声を張り上げた。「肺がんでしたけど、どんどん弱っていくのを見るのは辛かったです。父も仕事一筋の人で、治療して安静にしていなくてはならない状況だったのに、現場を離れようとしなかったんです」

「──お父さん、お仕事は？」

「建築会社を経営していました。常に現場がある仕事でしたし、父には意地も責任もあったと思います。それに、『現場にいる時が一番楽だ』とよく言ってました。慣れた場所にいれば、確かに気は楽だったと思いますけど、家族は心配でしかないんですよ」

「そうか」

「ですから、理事官にも無理して欲しくないんです。ご自分では元気だと思われているかもしれませんけど……我々から見ると、心配なんです」

「そんなに足元がおぼつかない感じかね」

「そんなことはないですけど、無理されているのは、父を間近に見ていた私には分かります。理事官には、どんと構えて、指示を飛ばすという大事な仕事があるじゃないですか。何も私たちと一緒になって、張り込みや事情聴取をしなくても」

「俺のわがままだと思って許してくれないか。君のお父さんの気持ちは、よく分かるよ。現役なのに、現場から切り離されたように感じるのはきつい。自分が疎外されたように思ってしまうんだ。

定年になった後なら、また別の感じ方があるだろうけど……今は、現場にいる方が気持ちが楽なんだ。自分がまだ役に立つかもしれないという実感がある」

「逆に、私たちが信用されていないのかなって思います」

「そうか……」その台詞は痛かった。確かに俺は、自分のことばかりを考えていて、部下の立場や仕事のやりやすさについては頭から抜けていた。高峰はつい苦笑してしまった。自分はやはり、管理職になるような人間ではなかったのだろう。ずっと現場を這いずりまわっていた方が、ストレスも溜まらず、病気にならなかったかもしれない。「悪かった」

「いえ、そんな、責めているんじゃありません」美沙が慌てて言い訳した。「私の個人的な問題で……どうしても気になったので、今朝、倉橋さんに相談したんです。そうしたら一課長にも話が回ってしまって」

「無理はしないようにする。約束するよ——俺も大した刑事じゃなかったけど、死ぬ前に一つだけ自慢できることがある」

「死ぬなんて言わないで下さい」

「喩《たと》えだよ。俺は部下に恵まれた。捜査一課というと乱暴者の集まりみたいなイメージだけど、俺の下にいてくれた人間は、全員優しかった。女房にも言っておくよ。いい環境で仕事していたと知ったら、安心するだろう」

「奥さんを悲しませないで下さい」

「分かってる」

ここまで釘を刺されたら、もうどうしようもない。しかし高峰は、まだ諦めていなかった。自分で八田に手錠をかけるわけにはいかないが、その瞬間はこの目で見たい。

それが、自分の警察官人生の仕上げになるかもしれないのだから。


問題のコインパーキングは、ＪＲ中野駅の近くで、十五台が駐車できるスペースがあった。現在停まっている車は八台。一台を除いては、全てワンボックスカーなど……工事用の車両だろう。都心部で工事を行う業者は、よくコインパーキングに車を停めている。

残り一台は、山梨ナンバーの白いカローラだった。所轄の覆面パトカーが少し離れた場所にいて、今は私服の刑事が二人、駐車場の出入り口で張っていた。高峰はすぐに二人に挨拶したが、異様な緊張感のある敬礼で迎えられた。それはそうだろう。現場に理事官が来ることなど、まずないのだ。

「車は、この近くに停めておいた方がいい。相手が出る時に、すぐに発進できるように」

「分かりました！」まだ高校生にしか見えない若い刑事が、車へ走って行く。高峰は、残ったもう一人の刑事に話を聴いた。

「君、名前は？」

「尾田《おだ》です」

「尾田君か……発見の経緯を教えてくれ」

「通常の警戒で流していたら、たまたま発見したんです。一応、コインパーキングは注視していたんですが」

「大したもんだよ。これは見逃しやすいんだ」

「そうなんですか？」

「車を隠すには駐車場が一番だけど、都内にはこういう駐車場がたくさんあるからな。完全な監視は無理なんだ。発見からどれぐらい経っている？」

「一時間半ですね」尾田が携帯を取り出して時間を確認した。最近はこういう人も増えた――腕時計をせずに、携帯で時刻を確認してしまう。何も問題はないのだが、何となく侘しい感じがしないでもない。

「戻って来る気配なしか」

「ええ。コインパーキングでは、車の放置が問題になることもあります。帰って来た人も、とんでもない高額の駐車料金に驚いたりするんですけど」

「とにかく待とう。夕方にはレンタカー会社の人が来るはずだから、中を確認できる。返却時間切れになれば、レンタカー会社の人には中を確認する権利があるだろう」

「では、待機します」

「俺はちょっと中を覗いてみる。万が一八田が来たら、警告してくれ――さりげなく、な」

「分かりました」

高峰は駐車場に入って、カローラに近づいた。街中では一番目立たないと言ってもいい、地味なセダン。ナンバーを確認し、手を触れないように気をつけながら中を覗きこむ。レンタカーなので、個性を感じさせるものはゼロ。荷物もまったくなかった。トランクには……遺体が入っているのでは、と一瞬想像した。八田はこれまで四人も殺したかもしれない男である。もう一人殺して、トランクに詰めたまま放置――あり得ない話ではないが、それは少し想像が走り過ぎか。

一瞬、影が差した。振り向くと、美沙が小さな日傘を差しかけている。

「おいおい」

「今日も最高気温三十五度ですよ。午後のこんな時間に日傘もなしでいたら、誰でも倒れます」美沙が警告した。

「もう引き下がるよ」高峰は苦笑した。後輩の女性刑事に日傘を差しかけられたら、さすがに情けない。

「何も……ないですね」美沙も車内を覗きこんだ。

「ああ」

「本当にここに車を停めているだけとか」

「それならありがたい。戻って来たところで逮捕すればいいんだから」

「ですね……ここで待ちですか」

「待ちは、刑事の仕事の基本だな」

待ちは長くなった。二台の覆面パトカーで、駐車場の出入り口を左右から挟むように監視しているのだが、動きはない。工事用の車両も、ここから出ていくのはもっと遅い時間だろう。このまま八田は帰らず、レンタカー会社の世話になって鍵を開けることになるのでは、と想像した。

午後四時。高峰は、二十歳ぐらいの若者が支払機に歩み寄るのを見た。何かおかしい……メモのようなものを見ながら、支払いをしているようだ。そして五番の駐車スペース――八田のカローラに向かっていく。

高峰は何も言わずにドアを押し開け、車を飛び出した。自分でも想像していなかったぐらいのスピードで駐車場に飛びこみ、カローラのところへ駆け寄った。

「ちょっと待って」

声をかけると、若い男がさっと車から離れる。顔は青褪め、ドアに伸ばした手が震えていた。逃げようとしたのか、後ろを向く——しかし美沙が、いち早く背後に回りこんで逃げ場を塞いでいた。所轄の刑事二人もすぐにやってくる。

「警察だ」高峰はバッジを示した。「それは君の車じゃないね。ちょっと話を聴かせてもらおうか」

「俺は……」

「ああ、分かった。署で話を聴くから」答えながら、高峰は相手を観察した。小柄——身長百六十五センチぐらいで、線が細い。格闘経験があるようには見えなかった。しかしもしも殴りかかってきたら……今の自分が抑えられるかどうかは分からない。

しかしそこで、所轄の刑事二人が男を両側から挟んだ。すぐにでも腕を摑める位置だが手は出さず、無理はしない。

「行くぞ。頼むから暴れないでくれよ。素直にきちんと話してくれれば、すぐに解放するから」

話したことによって、身柄を押さえられてしまう恐れもあるのだが……それは実際に話を聴いてみないと分からない。


美沙が取り調べを担当した。黙秘を貫くかもしれないと思ったが、男はすぐに話し始めてしまう。仲野和道《なかのかずみち》、二十二歳の大学生。住所は杉並区《すぎなみ》——JR高円寺駅の近くだった。

そこまでは認めたものの、そこで話が止まってしまう。カローラをどうしようとしていたのか、誰に頼まれていたのか。美沙は正面から攻め続けているが、それが奏功していない様子だった。

仕方ない。

高峰は取調室の扉を開けた。中野中央署の取調室に入るのは初めてだったが、そんな気がしない。古い、新しいはあるが、基本的に取調室はどこも同じ雰囲気なのだ。血と汗と涙が滲んでいるような……もちろん、実際には流血沙汰になるようなことはないのだが。怨念や無念は確かに感じられる。

美沙がちらりとこちらを見た。立ちあがろうとしたのを手を挙げて制し、記録担当用の折り畳み椅子を持ってくる。向かい合って座る二人の横の位置に陣取った。仲野はさらに緊張した様子で、汗がこめかみを流れる。サイズが合わずにだぶついたTシャツと、太いジーンズというラフな格好。足元はサンダルだった。

「仲野君、この男を知ってるか」

高峰は、美沙がテーブルに置いた八田の写真を指差した。仲野は何も言わない。ただ、唇が震えていた。

「金をもらったか？　もらっても、別に問題はない。バイトなら……今のところ君は、違法行為はしていない。ごく些細なこと……レンタカー会社の規約には違反することになるかもしれないが、それは警察がどうこう言えることじゃない。だから、ここで全部話してくれれば、すぐに解放する。話さなければ……」

仲野がさっと高峰の顔を見た。目に怯えが走る。肩をぎゅっとすぼめると、小さく息を吐いた。

「君、大学四年生だよな？　城東大経済学部の四年……いいところじゃないか。もう就職も決まってるんだろう」

仲野がぴくりと身を震わせた。高峰は少しだけテーブルの上に身を乗り出し、距離を縮める。

「ここで喋ってくれればすぐに自由になれるし、外に情報が漏れることはない。君が忘れれば、警察に来た記録は残らないんだよ。何も心配することはない。ただ、話してくれなければ、非常にまずいことになる」

「まずい……」仲野が消え入りそうな口調で言った。

「内定した会社にも情報が入るだろう。大学にもだ。そうすると、たとえ起訴されなくても、君の将来は危ういことになるぞ。就職できないだけじゃなくて、大学からも放り出されると思う。そうなると、実家や友人との関係も危なくなる。色々な人から切られて、たった一人でゼロからやり直すのは、相当厳しいぞ。よく考えてくれ。素直にきちんと話すか、黙ったままひどい目に遭うか」

仲野が大きく息を吐いた。首を横に振り、「別に、俺は……」とつぶやく。

「君が、どうした？」

「頼まれただけだから。車を動かして、別の駐車場に置き直して欲しいって」

「どこへ？」

「どこでもいい……一駅以上離れていればいいからって」

ダミーというか、めくらまし作戦だと高峰は気づいた。車が移動して複数の場所で目撃されていれば、警察は混乱するだろうという考え——極左が狙いそうなことだ。

「バイト代は？」

「一万円」

「いいバイトだな。しかし、金だけもらって、あとは何もしない手もあったよな？　君は真面目なのか」

「一応……」

「動かし終わっても、相手には分からないんじゃないか？」

「証拠として、写真を撮って送るように言われたから……移動した後で」

「携帯？」

「はい」

「アドレスは？」

仲野が体を捻り、ジーンズのポケットから紙片を取り出した。丁寧に広げて皺を伸ばし、高峰の方に差し出す。高峰は一瞥して、美沙に渡した。これは一つの手がかりになる――八田が携帯を持っていることが分かったのだ。おそらく最近、プリペイド式の携帯を手にいれたのだろう。

「いったいどこで、こんな話を持ちかけられたんだ？」

「中野駅前で」

「駅前のどこ？」

「北口の広場のところです」

「何をしてる時に？」

「コーヒー飲んでました。友だちの家へ行って駅へ戻ってきて……暑いんで、コンビニでアイスコーヒーを買って一休みしてました」

「そこで声をかけられた？」

「はい」

「この人だね？」高峰はもう一度写真を指さした。仲野が無言でうなずく。「一万円でバイトしないか、と。君、車の免許は持ってるんだね？」

「はい」

八田も危ないことをしたものだ。人に声をかけて車を動かしてもらう——それはいい。しかし、相手が運転免許を持っているかどうかは分からないのだ。たまたま免許を持っていない人に当たり続けていたら、どうなっていただろう。「変な人がいる」と通報されていたかもしれない。

「どうして引き受けた？　危ないバイトだと思わなかったか？」

「いえ、でも、一万円だし」そんな大金は簡単には手に入らないとでも言いたげだった。

「例えば、あの車が何かの犯行に使われたものだとしたらどうする？　あるいは中に、大量の麻薬が隠してあるとか。そんな車を動かしたとなったら、君自身も犯罪に関与したことになるぞ。そこまで考えなかったか？」高峰は畳みかけた。

「いえ……全然……」仲野の顔が青褪める。

「実際に何かあるかどうかは、これから調べる。君は今のところ、事情を知らないでバイトを引き受けただけ、と判断する。ただし、余計なことはしないように」

「余計な……こと？」

「逃げたりとか、この八田という男に連絡するとか。余計なことは一切するな。俺たちは、君の個人情報を摑んでいる。余計なことをすればすぐに分かるし、分かったら——いいな？」

高峰が身を乗り出し、仲野の顔を睨んだ。仲野がすくみ上がって震え出す。性急に攻め過ぎたかと思ったが、今は一分一秒を争う時だ。

「分かったら結構だ。逃げない、八田に連絡しない、今日のことは誰にも喋らない——この三点を守ってくれれば、帰っていい」

「分かりました」

「忘れ物がないように」

仲野が慌てて立ち上がる。荷物といえば、小さなショルダーバッグだけで、慌ててそれを引っ摑む。高峰は美沙に目配せした。尾行と監視を開始——美沙が仲野に続いて取調室を出ていく。すぐに帰ってきて「所轄に任せました」と言った。この件は事前に打ち合わせしていて、所轄の協力を仰ぐことにしていたのだ。

「すごかったですね、高峰さん」美沙が興奮気味に言った。

「何が？」

「一気に落としたじゃないですか」

「相手によるよ。奴は、そんなに悪い人間じゃないと思う。単に一万円が欲しくて、軽い気持ちで引き受けたんじゃないかな。気の弱い大学生だよ」

「だからきつく迫ったんですか？」

「昭和のやり方だけどな」高峰は皮肉をこめて言った。「でも俺の先輩刑事たちは、もっと激しくやってた。手を出さないだけで、言葉の暴力はひどかったよ。君は絶対、あんな風にやるなよ」

「そんな風に教育されています」

「今はそうだよな……ただし、時と場合による。今は緊急だったし、単なる事情聴取で、記録が残る取り調べじゃない。だから、少し乱暴なことをしても大丈夫なんだ。向こうが後でクレームを言い出しても、証拠は何もないからな」

「結構悪どいですね」美沙が半笑いで言った。

「もう、こういうテクニックは通用しないかもしれないけど、昭和の遺産だと思ってくれ……さて、やることができたな」高峰は、仲野が残していったレンタカーのキーを見詰めた。レンタカー会社に連絡して、車内を捜索する許可を得る。コインパーキングの運営会社に電話して、あのカローラがいつから停まっていたかを確認する。八田の携帯の番号が分かったから、その調査も必要だ。さらに、念のために仲野を尾行させたので、そのフォローも必要である。

「理事官?」美沙が怪訝そうな声で呼びかける。

「ああ?」

「何でそんなに嬉しそうにしてるんですか?」

「木内、警察官——勤め人で一番辛い状況は何だと思う?」

「さあ……色々あり過ぎて、絞れません」美沙が苦笑した。

「仕事がないことじゃないかな。窓際族なんて言われることをどう思う? 仕事もないのに、日がな一日、日当たりのいい場所で新聞を読んでるような暮らし、想像できるか?」

「——きついですね」

「仕事さえあれば何とかなる。それが勤め人の基本なんだ。今の俺は、正直、やることがたくさんあって嬉しいね。このまま、病気も治るんじゃないか?」

「その見解は……病院と相談して下さい。私は無責任なことは言えませんから」

「そうだよな」高峰はうなずいた。同時に、海老沢のことを思う。公安一課の仕事はどんどん減り、課員のモチベーションは下がっているだろう。そんな中で、どうやって部下を引っ張っていくのか。

海老沢は今、公安一課の幹部ではなく、所轄という一つの「国」を率いる王だ。公安事件のことばかり考えているわけにはいかないだろうが、公安一課が出身母体であるのは間違いない。古巣が苦しい立場にあるのは理解しているだろう。いや、それだけではなく何とかフォローできないかと日々考えているかもしれない。

しかし公安一課が、これまでと同じように公安警察の主流でいられるわけがない。そろそろ大きな改編が行われ、どこか別の課の一つの係にまで格下げされてしまうかもしれない。仕事がなくなることはないだろうが、かつてのように自分の仕事に誇りを持って続けることはできなくなるはずだ。

故郷の村がダムに水没するようなものかもしれない。消えゆく村を目の当たりにしている海老沢は、今どんな感じなのだろう。

この件は公安に譲る——とも考えた。

公安最後の派手な事件として。

第五章　襲撃

1

八田の足跡が見つかった。

その事実は海老沢を一気に興奮させたが、高峰の詳しい説明を聞いていくうちに、速やかに落ち着いていった。

八田が何かやろうとしているのは間違いない。車の件は、自分の動きを誤魔化すための作戦だろう。車の中からは何も見つかっていない――少なくとも、所轄で簡易検査をしただけでは、何も発見できなかった。これから鑑識がミリ単位で調べるが、それで何が見つかるとも思えない。それぐらい用心してはいるだろう。

「防犯カメラは？」海老沢はそこに賭けた。「ＪＲ中野駅前にいたということは、防犯カメラに映っている可能性が高いんじゃないか？」

「もう手配している」高峰がむっとして言った。「防犯カメラがあり過ぎて困ってるよ」

「どういうことだ？」

「中野駅前は飲食店が多いから、トラブルもしょっちゅうなんだ。念のために防犯カメラを設置している店はいくらでもある。全部をチェックし終えるには、結構時間がかかるぞ」高峰が冷静に説明した。

「そうこうしているうちに、録画は上書きされてしまう」

「所轄に応援を頼んでフル回転してるよ。何とかする」

「八田の足跡が摑めたら、すぐに連絡してくれ。うちからも人を出すよ」

「おいおい、それを決めるのはこっちだぜ」

「HQだったな――しかしうちも、いつでも人は出す」

「何を心配してる?」高峰が突っこんだ。

「それは、お前……何かあってからでは遅いんだ」

「だからお前たちは、警戒を進めてるんだろうが。そんな中で、八田の捜索に人手を割けるのか?」

「今がまさに、全力を出す時だ。出し惜しみしないでやらないと、手遅れになる。オウムの事件を忘れたわけじゃないだろうな」

「あの時の責任問題を蒸し返すつもりか?」高峰がむっとした口調で言った。

「いや、反省しているだけだ」

　オウム真理教の場合、警察でも最初は「変わった宗教団体」という程度の認識しか持っていなかった。公安では念のために監視していたものの、相手はあくまで「宗教団体」であり、簡単に手を出せる対象ではなかった。何もできないうちに、向こうは怪物化してしまったのだ。地下鉄サリン事件は、極左のゲリラ事件などとは比較もできない深刻な事件で、日本の体制を揺るがすまであと一歩、のところまでいっていた。

「いち早く手をつければ何とかなったかもしれない。しかし当時、それは難しかった——だが、八田は違う。逮捕状を取っているんだから、身柄確保に全力を注ぐべきだ」海老沢は宣言した。

「分かってる。目黒中央署の特捜だって、フル回転だろう」

「まだ何かできることがあると思うんだ」海老沢は言った。

「いい加減にしておけよ。もう限界だろう」高峰が忠告する。「これ以上署員を捜査に投入したら、通常の業務が成り立たなくなるんじゃないか」

「そこは工夫次第だ」

「まあ……」高峰が露骨に溜息をついた。「署長さんには署長さんの考え方があると思うけど、署員に無理はさせるなよ。そういう時代じゃないんだから」

「時代遅れで結構だ。うちの署員も、気合い十分だぜ」

「そういう風に演技している若い連中も多いぞ。上にいい顔見せたいから……実際に指示してみると、まったく動かない連中も少なくない」

「それは捜査一課だけだろう。俺は署員をきちんと教育している」

「お前がそう言うなら、信じるよ。だけど、あまり搾《しぼ》り上げ過ぎると、体力的にも参ってしまうぞ。勝負所なのは分かるけど……」

「分かってるなら、余計なことは言わないでくれ」

むっとして電話を切ってしまってから、反省する。高峰はわざわざ、最新の捜査状況を教えてくれたのだから、そこには感謝しないと……しかし、自ら現場に飛び出していったのはいただけない。この暑さの中を飛び回っていたら、倒れてしまうかもしれないではないか。

一課には、高峰を止める人間はいないのだろうか。

また電話が鳴る。公安総務課の今田管理官。溜息をついて携帯電話を取り上げると、切羽詰まった声が飛びこんできた。

「まずいです。被害者四人が革連協のメンバーだったことが、ニュースで出てます」

「どこだ？」

「東日です。今ネットニュースで流れて……夕刊で打ってくるんじゃないですかね」

「夕刊なんか、もう誰も読んでないよ。むしろネットニュースの方が拡散力が大きい」海老沢はノートパソコンを開き、東日のサイトにアクセスした。クソ、トップニュースになっている……。

今年2月から東京都内で発生した4件の殺人事件の被害者が、いずれも過激派・革連協の元メンバーだったことが分かった。4人は数十年前に革連協を脱退し、今では組織とは関係がないとされているが、各事件の特捜本部では、内ゲバなどの可能性もあるとみて捜査を進めている。

殺されたのは内山健さん（48）、橋田宗太郎さん（51）、秋谷聡さん（49）、木野隆史さん（45）の4人。いずれも過去に、過激派「革連協」のメンバーだったことが確認されている。4人は活動を離れた後、革連協との接点はない。また、この4人同士のつながりもなかった。

犯人像には踏みこんでいないが、これはかなり重要な記事である。もしかしたら、容疑者としての八田の存在も摑んでいて、現段階では隠しているだけかもしれない。東日は伝統的に事件取材に強い。「次の手」をとうに考えていて、他社に差をつけようと狙っている可能性もある。

海老沢は署長室を出て、副署長の嶋尾に声をかけた。

「東日に書かれた」

振り向いた嶋尾の顔から一気に血の気が引く。

「ネットニュースだ。夕刊にもぶつけてくるだろう」

嶋尾がノートパソコンを開き、すぐに確認した。舌打ちして、首を横に振る。立ち上がって、海老沢に向かって頭を下げた。

「すみません。情報管理には注意していたんですが」

「うちから漏れたんじゃないだろう。こういう情報は、本部から出るに決まってるんだから、気にしないでくれ。署員を調査する必要もない。本部から聞かれても、うちは関係ないで押し通してくれ」

「調査もしないでいいんですか」嶋尾が目を見開く。

「署員は今、フル回転なんだ。下らない調査で時間を無駄にするわけにはいかない。どうせ本部から漏れた情報なんだから、適当に返事しておけばいい——おい、トラブルの元凶が来たぞ」

ちょうど、東日の安西真智が署に入って来たところだった。記事が出たのでご機嫌伺いというところだろうか。真智は嶋尾の席まで来て、何事もなかったかのようにさっと一礼した。険しい雰囲気に気づいたのか、二人の顔を順番に見る。

「何かありましたか?」

「おいおい」海老沢は思わず笑ってしまった。「特ダネのご挨拶じゃないのか」

「ああ……もう出てました？」

「ネットで見たよ」

「そうですか。私が書いたわけじゃないんで」

「それにしても、ちょっと話そうか」海老沢は嶋尾に目配せした。記者の相手は副署長の仕事だが、今回は俺が話を聴く——尋問のつもりだった。「たまには署長室でゆっくりしていけば？　お茶でも出すよ」

「それは怖いですけどね」

「まあまあ……嶋尾副署長、冷たい麦茶でもお出しして」

「分かりました」

海老沢は署長室のドアを押さえ、真智を部屋に入れた。自分も後に続き、ソファに腰を下ろす。真智が向かいに座ったが、ごく浅く腰かけている——何かあったらすぐに逃げ出せる姿勢だ。

警務課の女性署員が、すぐに麦茶の入ったグラスを持ってきた。氷入り。これは確かに大サービスだ。

「どうぞ」海老沢はテーブルに置かれたグラスに向かって手を差し伸べた。

「署長はいいんですか？」

「ここにいると、朝からお茶を飲んでばかりなんでね。今日一日の分は、もう飲んだ感じだよ」

「そうですか……では、いただきます」真智が麦茶を一口飲んだ。人が飲んでいるのを見るといかにも美味そうなのだが、今日は本当に水分を摂り過ぎているので我慢した。外回りをしている人間なら、真夏に水分と塩分の補給は必須だが、自分はそういうわけにはいかない。今日は一日自席に座っているだけで、外出の予定もないのだ。

「それで？　あなたが書いたんじゃないとすると、警視庁クラブかな？」

「どうですかね。誰が原稿を書くかなんて、警察回りには一々連絡が来ませんから」

「四件の事件全てをまとめて書いているから、警視庁クラブじゃないと無理だろうね」

「まあ、そうなんじゃないですか？　あそこが事件取材の元締めですから」

「警視庁クラブに言われて、君も取材している――誰かを手配しているような話があると言っていたね」

「まだ摑めてませんけど、どうなんですか？」真智が逆に取材を試みた。

「具体的な話じゃないと、何も言えないな。例えば誰を手配しているか、名前が出ないと」

「それは――」

「そこまで摑んでいない？」

「どうでしょう」真智が微笑む。

なかなか手強い相手だな、と海老沢は苦笑した。最近の若い記者を手玉に取るのは簡単なのだが……曖昧な返事をしても突っこんでこないし、少し厳しいことを言うと黙ってしまう。昔――昭和の時代の記者は、どれだけすげなくしても食い下がり、自分のプライベートな時間を削ってまで取材していたものだが……時代の変化ということだろう。今はどの社も、事件記事の扱いが小さい。警察の捜査の流れを追うような昭和の事件記事スタイルは、もう時代遅れということだろう。大きく扱われない題材に力を注ぐのは無駄、という考えかもしれない。海老沢は他の業界を知らないから、記者たちがどんな取材をしているかは想像もつかないのだが。

「まあ、穏便にお願いしますよ」

「でも、確認させて下さい。事実なんですよね？　被害者が全員革連協のメンバーだった――間違いないですよね」

「間違いないと分かったから、書いたのでは？　そうでないと、誤報になってしまう」

「それは書いた人間の話で、私は純粋に警察回りとして知りたいだけです」

「ああ――あなたの管内で二件も殺しが起きてるんだね」海老沢はうなずいた。各社とも、警察回りは各方面本部に一人ずつ置いている。第三方面担当の真智の場合、渋谷・世田谷・目黒区内の各警察署が担当だ。真智は現在、ここと世田谷南署、二件の殺人事件を抱えていることになる。

「ですから、気にしてはいたんですよ。そもそもこの件、公安の担当じゃないんですか」

「極左ならね。でも『元活動家』というのは、公安のターゲットじゃないから。知らないならサービスで教えておくけど、公安は全ての極左活動家をチェックしてはいない。極左には今でもそれなりに人数がいるし、公安のスタッフだけでできることには限りがあってね」

「じゃあ、被害者の四人については、監視もしていなかったんですか」

「それは本部マターだよ。所轄が勝手にできることじゃないから」

「四人の共通点、ありますよね」

「東日の記事によると、元活動家ってことだろう。俺は知らないけどね」

「何かの事件にかかわっていた可能性がある……違いますか」

「どうかな。この人たち、もう何十年も前に引退しているわけだろう？　そんな古い話を持ち出されてもね」

「年齢的に、二十年ちょっと前の事件でしょうか。六本木の飛翔弾事件、ありましたよね？　あれって、犯人は一人しか逮捕されていないでしょう？　かなり大がかりな事件だったようですけど」

「そういう事件もあったね」海老沢はうなずいた。「あれは確かに大きな事件だった」

「それと今回の事件が関係しているということはありませんか？　例えば、被害者の四人が、実は容疑者だったとか」

「それはどうかな。想像が飛躍し過ぎじゃないだろうか」

真智は——東日は、間違いなく八田の存在を摑んでいる、と海老沢は確信した。警察でもはっきり筋読みしたわけではないが、東日なりにシナリオを描いているかもしれない。六本木飛翔弾事件は大きな事件だったから、それに絡んでいるとなると、いかに事件記事が受けない現代でも、大きな扱いになる可能性はある。ここぞとばかりに力を入れてきているのかもしれない。

「ま、その辺については本部に聞いてよ。殺しの捜査は本部主体だから、所轄は何も言えないんだ。ここから情報が漏れたなんて分かったら、俺も処分されるからね」

「公安の本筋を歩かれていた署長でもですか？」

「今はここの責任者なんだ」海老沢は首を横に振った。「ま、俺に取材しても、他の署員に聞いても無駄だよ。取材はもう少し効率的にやらないと」

「十分効率的だと思います」真智が麦茶を飲み干した。カラン、という氷がグラスに当たる冷たい音が、海老沢の頭の中で鳴り響く。「失礼しました。何しろ警察回りは、言われた通りに動くのが仕事なので」

「——目黒中央署の様子を見るように、警視庁クラブの連中から言われた、と」

「それは秘密です」真智がニヤリと笑って立ち上がった。

出て行く真智の背中を見送りながら、海老沢は気持ちを引き締めた。若さだけが武器の記者だと思っていたが、そんなことはない。互いに腹の探り合いだったが、堂々としたものだった。

今後も気をつけないと——しかしそこで海老沢は、もう一つ気をつけないといけないことに気づいた。署長室のドアを閉めると、すぐに携帯を取り上げ、今田に電話をかける。

「今、東日の警察回りが来た」

「何を探りに来たんですか?」今田が声をひそめる。

「まさに探りに来ただけで、具体的な話は出なかった。しかし、八田の存在を知っている可能性はあるな」

「それは……まずいですね」

「うちから漏れたわけじゃないと思う」

「捜査一課ですか?」勘鋭く今田が言った。

「ああ。連中は口が軽い。話すのは止められないが、少なくとも公安からは情報が漏れないように、引き締めた方がいい」

「分かりました。注意しておきます」

電話を切ったものの、不安は大きくなる一方だった。東日が書いてきたということは、これから他社の取材攻勢も強まるだろう。署員にも、余計なことを言わないよう徹底しておかないと。

特捜本部ができようが、政治家に対するテロの危険が迫っていようが、通常業務は避けられない。たとえそれが宴会でも、だ。

その日の夜、海老沢は交通安全協会との会合に出た。交通課長も同席した、軽い宴席……こんなことをやる必要もないのだが、長年の慣例なので、なかなかやめられない。非常時を理由に中止してもよかったのだが、実際にはそこまで追い詰められてはいない。

もちろん、政治家が襲われたら、「非常時」で済まされることではないのだが。

午後六時から行われた会合は、八時に終わった。中目黒駅前の割烹が会場だったので、そのまま署まで歩いて帰ることにする。帰宅する交通課長と別れ、一人夜風に吹かれて軽い酔いを覚ますつもりだった。

この時間帯に歩くなら、目黒川沿いに限る。花見の季節に比べれば風情はないが、水が近い場所というだけで、少しは涼しい感じになるものだ。同じように感じている人は多いようで、いつ来ても、散歩やジョギングをする人で賑わっている。

何も考えるな、と自分に言い聞かせて歩き続ける。ここで余計なことを考えても、何にもならないのだから。今夜は珍しく気分転換できたのだ——そう前向きに捉えようとした。交通安全協会の幹部は気安い人ばかりで、酒と一緒に会話を楽しんでいるだけで気持ちが解れたのは間違いない。

目黒川沿いを歩いていくと、署の裏手に出る。赴任したばかりの頃に早速歩いたのを思い出した。花見の時期にはひどく賑わう場所だというので、どんなものか見ておきたかったのだ。新人の警察官を何人か連れていたので、先生の引率で遠足、という感じになってしまったが。

今は、桜が青葉を逞《たくま》しく生い茂らせていて爽やかだが、さすがに花見時のような風情、賑やかさはない。

ふと、二人の人間がいるのに気づいた。一人は……真智。もう一人は刑事課長の板野ではないか。

海老沢は慌てて立ち止まり、ついで急いで橋を渡った。渡り切ると見えなくなりそうなので、橋の途中でストップする。

二人は、一メートルほどの間隔を開けて立っていた。普通に会話している感じだが、その「普通の会話」がまずいのだ。当然、内容は聞こえてこないが……一分ほどすると、真智が一礼して歩き出す。こちらとは逆方向へ……板野は煙草に火を点けて、ゆっくりと吸っていたが、やがて煙草を携帯灰皿に押しこんで、真智の後を追うように歩き出した。

クソ、あいつが真智のネタ元なのか？　板野も捜査一課の出だから、公安の動きなどには興味がない――どうでもいいと思っているのかもしれない。しかし、特捜の中核にいる人間としては大問題だ。

これは早急に、何とかする必要がある。これまでどんな情報が流れたかは分からないが、ここで蛇口をしっかり締めておかないと。

署員のやらかしたことだから、当然海老沢にも責任がある。ここは――密かに片をつけるしかない。

海老沢は少し時間を置いて署に戻った。署長室には入らず、特捜本部の置かれた会議室へ向かう。夜の捜査会議は終わっていたが、まだ刑事たちは居残っていた。しかし、事件発生当初の

「熱」はない。政治家に対するテロ事件の警戒に、署員をだいぶ取られてしまっているせいもあるだろう。

誰でも、自分が物事の中心にいないと考えると、気合いが抜けるものだ。

海老沢はさりげなく、板野の前に座った。

「お疲れ様です」板野が書類から顔を上げて、ちらりと海老沢を見る。

「捜査会議の様子は？」

「今日も動きはないですね。他のところの様子を聞くぐらいです。中野中央署の件は……まだ八田の行方は分からないようです」

「防犯カメラのチェックをしているが、数が多過ぎて大変だそうだ」

「羨ましい限りです」板野が肩をすくめる。「うちの現場にも、防犯カメラがあれば……住宅街だからしょうがないですけどね」

「公安から忠告はこなかったか？　東日の件で」

「ああ、はい。公安総務課から、情報統制についてきつく言ってきましたから、刑事たちには伝えておきました。でも、ああいう情報って、本部から漏れるんですよね」

「大抵はな」海老沢は左の拳でテーブルを二度叩いた。「ちょっと、外でいいか？」

板野が眉を釣り上げる。ここで話せない事情は何だ、と訝っているのだろう。板野が十分鋭い人間なら、この時点で自分が疑われていると勘づくはずだ。

廊下に出ると、海老沢はわざと軽い口調で言った。

「刑事課長、まだ煙草をやめられない？」

「ええ——何ですか、いきなり？　喫煙禁止のところでは吸っていませんよ」

今は目黒中央署は署内全面禁煙になり、煙草が吸えるのは駐車場の一角だけだ。小さな吸い殻入れが置いてあるだけで、そこに喫煙者が集まって来る。昼飯時など、立ち上がる煙のせいで火事のように見えるぐらいだ。近所から苦情が来る可能性もあり、海老沢も何とかしないといけないと思っている。

「あんたがルール破りをしたら大変だ。目黒中央署管内の治安は滅茶苦茶になるよ」

「そんなこと、あり得ませんよ」

「さっきの話な……情報漏れは本部からというパターンが多いのは間違いない。しかし、所轄から漏れることもある」

「ええ……」板野の表情が歪む。

「東京とはいえ、夜道はそれなりに暗い。だから煙草を吸ってると、目立つんだよ。あんたも、喫煙禁止場所じゃなくても、路上喫煙は遠慮しておかないと」

「署長——」

「俺は何も言わないよ。ただし、署の問題は俺の問題だから、余計な心配を抱えこみたくない。だからあんたも、今後は気をつけて欲しいな。あんたからあの情報が出たとは思えないが、取材対応は副署長に任せるという原則を守って欲しい」

「問題にするおつもりですか？」

「俺は、面倒事は嫌いなんだよ。だから何も言うな。これから気をつけてくれればいい。捜査の指揮に専念してくれ——携帯から番号も消した方がいいぞ」

板野がびくりと身を震わせる。海老沢は彼の肩を軽く叩いた。

「予感だが、捜査は大詰めに来ていると思う。ここでの情報漏れは、致命傷になる。俺の最後の事件になるかもしれないから、トラブルは勘弁してくれよ」

「もちろん、捜査に邁進《まいしん》します」真顔で板野が言った。

「頼むぜ。あんただけが頼りなんだから。俺は、テロ予告の方も面倒を見なくちゃいけない」

「そっちはどうなんですか？　本当にテロが……」

「大袈裟なほど用心しておいて、何もない方がましさ。警察は、準備していて無駄になっても何も言われない、珍しい組織だからな──じゃあ、俺は引き上げる」

板野を残してエレベーターの方へ向かいながら、海老沢は板野と真智はどうやって知り合ったのだろうと訝った。所轄では、記者は二階から上は立ち入り禁止となっている。取材対応は全て一階にいる副署長が行う。だから、所轄の署員と記者が知り合う機会はまずない。とはいえ、記者は抜け目がないから、様々な機会を作って接触を試みる。板野も、些細なきっかけで籠絡《ろうらく》されたのかもしれない。

誰にも言わない。この件は闇に葬る。

しかし板野には、次の異動で泣いてもらうことになるだろう。理由もない左遷。人事も、そういうことには慣れている。本人にも当然分かるはずだ。

静かな処分。

警察にはそういう人事もある。

2

八田が、問題のレンタカーをコインパーキングに預けたのは、昨日の午前十時過ぎ。仲野を「アルバイト」に雇ったのは、午後一時ぐらいだった。その後、駅構内の防犯カメラで姿が確認されている。六番ホーム——下りの中央線快速のホームに向かったのは分かったが、そこから先は行方不明だ。

高峰は、「中央線の下り」に着目した。八田は、スーパーに退職届を提出した後、東京駅から中央線の下りに乗った。その後大月に姿を現しているわけで、やはり大月近辺に何か縁があるのかもしれない。警察がまだ把握していないだけで、匿《かくま》ってくれる相手がいるとか……。

この件を機に、捜索の方法が変更された。自宅と実家には監視を残しつつ、大月にさらに人員を投入して、ローラー作戦を実行。さらに車関係のデータをチェックしていくことになった。

まず、Nシステムでのナンバーのチェック。ただしこれには時間がかかりそうだ。八田がどこ経由で大月から中野まで来たか分からないので、膨大なデータから一台の車を抽出しなければならない。高速道路は……現金で支払っていたら、チェックしようがない。

昼前、中野駅周辺で聞き込みをしている刑事たちから、思わぬ新しい手がかり——目撃証言がもたらされた。

仲野に接触する直前、八田は中野駅前のイタリアンレストランに、客として姿を見せていた。単に食事をするためだった……千二百円のランチを食べて、支払いはクレジットカード——この情報に、高峰は昨日の午後以来の興奮を覚えた。まさか、クレジットカードを持っているとは……カード会社経由で使用履歴が分かるから、足跡を追える。

高峰はそのチェックを指示し、次いで美沙から連絡を受けた。昨日は東京にいた美沙は、今日はまた山北に飛び、八田の同級生たちの聞き込みを再開していた。実にタフだと感心してしまう。

「あ、すみません。理事官に電話を取っていただくつもりじゃなかったんですが」美沙は申し訳なさそうだった。

「今日の俺は電話番だから、いいんだよ。それに、ここで大人しくしてる方が、君たちも安心だろう。それで、どうした？」

「江本さんなんですが、ついさっき八田から電話がかかってきたそうです」

「何だって？」高峰は立ち上がりかけて、そろそろと腰を下ろした。今日は、あまり体調がよくない。このところ無理が続いたせいか、今朝は胃の激痛とともに目覚めたのだ。とても出勤できないと思ったが、頓服の痛み止めで何とか宥《なだ》め、世田谷南署に出勤した。当然、朝飯抜き。水とお茶しか飲んでいないし、昼飯も食べられそうにない。しかし、一日ぐらい飯を抜いても何ということはないはずだ。八田を捕まえ、犯行の全容を明らかにできれば、胃がんの痛みなど吹っ飛んでしまうだろう。

「携帯に電話があったそうです。八田の携帯の番号ですが……昨日、仲野が聞いた番号と同じでした」

「いつの間にか携帯を手に入れていたんだな」金さえあれば、携帯を入手するのは難しくない。プリペイド式なら面倒な手続きもいらないだろう。「それで、話の内容は？」

「別れの挨拶みたいでした」

「別れ？」

「世話になったと。この前話せて嬉しかった、自分のことはさっさと忘れてくれという話でした」

「内容は間違いないか？」

「つい十分ほど前の電話なんです。どうも様子がおかしいというので、知らせてくれました」美沙の話しぶりは自信たっぷりだった。

「直接会って話を聴いてくれ。親父さんはうるさいかもしれないけど、そこは何とか振り切るんだ。緊急事態だ」

「了解です」

「そちらに応援はいらないか？」

「応援に出すほど人はいないのではないですか？　もちろん、理事官が出動されるのは駄目ですよ」美沙が釘を刺した。

「分かってる。何かあったらすぐに連絡してくれ——粘れよ」

自殺をほのめかす、あるいは「でかいこと」をやる予告のようにも聞こえる。

ふいに空腹を覚える。朝から胃に入れた固形物といえば薬ぐらいで、あとは水とお茶だけだ。手元にあったお茶のペットボトルを取り上げ、残りを一気に飲み干す。そうするとさらに、空腹を感じるのだった。

「例の同僚の人、まだ来ないのか」倉橋に声をかける。

「そうですね」倉橋が腕時計を見た。「こちらへ出頭要請したのが一時間前ですから。あのスーパー、そんなに近くはないですよ」

「それは分かってるが、こちらから迎えを出すべきだったな」

「逃げないと思います。真面目な普通の店員ですから」

「とはいえ、なあ」

スーパーで聞き込みをしていた刑事たちが、八田と比較的仲がよかった店員を見つけ出したのだ。今まで話を聴けなかったのは、しばらく入院していたからだという。今日久しぶりに出勤してきて、初めて事情が分かった……しかしこれは、刑事たちの聞き込みが甘かった。「仲がいい人」という条件で探す際には、そこにいない人も対象にすべきなのだ。辞めた人、引っ越した人、入院中の人——生きてさえいれば、追跡して話が聴ける。もっとしつこく、詳しく調べるべきだった。

「来れば、下から連絡が入りますから」倉橋が宥めるように言った。

「おう……分かってる」ぶっきらぼうに言って、携帯電話を手に取る。今日も朝から鳴りっ放しでうるさいと思っていたのだが、鳴らないなら鳴らないで不安になる。

どこかで携帯の音が聞こえた。業務用のこの携帯ではない——ズボンに違和感を覚えた。ポケットに突っこんでおいた私用のスマートフォンだと気づく。妻の淑恵からだった。

「ごめんなさい、お仕事中に。今、話して大丈夫？」

「ああ——どうした」正直、動転して鼓動が高鳴っていた。淑恵が、仕事中に電話してきたことなど一度もないのだ。いや、一度だけあったか。息子がまだ小学生の頃、学校でサッカーをやっていて、転んで骨折した時だ。あの時はさすがに、高峰も病院まで駆けつけた。

あの時はたまたま何もなく待機中だったので、今とは状況が違う。

「お腹、大丈夫?」

「それが何でもないんだ」話が転がり出し、アドレナリンが噴出して痛みが抑えられたのかもしれない。本当にそんなことがあるかどうかは分からないが。

「そんなにすぐに治るわけないでしょう。何か食べた?」

「いや、何を食べるか迷っていた」署の食堂のお世話になるしかないだろうと思っていた。うどんか蕎麦……世田谷南署の食堂は今ひとつなのだが。

「実は今、下にいるのよ」

「ええ?」今度は思わず立ち上がってしまった。仕事中に電話してくるだけでも珍しいのに、職場になど……こんなことは初めてだ。

「サンドウィッチを持ってきたの。こういう時でも、卵サンドなら食べられるでしょう。署の近くには、コンビニもないって言ってたじゃない」

「……まあな」

「何も食べないとよくないわよ。卵サンドなら、仕事しながらでもつまめるでしょう」

「すまん。今、下に行く」

高峰は倉橋に「ちょっと出る」と声をかけて会議室を出た。廊下に出ると急に、熱気に襲われる。去年から、警察の庁舎は「夏は暑く冬は寒い」になった。東日本大震災の影響で省エネが徹底されたせいである。本部など、廊下の照明が一つおきに消されて、昼間でも薄暗くなっている。

淑恵は、署の一階、交通課の前にいた。ベンチから立ち上がると、バンダナに包んだ小さな箱を差し出す。受け取ると、ずっしりと重い。卵サンドだけでこんなに重くなるのだろうか。

「コーンスープも入ってるから。保温容器だから、持ち帰ってね」

「ちゃんと洗うよ」

「できれば。でも、若い人にでもやってもらったら？」

「俺が留守番しないといけないぐらい人手が足りないし、今時は、若い連中にそんなことをさせたら叩かれるよ——悪いな。こんなことで迷惑かけて」

「私はいいわよ」淑恵が澄ました表情で言った。「このあと、久しぶりに二子玉川へ遊びに行くから、そのついで」

「ああ——行きたいって言ってたよな」

二子玉川は再開発が進んでおり、去年は新しいショッピングセンターがオープンしていた。淑恵はずっと「行きたい」と言っていたのだが、高峰の病気のせいで、そんな話は吹っ飛んでしまった。

今も、たぶん「嘘」だろう。自分のためにここまで、と思うと胸が詰まる。

「申し訳ない」高峰は頭を下げた。「ずっと申し訳ないと思ってたんだ。仕事、仕事で君には迷惑ばかりかけた」

「何よ、今更」淑恵が苦笑する。「そういうのはこれから返してもらうから。定年で辞めたら、まずあなたのお小遣いは減額ですからね。私はその分で豪遊させてもらうから」

「ああ、小遣いなんかゼロでいいさ」君さえ元気でいてくれたら……海老沢のことを思うと、ありがたくて涙が出てきそうだ。淑恵が気丈に振る舞ってくれているのが、どれほど支えになっているか。自分は家族に恵まれた。

冷え切った海老沢の家はどんなものだろう。

会議室に戻り、早々弁当を広げる。まずコーンスープを一口。あまり濃厚ではなく、どちらかといえばさらりとしているが、今はこの方がありがたい。そしてサンドウィッチに手をつける。パンはごく薄く、中身たっぷり。マヨネーズと芥子を効かせた卵は、口蓋に媚を売るような美味さだった。身に染みるようなランチ……。

「おや？　弁当ですか？」倉橋が声をかけてきた。「珍しいですね」

「愛妻弁当だ。届けてもらった」

「羨ましい限りです」倉橋が本気で羨ましそうな表情を浮かべる。

「申し訳ないけど、やらないよ」

「俺も一度ぐらい、愛妻弁当を食べたかったなあ」倉橋が溜息をつく。そう言えばこの男は婚期を逃し、一度も結婚しないまま四十五歳になっていた。結婚だけが人生の全てではないだろうが、時々侘しそうに溜息をつくのを見る。あれは、夜中に一人帰宅する寂しさ故だろうか。

自分でも驚いたのだが、卵サンドを完食した。スープもすぐに空になってしまう。こういうのは、食べ終えてすぐに綺麗にしておかないとな……と、給湯室でポットを洗う。これからは、洗い物ぐらいしないとまずい。無事に手術が終わり、定年まで勤め上げたら、積極的に家事をやろう。術後、天下りで働くのは現実的ではない。今の家を売り払って引っ越し、老後の資金については心配しないようにして……あとは淑恵に嫌われないよう、家事を手伝い、せいぜいご機嫌を取る。

独身を貫いている倉橋は、こんなことに気を遣う必要はないわけだ。それがいいことか悪いことかは分からないのだが。

着々と情報が入ってくる。その中で一番大きかったのは、八田のスーパーの同僚、浜島真由美《はまじままゆみ》の証言だった。真由美は八田と同じ鮮魚売り場で長く働いていて、自然に話をするようになった。服役経験があることは知っていたが、だからといって怖いわけではなく、ごく普通の中年男性……というのが真由美の印象だった。最初は仕事の話から始まり、やがて休憩時間に一緒に弁当を食べたり、雑談に興じたりするようになっていた。

真由美自身は四十九歳で、八田と同い年だった。六本木飛翔弾事件のことも当然知っていたが、八田がその犯人だということは「今でも信じられない」と言う。とてもそんな大それたことをする人間には見えなかったというのだ。

話しながらも、真由美は時々苦しそうな表情を見せた。高峰は自ら事情聴取に当たっていたのだが、その様子が気になる……。

「入院されていたそうですが、体は大丈夫なんですか?」

「それは大丈夫です。大した病気じゃないんですよ。でも、退院したからと言って、すぐに復帰できるものじゃないですね。体力が戻ってないです」

「しかも、仕事に復帰ではなく、いきなり警察に来ていただいて……申し訳ありません」高峰は頭を下げた。

「いいえ、それはいいんです」真由美の口調は快活だった。

「痛みがあるとか、苦しいとか、そういうことでしたらすぐに言って下さい。今日は中止しますから」

「大丈夫です。痛み止めがありますから」

自分とこの人は同じようなものだと思う。互いに痛みに苦しみ、何とか日常生活にぶら下がっている。日常生活——仕事こそ、自分を正常につなぎ止める絆かもしれない。

「八田さんは、仕事ぶりは真面目だったと聞いています」

「そうですね」真由美が認めた。「うちに来るまでも、他のスーパーで勤めていたことがあって、魚の捌《さば》き方はちゃんと勉強したと言ってました。なかなかの腕前でしたよ」

「仕事上、何かトラブルのようなことはありませんでしたか？　接客業ですから、お客様と問題を起こしたとか？」

「それは、私が知る限りないです。そもそも、スーパーの場合は、お客さんと接するのはレジの人がほとんどじゃないですか。売り場で質問されることもありますけど、そういう時は普通に接客していました。少し暗いというか、大人しい人ではあったけど、それでも仕事の面では何も問題なかったですよ」

「周りの人とは、あまりつき合いはなかったようですね」

「そうですね。八田さんは、呑み会に誘っても、滅多に来ませんでした」

「そういう時、何か言ってましたか？　呑みに行かない理由とか」高峰は突っこんだ。

「いいえ。『僕はいいから』って、それだけですね。理由は特に言わなかったけど……やっぱり事件のこともあるのかな、と。刑務所に入っていたんですよね？」

「ええ」

「そういう人って、社会復帰しても、やっぱりなかなか馴染めないんじゃないんですか？　八田さんも、話す時に目を合わせようとしなかった」

八田は、仲間内のつき合いからは一歩引いていたのだろう。自らの立場をわきまえて、無用なトラブルが起きないように気をつけていたのか、あるいは……。

「でも、急に元気というか、明るくなることがあって」

「どういうことですか」

「私が知っているのは三回か四回なんですけど……休みの翌日だったと思います。突然ハイテンションで笑い出したりして、ちょっとびっくりするぐらいでした。聞いても『たまにはいいこともある』と言うぐらいで……でも、気になったんです。最後にそういうハイテンションなところを見せたのって、私が入院する前の日で、今考えてみると、それって目黒で殺人事件が起きた次の日なんですよね」真由美が気味悪そうに言った。

「七月十八日――七月十九日ですね?」高峰は念押しした。

「そうです。私は二十日から入院しました。八田さんがハイテンションだったのって、この近くで殺人事件が起きた時もそうだったんです」

「二月ですね」

「ええ」

人を殺す度に、テンションが上がって職場でもおかしな振る舞いをしていたのだろうか。真由美には気を許していたので、そういう姿をつい見せてしまったのかもしれない。

「他に何か気になることはありますか?」

「私が、入院前の最後の日にスーパーを出る時、急に話しかけてきて、『今までありがとう』って言うんですよ。何だか気持ち悪くなっちゃいました。私が死ぬみたいな感じじゃないですか」

「ああ……そんな風に感じられるかもしれませんね」

「散々お礼を言われて、困っちゃいました。『縁起が悪いから、そんなこと言わないで』って言ったんですけど、『もう会えないかもしれない、店も辞めるかもしれない』って言い出して」

「退職するつもりだったんですか？」結果的にそうなったのだが。

「あの……噂があったんです。店のお金に手をつけているって。でも、一対一で話している時に、そういうこと、聞きにくいじゃないですか」

「分かります」高峰はうなずいた。

「でもそれだけじゃなくて、『やることがあるから』って言い出したんです。それまで見たことがない、真剣な表情でした。それで、何か大きな計画があるんじゃないかって……入院中にも時々考えて、何だか怖くなっちゃったんです」真由美が両手を握り合わせる。

「具体的に、何か……」

「それは分からないんですけど、八田さんって、底が見えない感じがするんです。何か隠しているというか、企んでいるというか。普段は普通に話してるんですけど、ちょっと目が怖い感じがする時がありました。それと、大月に行くかもしれないって言ってました。引っ越すのかって聞いたら、知り合いがいるから、しばらくそこで暮らそうかなって」

「大月ですね」ここで突然「大月」が浮上してきた。「どういう知り合いかは、言ってましたか？」

「大学の同級生だとか……確か、市役所に勤めている人、という話でした」

「いいヒントです」高峰は笑みを浮かべてうなずいた。内心では、焦っている。これは極めて重要であり、すぐにでも現地にいる刑事を動かして裏を取らねばならない情報だ。しかし今は、話を中断したくない。高峰は、鏡——マジックミラーに向けて手を振った。外では倉橋が待機して、取調室にしかけられたマイクからの音声を聞いているはずである。今のはちゃんと気づいてくれよ……。

「八田さん、何かやったんですか？」真由美が不安そうに訊ねた。

「やったかもしれないし、これからやるのかもしれません。『やることがあるから』っていう話でしたよね？　その話をした時、どんな様子でした？」

「何て言ったらいいんだろう……目は据わっていて——あれは、覚悟を決めた人の目です」真由美が指をいじる。

「そんな話をするということは、あなたとは、よほど気が合ったんですね」

「同い年ですから。でも、経験はずいぶん違いますけどね。私は結婚して離婚して、一人で子ども二人を育てて……八田さんは、普通の人が一生懸命働いて仕事を覚えるような時期に、あんな事件を起こしたんですよね」

「彼に感情移入できましたか？」

「感情移入？」真由美が首を捻った。「私はそういうことは……ただ、職場の人とは上手くつき合っていこうと思ってるだけです。スーパーの仕事は出入りが頻繁だし、主婦のパートが多いせいか、人間関係、難しいんですよ。だから私、子どもが高校生になって手がかからなくなってからは、なるべく店の人たちとご飯を食べたり、お酒を呑んだりするようにしてます」

「社交的なんですね」

「お酒が好きなだけかもしれませんけど」真由美がかすかに笑う。「八田さんは、特に訳ありでしたから。周りも避けてたし、せめて私だけでも話そうかなって……八田さん、悪意があってあんな事件を起こしたわけじゃないでしょう？　オレオレ詐欺なんかやる人の方が、よほど悪質だと思います」

「そういう犯罪を担当していた部署にすれば、冗談じゃないと思うでしょうけどね。人が死んでいるのは間違いないんだし」

「でも、八田さんの話を聞いていると、何か変えなくちゃいけないのかなって思えてきましたよ。今の政府は人を不幸にするだけだって……実際、そうですよね。東日本大震災が起きてから、本当にそう思います。政府は何もしてくれないから、自分の身は自分で守るしかないでしょう？　でも八田さんは、駄目な政府なら、誰かが活を入れてやらないといけないって言ってて。確かに、そんなことができれば一番いいけど、簡単じゃないでしょう？　政治家を辞めさせるには選挙で落とすしかないけど、地元へ戻っておじいちゃんおばあちゃんに頭を下げてさえいれば、票は入るんだから」

「今の選挙のシステムだとそうなりますね。八田さんは、そういうのは間違っていると？」

「駄目な政治家がいたら、引きずり下ろす権利が国民にはあるんだって……真顔で言ってました。でも、そんな方法、あるんですかね」

ある。

高峰の頭の中で、様々なパーツが急につながった。

俺たちはテロリストを――それも本当に対象の命を狙うような、シリアスなテロリストを追っているのではないだろうか。

3

高峰から、際どい情報が寄せられた。

合同捜査本部が山梨県大月市に派遣した刑事たちが、そこに住む八田の大学の同級生を割り出した。牧野圭介《まきのけいすけ》、大月市役所勤務。早速本人に直撃したところ、つい最近、八田を自宅に泊めたことを認めた。出所後、何度かそういうことがあったというのが意外だったが……海老沢は公安四課にデータをチェックさせ、牧野が一時期革連協に籍を置いていたことを確認した。それをすぐに合同捜査本部に打ち返し、牧野に再度の事情聴取――それで牧野が、八田を密かにサポートしていたことが分かった。主に金銭面でだが、八田に仕事がない時は、自宅で面倒を見ていたこともあるという。牧野は独身、一人暮らしなので、そういうこともできたのだろう。

では、牧野が現在でも活動家かというと、それは「ノー」だ。逮捕歴もなく、クリーンな身だった。山梨県警の監視リストにも入っていない。現役当時は革連協の「理論派」の有望株とされていて、もしもずっと活動を続けていたら、今頃は幹部になっていたかもしれないが、どうやら当時つき合っていた女性に泣きつかれて、活動から抜けたらしい。「去る者追わず」が革連協の基本姿勢だが、さすがに「彼女に言われたから辞める」という理由には呆れられたのではないだろうか。ただし、その後無事に大学を卒業して地元の市役所に就職しているのだから、結果的に牧野の判断は正解だったのかもしれない。

しかし八田は、過去との絆を何とかキープしていたのだろう。八田と牧野は、誘い合うようにして革連協に入ったものの、牧野はさっさと抜けてしまった。一方八田は専従の活動家になり、飛翔弾事件を起こして逮捕、服役……そんな八田から見れば、牧野は「自分を残して、一人だけ穏やかな生活を送っている男」だったかもしれない。少しぐらい援助してくれてもいい、という甘えた感覚があったのではないだろうか。

「逃亡の幇助《ほうじょ》で何とかならないか」海老沢は夜になって高峰と直接話し、食いついた。

「今のところ、その材料はない」高峰が否定する。「牧野は、八田が何をやったか、知らなかったと言っている。単なる腐れ縁だと証言してるんだよ。金や仕事がなくなると来て、それを受け入れてしまう。お人よしなんだな」

「極左の人間関係は、何十年も続くことがある。メンバーでなくなっても、シンパとして援助を続けるとか……もちろん、そういう人間を検挙するのは難しいけどな」海老沢は指摘した。

「今回もそういうパターンじゃないかな。確かに、逮捕して家を捜索したいところだけど、今のところは容疑がない」

「徹底して揺さぶるんだな。俺は、そいつが何か隠している方に賭けるよ」

「現地の刑事たちにはしっかり言ってある。しかし、二十年以上も前の極左の活動が、今にまでつながっていると思うか？」高峰が疑念を呈した。「牧野は、恋人に泣かれて活動から身を引いた——ナンパな男だぜ」

「活動とは縁が切れても、仲間とは切れないこともある。それはお前にも分かるだろう」

「俺とお前の関係ってことか？」

「よせよ。そんなこと言われると気持ち悪い」

「俺も、言ってて気持ち悪くなった」豪快に笑って、高峰が電話を切ってしまった。

それで海老沢は、少しだけほっとした。今の高峰は「溝にはまった」状態だと思う。誰が言い出したかは知らないが、警察では昔からこういう表現をする。捜査が上手くルートに乗って、次々にいい情報が入ってくる状態。針がレコードの溝に入って、いい音楽が流れ出す——今や、レコードなど絶滅寸前のはずだが、言葉だけは残っている。

そして溝にはまった状態の刑事は、悪いことを全て忘れてしまう。高峰が、病気の苦しみや痛みから逃げられていることを海老沢は祈った。同時に、ここで馬力を入れて事件の解決を目指さねばならないと改めて思った。高峰の手術は近い。ぜひ犯人を逮捕して、すっきりした気持ちで手術に臨んで欲しいものだ。手術に精神的な影響は——絶対にあるだろう。


帰ろうとしたところで、池内から電話がかかってきた。携帯の番号を教えたのは失敗だったかもしれない、と悔いる。ああいう人たちは、こちらの都合など考えずに、好きな時に電話をかけてくるだろう。

「ああ、遅くに申し訳ない。実は一つ、気になったことがあるんだ」

「何ですか?」

「我々を警備してくれてありがたい限りなんだが、そのほかのこと……人が集まる状況なんかはどうなんだろう」

「街頭演説などの情報は収集しています。できれば中止してほしいとお願いしていると思いますが」

「屋内はどうだろう?」

「屋内?」

「街頭演説では、道路使用許可が必要なこともあるから、警察も把握しているだろう。しかし、屋内の集会はどうだ?　会場の許可を得ればいいだけだから、警察には情報は入らないのでは?」

「そんなことはありませんよ」海老沢は否定した。「警察はありとあらゆる情報を収集していますから。それを活かすかどうかは別問題ですけどね」

「区民会館の明日の集会、把握してるか?」

「ええ、それは——代議士の中岡《なかおか》さんですよね」

中岡は地元選出の民自党代議士で、党の政調会長代理の要職にある。当選四回、五十一歳。将来の総理総裁候補にも挙げられるホープだ。海老沢は手帳をめくって確認した。

「明日の午後六時ですよね」

「実はついさっき、中岡先生のところに電話がかかってきた」

「まさか、脅迫電話じゃないでしょうね」海老沢は悪い予感に襲われた。

「それが、微妙な電話だったんだ。明日の集会では必ず事件が起きる、という内容で……そこまではっきり言われると、逆に嘘臭い感じもするんだが」

「事件というのは、具体的にはどういうことですか」襲撃事件?

「それははっきりしない。中岡先生の事務所に電話がかかってきたのは午後八時過ぎで、職員が応対した。電話は、録音が残っているはずだが——」

「すぐ行きます」海老沢は手帳を閉じた。「どうして池内先生が連絡してくれたんですか?」

「その電話がかかってきた時、俺も事務所にいたんだよ。中岡先生は全然気にしていなくて、無視でいいって言ったんだが、気になってね。何とかしてもらえないかな」

「とにかく、事務所に行きます。池内さんも来てもらえますか」海老沢は壁の時計を見た。既に午後九時。

「もちろん。すぐか?」

「お願いします」

とはいえ、海老沢が連れて行ける人間は、今は特捜本部にいない。仕方なく、当直の人間に声をかけ、警備課と刑事課の若手刑事二人を選んだ。三人いれば、取り敢えずは対応できるだろう。

これがお前の狙いなのか、八田?


中岡事務所は、中目黒駅近くのビルの二階に入っている。外から見ると、中岡の大きなポスターが窓に見えて目立つ。この男はあまり顔を出さない方がいいのでは、と海老沢は思った。中岡の顔は悪目立ちするというか、人相が悪いのだ。「悪徳政治家」を絵に描くとこうなる、という感じ。

実際に中岡に会うと、「悪徳」のイメージそのものだった。脂ぎった顔、威圧するような目つき、冷酷さが漂う薄い唇。口を開くと、その印象がさらに強くなった。

「心配し過ぎなんですよ、池内先生は」隣に座る池内に鋭い視線を向ける。政治家としても人間としても大先輩なのに、まったく関係なく馬鹿にした感じだった。

「いやいや、中岡先生——」

池内が反論しようとすると、すぐに言葉で押さえつけようとする。

「今回の集会がどんなに大事なものかは、池内先生もご存じでしょう？　実質的な決起集会なんですよ。そして、次の選挙で勝つ——圧勝することが、今の私には絶対必要なんだ」

「それは分かりますが」

「大事な集会なんですね、中岡先生」海老沢は割って入った。

「常在戦場です。常に選挙に備えておくのは、政治家の常識ですよ。それに次の選挙では、必ず民自党が政権を取り戻す。そうなったら、私にも重大な局面になるのでね」

「入閣ですか」

「そういうことに備えておかないのは、政治家として怠慢ですよ」

大臣就任へ向けて、いち早く本格的に選挙準備を始めるということか。そのスタート地点となる集会なら、簡単にはやめられないだろう。しかし——。

「警察としては、最悪の事態を想定します。集会で怪我人が出たりしたら、それこそ大問題じゃないですか」

「それを防ぐのが警察の仕事では？」中岡が冷たい目で海老沢を見た。「最大限の警備態勢で守っていただければ」

「それでは、機動隊を投入することになります。完全武装の隊員が、数十人単位で会場を取り囲むんです。政治の集会で、機動隊がそんな形で出動したことはありませんよ」

「機動隊が駄目なら、何か他の手を考えて下さい。それが警察の仕事でしょう？」

「中止していただくのが一番です。我々は全力を尽くしますが、百パーセント大丈夫ということはありません。唯一トラブルを防ぐ方法は、集会自体を中止することです」

「そんなことで、私が弱気になったとは思われたくない」

「理由を言う必要はないでしょう。体調不良でも構わないじゃないですか」

「もう案内を出して、待ってくれている人もいるんだ。ゲストも来る」

「ゲストはどなたですか」

「永山《ながやま》政調会長――私の上司だね」

だったらますます危ない。ＶＩＰが二人揃う現場で何かあったら……海老沢はさらに説得にかかった。

「中岡先生、脅迫の件はご存じですよね？　我々はあれを、冗談や悪戯とは見ていません。そのために、総力を挙げて警備しています」

「それは知っている」

「でしたら、警察にもご協力下さい。これ以上の戦力を投入するのは、物理的に難しいんです。身の安全のためにも、集会は中止して下さい」

「冗談じゃない」中岡が身を乗り出した。「政治家が脅迫なんかに負けたら駄目でしょう。これは、言論の自由に対する重大な挑戦なんですよ」

「何か起きてからでは遅いですよ」

「起きないようにするのが警察の役割じゃないのか！」中岡が声を張り上げる。「しっかりしてくれ。日本の治安を守る、それが警察の基本だろう」

海老沢は表情を一切変えないように努力した。公安の仕事はまさに、「国家」を守ることである。体制を転覆させようと目論む極左や極右を封じこめ、必要とあらば逮捕する。一方で警備部のように、直接対象やイベント自体を守る仕事もある。公安部・警備部が一体になって国家を守る――しかし、自分たちが守り続けてきたのが、中岡のような傲慢な政治家かと思うと、心底うんざりしてきた。

「集会は中止するよう、強く要請します」海老沢は口調を強めた。

「無理だ」中岡が抵抗する。

「何か起きたら、会場に集まったあなたの支持者の皆さんが、犠牲になるかもしれません」

「そんなことになったら、警察の責任だ」中岡も強硬だった。

「警察はできるだけのことをやります。しかし万能ではありません。そして、万が一何かあったら、警察はこの経緯を正確に公表します。こちらが中止を要請したのに無視された――それを聞いた人たちは、どう考えますかね」

「人が何を考えようが、関係ない！」中岡の顔が真っ赤になった。

「今は、様々な問題がネットであっという間に拡散されます。それこそ、今回の目黒区内の政治家に対する脅迫事件も、日本中の人が知っていると言っても過言ではないでしょう。悪い噂も、すぐに全国に広まります。中岡先生が集会を開催するとゴリ押しした――そういう情報が流れると、いろいろと不都合なことがあるんじゃないですか」

「脅すのか？」

「そうです。脅しです。それで先生から非難されても、何も起きない方がましです」

結局話し合いは平行線を辿り、海老沢は途中から冷静になってきた。中岡はむきになっているだけだと思う。予定通りに集会が開けないと、政治家としての面子《メンツ》に関わる、と考えているだけではないだろうか。だからこそ、絶対に中岡は引かない。政治家にとって一番大事なのは面子だから――それを悟って、海老沢は話をまとめにかかった。

「分かりました。それでは、警察は最大限の戦力で会場を警備します。手荷物検査やボディチェックも行います。物々しくなって、集まって来る皆さんは嫌な思いをするかもしれませんが、了解して下さい」

「結構です」中岡もいい加減、言い合いに飽きてきたようだった。

「ただし、先生が強硬にご意見を押し通したことは、警察の記録として残しておきます。警察は、どんなことでも記録に残すものなので」

「それはそちらの事情だ。私が何か言えることではない」

「では……取り敢えず、電話の録音データをいただきます」

若い刑事二人に、データを保管するように命じた。二人は手慣れた様子でデータを保管し、その間、海老沢は無言を貫いた。中岡は自分のデスクにつき、パソコンに向かった。自分の噂話の検索でも始めたのかもしれない。

作業が終わり、三人は引き上げた。中岡は挨拶もしない。しかし、池内は下までついてきた。大判のハンカチを取り出して顔を拭い、「申し訳なかったね、署長」と謝る。

「中岡さんと意思の疎通ができていなかったのですか」

「一応話したんだけど、納得はしていなかったね。そこへ署長が来られたから、こんなことに……どう思う？　脅迫は本気かね」

「それが分からないから、集会を中止して欲しいんです。何が起きるか分からない」

「そんなに危険なのか？」

海老沢の頭の中では、八田イコール今回の脅迫犯という図式が出来上がっていた。何しろ八田は、飛翔弾で人を死なせたことがある人間である。服役で空白はあるが、基本的なノウハウは覚えているだろう。新たに勉強すれば、さらに正確かつ強力な飛翔弾を作れるかもしれない。今度は爆発物を搭載して——それが中岡の集会に打ちこまれたら、ただでは済まないだろう。そして、何だかんだで非難は警察に集中する。

政治が必要だ。

海老沢は、自分の人脈を総動員することにした。政界には、中岡に圧力をかけられる人間がいる。彼は「将来の総理候補」ではあるが現在の総理ではなく、出世の階段を上がっている途中だ。「親分」の命令には逆らえないだろう。そして警察の世界は、政界とも密接につながっているのだ。キャリア組は中央官庁の人間で、政界ともつながりがある。ＯＢで政界に進出している人もいるし、おそらく五回か六回連絡を回すだけで、中岡にプレッシャーをかけられるだろう。そこは公安一課長から公安総務課長、公安部長のルートで話を通してもらう。

そして俺は、万が一に備える。こちらは警備部との連携が必要だ。公安部と警備部は隣接部署と言えるのだが、共同で仕事をすることはあまりない。人事交流もほとんどない。だが、話をできる相手はいる——夜も深くなってきたが、今夜中に基本的な方針を決めねばならないだろう。集会は明日午後六時からだ。もう二十四時間もない。

海老沢は、署長室のソファで目覚めた。昨日——今日の未明まで警備部の連中との打ち合わせが続き、上階にある官舎へ戻るのも面倒になってしまったのである。二時間、長くても三時間ほどしか寝ていないのに、妙にすっきりしていた。トイレで顔を洗いながら、家で寝なかったせいだと気づく。同じ空間に妻がいるだけでストレスが溜まるのだと、改めて思い知った。

朝六時。当直の署員たちは、間もなく夜の勤務から解放される。午前六時から八時までの二時間は、一日で一番事件・事故の発生がない時間帯で、署員も気が抜けているだろう。まあ、いざ何かあれば、一気にスウィッチが入ったように動ける人間たちだから、心配はしていないが。

腹が減った……海老沢は外に出た。こんな早朝にも拘わらず、真夏のむっとした空気が襲いかかってくる。署の隣にコンビニエンスストアがあるので、そこでサンドウィッチと缶コーヒーを仕入れた。侘しい朝飯だが、海老沢の経験上、作戦行動が続いている時は、粗食の方が力が入る。そう言えば……海老沢は高校までは本格的にサッカーをやっていて、試合のある日の食事は必ずパンだった。米を食べると体が重くなる感じがしたし、パン食でそそくさと食事を済ませた方が、いかにも臨戦態勢という感じになったのである。

そんな時代もあった、と思い出して愕然とする。今でも、相手の守備陣を切り裂くドリブル、ヘディングでの競り合い、ＰＫを蹴る時の緊張感などをまざまざと思い出すのだが、全てが四十年も前のことである。四十年……何と長い歳月か。自分ではまだ若いつもりでいたのに、来年には定年が迫っている。

会計を終えてから、思い直してペットボトルのお茶を大量に買った。三百五十ミリリットル入りのボトルを二十本。なかなかの重さになった。署の隣がコンビニでなかったら、こんなことをしようとは思わなかっただろう。たまには署員に奢るぐらいしてもいい。

当直の連中にお茶を渡し、自分は署長室に籠る。卵とツナのサンドウィッチを食べながら、昨夜本部の警備一課長と話した計画を見直した。機動隊員と、所轄の制服警官を会場周辺に配置。会場の中には私服刑事をできるだけ紛れこませ、さらに会場に来る人の荷物をチェックするための女性警察官も配置することにした。ただし、あまりしつこくはできないので、簡易的な検査である。

そして警護課から特別に二人を、中岡の警護に出してくれることになった。二人は、中岡が壇上にいる間は常に舞台袖で待機して、いざという時に備えることになっている。まず、漏れのない警備だ。大人数だが、今夜だけのことだから何とかなるだろう。

もちろん一番いいのは、集会までに八田を逮捕して、これまでの犯行、そして脅迫について吐かせることだ。犯人を逮捕していれば、警備をする必要はない。

海老沢は署員名簿をチェックし、今夜の警備に出せそうな人間をリストアップした。刑事課から四人。地域課から五人、警備課から四人。大多数は本部からの応援になってしまうのが申し訳なかったが、今、目黒中央署では人手が足りない。ここは頭を下げて本部にお願いするしかない。警備部とダイレクトに仕事をした経験は少ないので、まだぎくしゃくしていたが。

今日はこの後も、打ち合わせが続くだろう。そして六時からの集会には、自分も顔を出さねばならない。

何が起きるか分からないが、長い一日になることだけは間違いなかった。

警備一課はさすがだ、と海老沢は感心した。朝一番で、集会の会場になる勤労福祉会館——目黒中央署からも歩いていける距離だ――の館内図を手に入れて一時間で、仮の警備計画書を作成して共有し、さらにスタッフを派遣してより精緻な計画作成に取りかかった。会場視察は、防弾チョッキと銃で武装した人間五人が担当する。

午前十一時に、警備一課の丸山《まるやま》管理官が、署長室に腰を落ち着けた。二階にある小さな会議室を、前線本部として提供したばかりだった。

「いや、どうも」丸山は海老沢の一年後輩だが、面識はない。主に機動隊勤務が中心で、五十歳になってから警備一課に異動し、警備計画の立案、機動隊の管理などに関わってきた男である。中肉中背……に見えたが、肩や首にはたっぷり筋肉がついて、まだ「たくましい」と言っていい体型を維持している。短く刈り込まれた髪も、機動隊時代のイメージにつながっている。

「お疲れ」

「だいたい、警備計画はＯＫです。政治家の集会などの警備経験は豊富ですから、それに準じました」

丸山が、会場の見取り図を取り出し、てきぱきと説明を始める。

「このホールは、固定席四百十七、車椅子スペースが十台分あります。中規模のホールですね。中央、それと左右に分かれて客席がある、ごく標準的な造りです。客席は後方が高い斜面になっていて、ステージは一番底……これは良くないですね」

「武器は何を想定している？」海老沢は訊ねた。「確かに銃だと、このステージは狙われやすい」

「下へ向かって撃つ方が、上を狙うよりはるかに簡単ですからね」丸山がうなずいて認める。「ただし、この手の会場の警備経験はいくらでもありますから、ご心配なく。それに、政治家の集会は警備しやすいんですよ」

「そうなのか？」

「そういう集会は、荒れないじゃないですか。参加者は基本的に静かに話を聞いている感じで、せいぜい拍手するぐらいです。立ち上がって一斉にスタンディングオベーションなんて、見たことがありません」

「そりゃそうだ。コンサート会場やスポーツの大きな試合の警備の方が大変だろう」

「ただし、警察はそういうところの警備をする機会はあまりないですからね。大抵は民間の警備会社が担当しています。日本人は大人しいから、銃を見せるような警備の必要はないんですよ」

「見せる警備はいらないか……」守っているとアピールすることで、敵を怯ませる方法だ。「実は、この件をニュースで流させようかと思った。襲撃予告は、ニュースにはなるだろう」

「ベタ記事にはなりますかね……大学や駅が襲われるという脅迫の記事は、たまにありますよね。大抵、何も起きないんですが」

「ああいうの、どれぐらいが本当だと思う？　ニュースになったことで犯人がビビってやめる、ということもあるんじゃないか」

「理論上はありそうですが、実際にはどうかな」丸山が顎を撫でた。「署長は、それで抑止力にしようと思われている？」

「ああ。一応、広報にも相談したんだが……横槍が入ってね」

「横槍？」丸山が眉をひそめる。

「この件の重要参考人を追っている合同捜査本部があるんだ。うちの殺しの特捜なんかを束ねているわけだが……そこを仕切っている捜査一課の理事官が、駄目だと」

「捜査一課は関係ないでしょう」

「犯人を誘《おび》き出せということなんだ。会場に犯人が現れる可能性がある。そこを取り押さえて――ということだな」

「いや、それは」丸山の顔色が急に変わった。それまでは事務方モードだったのが、急に機動隊の現場モードになっている。「何も起こさせないのがこちらの基本方針ですよ。集会――というか政治家を囮《おとり》に使うなんて、あり得ない」

海老沢は頭を下げた。

「勘弁してやってくれ。俺の同期なんだ。それに、どうしても容疑者を捕まえないといけない理由がある」

「そりゃあ、警察は常に容疑者を捕まえないとまずいでしょうけど……」

「間もなく手術なんだよ。上手くいけばいいけど、そうじゃなければ、復帰できないまま定年になる。そのために、この捜査を無事に終えて勢いをつけたいんだ」

「そんな個人的な事情で……」

「俺も、あり得ない話だと思う。でも今回は、奴の望み通りにやってくれないか？　実は、ターゲットになっている代議士にはもう、囮になる可能性があると通告してあるんだ」

「何でまた、そんなことを……」丸山の顔が青褪める。

「とにかくそのマル対は、脅しに屈して集会をやめた――という構図にするのは避けたいらしい。だから、集会をやれば結果的に囮になるかもしれないと言ったんだ。向こうは囮だろうが何だろうが構わない、と平然としている。この件は、密かに録音した」

「署長……聞かなかったことにしておきたいですね」

「そうしてくれ」海老沢はうなずいた。「俺の個人的な判断だ。こいつを囮にして犯人を逮捕する——もちろん、マル対が傷つかない前提でだ。そういう感じで、警備計画を立ててくれないか」

「要求が多過ぎますよ」丸山が文句を言った。

「すまない」海老沢は素直に頭を下げた。「それと、このマル対はいけすかない人間だった。怪我でもしたら始末書じゃ済まないけど、俺は全然悔しいとは思わない。正直、あんな人間がいると思うだけで、民自党に票は入れたくないね」

「そんなに?」

「よくいる、『俺が十年後の総理』っていうタイプだよ。俺が見た限り、絶対にそんな器じゃないけどな」ただし、押さえつけには失敗していた。最近の民自党は妙に強気——政権奪還に向けて、全国で実質的に選挙態勢に入っているのだ。たかが脅迫ぐらいで集会をやめるわけにはいかないと、早々にこの話は握り潰されてしまった。

「ずいぶん政治家とおつき合いがあるんですね」

「ないよ——ありがたいことに」海老沢は皮肉を飛ばした。「とにかく、現場で何とかする。犯人を無事に押さえられればベストだ」

「要求が滅茶苦茶ですよ」

「警備一課なら、こんな警備計画は軽いものだと思う」

「前から思っていたんですが、うちと公安部って、微妙に考え方や行動パターンが違いませんか？」

「俺もそう思う。でも、その件の決着は、後輩たちにつけてもらおう。俺たちはもう、定年が見えてる年齢じゃないか」

4

高峰は、目黒中央署に直接乗りこんだ。合同捜査本部に参加している刑事たちを五人、引き連れている。美沙も一緒だった。体力勝負になる可能性が高いので、若い男性警官で固めたかったのだが、美沙はこの警備計画にはどうしても参加すると強引に押し切ってきた。理由が「理事官が現場に行かれるなら私も行きます」「今の理事官にこそ警護が必要です」。

元気な時なら「ふざけるな」と一喝していただろうが、思わず礼を言ってしまった。人の優しさ、若手の頼もしさが身に染みる……今こんな弱気だったら、手術して体が弱っている時にはどうなってしまうのだろう。

しかし今は、気合いを入れて乗りこまねばならない。敵地——ではなく、もしかしたら最後の戦いの舞台へ。

高峰たちは、目黒中央署の二階に設置された前線本部に足を踏み入れ——られなかった。機動隊員や目黒中央署の署員たちでごった返しており、しかも海老沢の姿が見当たらなかったのだ。一階に引き返して署長室に行くと、海老沢はフルスピードで書類を処理していた。夜の本番に備えて、事務仕事は今のうちに済ませておこうということだろう。

高峰は何も言わず、署長席の前のソファに腰かけた。他の刑事たちは、高峰の背後に立ったまま控える。

「何なんだ」海老沢が、書類から顔も上げずに言った。「ヒーロー勢揃い的な感じか?」

「応援だ――いや、八田を逮捕する。うちの仕事だ」

「八田が犯人で、確実にあの現場に来るとは限らないだろうが」海老沢は一歩引いた感じだった。

「状況証拠は揃っている。八田はでかいことをやろうとしていた」

「それがこれだとは――ちょっと待て」海老沢が警電の受話器を取り上げる。相手の言葉に耳を傾けていたが、すぐ「分かった、ありがとう」と言って電話を切った。ようやく高峰に視線を向け、「当たりだ」と告げる。

「何か動きが?」

「昨日、代議士のところにかかってきた脅迫電話、携帯からだった。八田の携帯と一致した」

「よし。それなら間違いなくうちの事件だ」高峰は膝を叩いた。

「お前の、じゃなくて合同捜査本部の下にいる人間全員の事件だ」

「分かってる。ただ、まとめているのは俺だ」

「――それで?」海老沢が顎を撫でる。「何がしたい?」

「したい、じゃなくて応援に来たんだ。人手が足りないだろう」

「いや、少ない人手で何とか全体をカバーできるように、警備一課が計画を立ててくれた。刑事部の素人さんが手を出すことじゃない」

「言ってくれるな」高峰は鼻を鳴らした。

「事実だ。こっちに任せろ」

「警備計画を教えろ」高峰は粘った。

「そもそも警備要員に入っていない人間には教えられない」

その時、署長室のドアをノックする音が響いた。こんな時に邪魔を——と高峰はむっとしたが、海老沢は「助けがきた」とでも言うように「はい」と野太い声を上げた。すぐにドアが開き、「失礼します」と挨拶が聞こえた。聞き覚えのある声……高峰はドアの方を向き、思わず「丸山?」と声をかけた。以前所轄で一緒だった後輩だ。

「あれ、高峰さんじゃないですか。合同捜査本部じゃないんですか?」

「こっちの人手が足りないいんじゃないかと思って、応援に来た」

「その……後ろの皆さんもですか?」丸山が、高峰の背後に控える五人に目をやった。

「ああ」

「ええと」丸山は海老沢に視線を向ける。「署長、この五人がいると、ちょうど穴がなくなるんですが」

「穴?」

「壇上の警備をもう少し強化したいんですよ。飛び道具がある可能性も考慮して。そうすると、客席側の警備が足りなくなるんです」

「……分かった」海老沢が嫌そうな表情を浮かべる。「指示してくれ」

「助かります。それじゃ、高峰さん、この五人をお借りしますね。ちょっと二階の会議室まで来ていただけますか?」

高峰は美沙に目で合図を送った。美沙がうなずき返し、先頭に立って署長室を出ていく。ドアが閉まると、海老沢が大袈裟に溜息をついた。

「お前、強引過ぎるよ」

「分かってる。でもこれは、八田を捕まえるチャンスだぞ。たぶん、唯一のチャンスだ。八田は揺れている。今なら失敗する可能性も高い」

「揺れている、とは？」海老沢は首を傾げた。

「あちこちに足跡を残している。車を借りたのは、俺たちを惑わせる――陽動作戦だったと思うけど、別に成功してはいない。人を使って車を移動させようとしたり……単なる無駄だ。脅迫のやり方も雑だし、これは絶対に失敗するよ。現場で奴を捕獲できる」

「楽観的に見れば、な。まさかお前は、現場には行かないだろうな？」

「うちの刑事を五人、出してるんだぞ。俺が責任を持って指揮する」高峰は胸を張った。

「それは警備一課に任せろ」海老沢は警告した。「指揮命令系統がぐちゃぐちゃになるぞ」

「いや、考えてみろよ。今の俺にはツキがある」

「ツキ？」

「警備一課の担当者が、たまたま所轄の後輩だった」

海老沢が深く溜息をつき、頰杖をついた。

「警視庁には四万人も職員がいるのに、どうしてこういう偶然が起きるかね」

「俺の普段の心がけがいいか、一生に一回の幸運が回ってきているかだ」

「それは――」

「病気のことは言うなよ。縁起が悪いからな。これで運を使い果たした、とか言うのもなしだ」

「治療は運じゃないぞ。医者の技術次第だろう」

「分かってる」高峰はうなずいた。高揚感が強いせいか、今は胃の痛みをまったく感じない。むしろ空腹を覚えるほどだった。「飯、食わないか?」

「まだ三時だぞ」海老沢が手首を持ち上げて腕時計を見る。

「昼飯だよ。抜いちまったんだ――ああ、体に悪いのは分かってる。でも説教はなしだ。とにかく飯を食おう」

「実は俺も、昼飯を抜いた。それどころじゃなかった」

「中目黒の洒落た店で、とはいかないよな。署の食堂のうどんで十分だ」

「冴えないねえ」海老沢が鼻で笑う。

「打ち上げは後でいいじゃないか」

二人は連れ立って食堂へ向かった。海老沢はうんざりした表情……ここに飽き飽きしている様子だった。

「俺はここでしか食べないんだよ。それで署員と話すんだ」

「立派に署長さん、やってるじゃないか」

「うるさいな」

ランチタイムが終わったので、メニューはうどんとそば、カレーぐらいしかない。高峰は迷わずきつねうどんにした。海老沢はカレー。

向かい合って食事を始めてすぐ、高峰は海老沢の異変に気づいた。年齢を重ねても、いつもしゃきっとしているのに、今日は妙に疲れて見える。

「昨夜、そんなに大変だったのか?」

「何が?」

「ぼろぼろって感じだけど」

「遅くまで打ち合わせが続いて、署長室で寝たんだ」

「上に戻るだけなのに?」

「官舎に戻らないで済む理由があるなら、その方がいい」

「本当に、そんなにまずい状況なのか?」

「ああ。朝、シャワーを浴びて着替えてきただけだ。今は気力で何とかなってるけど、明日は倒れるかもしれないな」

「明日は日曜日だぜ」

「この状況で休めると思うか?」海老沢が力なく首を横に振る。

「犯人を逮捕できれば、ゆっくり休める」

「楽観的過ぎる」

「今の俺は、今までにないほど前向きになってるよ。もちろん、そういう時こそ危ないのも分かってる」実際、高峰の気持ちは久しぶりに高揚していた。

「分かってるなら、俺は何も言わない。お前は世田谷南署で大人しくしてろよ」

「あるいはここで待機してるか。お前はどうするんだ?」

「俺は現場に行かざるを得ないだろうな。指揮車を置いて現地本部にするから、そこに詰めることになるだろう」

「分かった」

「とにかく、余計なことはするなよ」海老沢が釘を刺した。

「俺は良識と常識の男だ」

「俺が知っている事実とは違うな」

「よく言うよ、俺のことをどれだけ知ってる？　丸山の方がよほどよく知ってると思うぜ」

「所轄時代の関係を何十年も引きずるっていうのもな……」

「誰だってそうだろう。まあ、使えるものは何でも使って、事件を解決するだけだ。警察の仕事はシンプルにいこう」


　高峰は、世田谷南署に戻らなかった。そちらの留守番は倉橋に任せてある。代わりに、目黒中央署の特捜本部に顔を出した。現段階での捜査状況を聞こうと思ったのだが、所轄の刑事課長・板野はどこかよそよそしい様子だ。何かあったのだろうか……しかし、難しい話をしている暇はない。それよりもやることがある——午後遅くには、捜査一課長も顔を出すことになっているので、情報のすり合わせをしておくつもりだった。

　村田は午後四時過ぎに特捜本部にやって来た。高峰を見ると一瞬嫌そうな表情を浮かべたものの、すぐに平静な顔つきに戻る。

「海老沢署長と話をしましたよ。警備一課の管理官とも。まず、問題なさそうな布陣ですね」

「我々素人は首を突っこむなと、署長に怒られましたけどね」

「それは……まあ」村田が苦笑する。「理事官がまた無理を言ったんでしょう」

「合同捜査本部の刑事たちを貸し出しただけですよ。人手が足りなそうだったから」

「——という言い分で、スパイに送りこんだ？」

一瞬の沈黙の後、二人は同時に声を上げて笑った。高峰はすぐに真顔になって、その狙いを認めた。

「木内美沙ってのが、なかなか優秀なんですよ」

「ああ、彼女は幹部候補ですね。若いのに、もう仕切りができる。とはいえ、現場でも貴重な戦力だから、これからどう育てていくか、難しい」

「本人の希望をちゃんと聞いた方がいいでしょう。とにかく彼女は使えるし信用できるから、こっちの現場に送りこんだ。でもよくよく考えると、実際に現場に入ってしまったら、一々報告してくる余裕はないでしょうね」

「まあ、そこは臨機応変ということで……無線は持たされるでしょう？」

「そうなるでしょうね」

「だったら、ここの前線本部に詰めていればいい。動きは全部分かるでしょう。詰めていればね」

高峰は咳払いした。村田には全部見抜かれているということか。いや、海老沢にもだ。自分は、そんなに分かりやすいだろうか。

「敢えて言いませんけど——」

「言わなくてもいい」高峰は村田に向かって掌を突き出し、言葉を止めた。「一課長に迷惑をかける気はない。後輩に面倒をかけるような人間は、警察官失格さ」

村田は黙ってうなずくだけだった。気持ちは通い合っている——と信じたかった。

作戦行動は既に始まっていた。午後四時には、第一陣が会場入り。最初に入った十人は、会場の職員を装って警戒を始めた。午前中に、警備一課が一度「クリア」にしているのだが、誰か隠れている人間がいないか、入念にチェックが行われた。同時に、所轄の覆面パトカーに加えて機動隊の車両が会場周辺を定期的に走って警戒している一方、爆発物対応専門部隊の処理車が署で待機していた。やはり飛翔弾事件の犯人が今回の計画を企んでいるかもしれないということから、念のための準備である。

高峰は特捜本部をふらりと抜け出した。こちらはこちらで通常の捜査を続けているから人の出入りも多く、騒々しい。高峰が出てしまっても、気づく人もいなかった。

所轄から会場のホールまでは、歩いて五分ほど。高峰は、目黒川沿いのルートを選んでゆっくり歩いた。午後五時半——集会のスタートまであと三十分である。あまりに早く入ってしまうと、他の刑事たちに気づかれて排除されてしまうだろう。集会が始まる時間帯に、どさくさに紛れて忍びこむのがいい。

その前に、ホールの様子を外から確認していく。ここは、目黒区の公共施設が集まった場所で、区民センターや美術館、プールなどがある。子どもたちの姿が目立つのは、夏休みだからだろうか。屋内外のプールや美術館などは、子どもが遊ぶのに最適だろう。

それ故に気になる。もしもここに飛翔弾が撃ちこまれたら……六本木事件の時と同じように、何の関係もない人が犠牲になるかもしれない。犠牲者が子どもだったら、六本木事件以上の大騒ぎになるはずだ。しかし、どれだけ網を広くかけたとしても、飛翔弾を飛ばそうとする相手を探し出すのは困難だ。荷台のあるトラックなどに発射装置を組みこんで移動するのが普通のようだが、荷台を備えた車両はいくらでもある。飛距離は一キロもないから、ここを中心にある程度は場所を絞りこめるが、それでも直径二キロの円内を虱潰《しらみつぶ》しにするのは不可能だろう。しかも車なら、その範囲外から射程内に入ってきて、発射してすぐ逃げることもできる。

考えれば考えるほど、危ないとしか思えない。警備一課は現時点で万全の警備計画を立てているはずだが、飛翔弾に対してはどれぐらい有効な防衛策を取れただろう。

ワイシャツ姿の一団があちこちにいるのが目立つ。中岡の集会に参加する人たちが、既に集まっているのではないだろうか。全体に高齢だが、代議士の集会に参加するのは、大抵高齢者だろう。若者の政治離れは、こういうところにも表れるのか。

高峰は、ホールに向かう一団に混じった。あとは荷物チェックをすり抜ければＯＫだが、そこはもう手を打っている。

普段、こんな集会では荷物チェックなど行わないので、ホールの出入り口は混雑していた。集会開始の午後六時までに全員が入れるかどうか分からない。高峰は、ごった返した人の輪に混じって、美沙を探した。女性に対するボディチェックが必要になることもあるので、女性刑事も何人か、動員されている。普段はない荷物チェックに、不満の声を漏らす人もいるが、基本的にはスムーズに流れていた。とはいえ、後ろからどんどん人が来るので、どうしても溜まってしまう。

「おい、何やってるんだ！」背後から怒声が聞こえた。振り向いて確認しようとも思ったが、余計なことはしない方がいい。高峰はすり足で、十センチずつ前に進んだ。ふと、マスクをしてこなかったことが心配になる。医師から、手術の前には感染症に十分気をつけるようにと警告されていた。夏だからと言って油断せず、人混みの中に行く時はマスクを着用して下さい——だからバッグの中には常にマスクを入れている。しかし今は、美沙に確認してもらうために素顔でいた方がいいだろう。

これまでのところ、顔見知りの警察官には会っていない。受付は基本的に、女性警察官が担当していて、美沙を除いては所轄の応援組ばかりだ。自分の部下も含めた刑事たち、警備一課の人間は、会場内で配置についている。演壇にも……警護課のＳＰ経験者たちが、両脇に控えているはずだ。アタッシェケース型の防弾盾も完備。もしも壇上の人間が拳銃で狙われたら、すぐに飛び出して、それこそ盾になるわけだ。

ようやく受付に近づけた。高峰は途中で美沙を発見し、何とかそちらへ行けるように、少し流れに逆らって動いていた。何でもないことだったが、今ではそんな動きをしただけで疲れてしまう。実に情けない話だ……美沙の前に出た。長テーブルを前にして、荷物を検《あらた》めさせている。ただし手順は今ひとつだ。警察学校では、手荷物検査、身体検査の実地訓練も行うが、実際に現場でそういうことを行うケースは多くはない——特に捜査一課の刑事は。

高峰はブリーフケースをテーブルに置き、蓋を開けた。美沙がさっと覗きこみ「ご協力、ありがとうございます」と言った。

「もうちょっとしっかり見ろ」

高峰は忠告したが、美沙はまったく平然としている。うなずきかけると、「異常なしです」と小声で報告した。高峰はブリーフケースを取り上げ、蓋を閉めて会場の中に入った。

映画館や劇場のように分厚く大きなドアだが、今は開放されている。それを見てほっとした。今の自分では、あのドアを押し開けようとしたら、押し戻されてしまうのではないか。この一ヵ月で二キロも体重が減っているのが、不安でならない。できるだけ食べるようにしているが、食べても食べても体に吸収されないようなのだ。

会場はまだ、埋まっていない。荷物検査で時間がかかっているせいだろうが、これは心配だ。まあ、警察側と主催者側は念入りに情報を交換し合っているはずだから、間に合わなければ、スタートを遅らせるなどの措置を取るはずだ。

席はまだ空いているが、どこに座るべきか迷う。参加者の出入り口は、今自分が入ってきた最後部と、両サイドに二ヵ所ずつある。相手がどこから入ってくるかはまったく分からない。迷っていると、いきなり腕を摑まれた。誰かの邪魔になっているかと慌てて振り向くと、海老沢だった。険しい表情を浮かべ、首を横に振ると、聞こえるか聞こえないかぐらいの声で警告するように言う。

「何してる」

「もちろん、警戒だ」高峰はさらりと言った。

「お前は駄目だ」海老沢の声は低いが鋭い。

「部下が手伝ってるのに、俺だけサボってるわけにはいかない」

「政治家の護衛なんか馬鹿馬鹿しいだろう」

「公安の台詞とは思えないな……俺も政治家が立派だとは思わないけど。このところ特に、連中の倫理観は失われている感じがする」

「俺はこの後、指揮車に戻る。お前もそこにいろ——そこにはいさせてやる」

「署長さんのご配慮はありがたいが、俺はここにいる」

海老沢が溜息をついた。摑んだ高峰の腕を引き、空いていた椅子に座らせた。自分も脇に腰を下ろす。

「銃は？」

「まさか。持ってない」

「武装もしていないのか……役に立たない奴だ」海老沢が吐き捨てる。

「捜査一課の刑事は銃を撃たないんだ。撃たないで事件を解決するように教育されている」

「そんなの、初耳だぜ」

「いいから」

「まったく……」海老沢は、ワイシャツの胸ポケットから折り畳んだ紙を取り出した。膝の上で広げ、小さなマグライトを点灯させて紙を照らし出す。「一般客の出入り口は八ヵ所ある。今お前が入って来た後方の出入り口が四ヵ所、両サイドに二つずつ出入り口がある。両サイドの方は、今日は完全封鎖した。内側からロックできるから、外から入りこむのはまず不可能だ。ぶち破ろうとして騒いでいる奴がいたらすぐに分かる」

「警戒は後ろのドアが中心か」高峰は振り向いた。

「そうなるな。あと、登壇者は楽屋で待機して、そこから出てくるが、楽屋への出入り口、それに楽屋から舞台までの廊下には十分人を配置している。この客席にも、二十人ほど入りこませている」

「そんなに？」

「通路際を中心に、すぐに動けるような態勢だ。それに、最前列のさらに前——舞台の下には、集会が始まるタイミングで私服の機動隊員五人を配する」

「盾か」

「それと舞台袖には警護課の人間が待機している。さすがに、喋っている最中に両脇に置くわけにはいかないから」

「分かった」自分が警戒すべきは一番後ろの方だろう。犯人が入ってくるとしたら、間違いなく後ろの出入り口からだ。こういう出入りの多い集会の場合、ロックはできないし。

「しょうがねえ」海老沢が溜息をついた。「俺もここにいる。指揮車でのんびりしていられないな」

「現場第一か」

「違う」海老沢が深刻な口調で言った。「お前の面倒も見なくちゃいけないからだよ。まったく、手のかかる奴だ」

第六章　二十三年

1

集会の始まりは少し遅れた。やはり手荷物チェックに時間がかかっているせいで、午後六時の段階で「申し訳ありませんが、混雑のため、開始を十分遅らせ、六時十分からとさせていただきます」とアナウンスが流れた。しかし、特に不平の声もざわつきもなかったので、海老沢はほっとした。

政治集会――特に支持者ばかりを集めた集会には、独特の雰囲気がある。映画やコンサートのように純粋なファンが集まるわけではなく、義理で来る人もいる。そのため、「取り敢えずつき合いで」という生ぬるい空気が流れているのだ。海老沢もこういう集会には何度も潜りこんできたが、その都度気が抜けてしまうのだ――何も起こらないが故に。しかし今夜は、この緩い空気がありがたい。ピリピリしていたら、こちらも早々に神経が参ってしまうだろう。

高峰は後部の出入り口に一番近い場所、会場全体を見渡せるような席に陣取っている。ただし、何か起きてもあいつの対応は期待できない。元々運動神経もよくないうえに、今は体力も落ちているのだ。もっとも、何かあっても、高峰が手を出さなければならないようなことにはなるまい。最後尾には、多くの警察官を配している。入ってくるならあそこ……ということで出入り口を絞り、警戒を厚くしたのだ。

海老沢自身は、高峰から五席ほど離れた場所に座っている。耳に突っこんだイヤフォンからは、ひっきりなしに報告が流れてくる。配置についたという内容がほとんどだが、ふいにそれら全てを抑えつけるような警備一課の丸山管理官──今回の作戦の総責任者だ──の声が飛びこんできた。

「現場指揮車から各移動、現場指揮車から各移動。十八時十分から集会開始予定。十分遅れだが、進行が十分遅れになる他は、大きな変更はなし。これより、緊急事態以外での発信を禁止する。発信は緊急事態のみに限定する。現場指揮車からの指示に注意。以上、繰り返す。これより緊急事態以外での発信を禁止する──」

海老沢は一人うなずき、周囲を見まわした。本当は、あまりきょろきょろしない方がいい。自分たちが八田を捜していると同時に、八田の方でも会場内に警察官がいないかどうか、警戒しているだろう。すぐに警察官と分かるような人間は配置していないが、問題は態度だ。あまりにも頻繁にあちこちを見まわしている人間がいたら、怪しまれる。そこでこういう場合での警戒では「視野」が重要になる。一人が担当する視野を決めて、そこから外れた部分は見ないようにする。自分の視野については、きっちり責任を持つ──丸山はこういう配置にも慣れているようで「ここは人を配置しやすい」と安心した調子で言って、さっさと警察官が座る席を決めてしまった。

ただし、見下ろし型の警戒には限界はある。背後から入って来た人間はチェックしにくいのだ。しかし、先ほどの丸山の指示が合図になったように、警戒態勢は最終局面に入る。会場の席は中央、左右と三つの大きな塊に分かれ、間には狭い通路がある。それぞれの通路を二人ずつの刑事が担当し、前後に並ぶように、ステージに背を向けてひざまずいた。暗い劇場で観客を案内するような係だが、役目は一つ、後部の出入り口をチェックすることだ。念のために拳銃で武装しているが、撃たずに済むことを海老沢は祈った。これだけ人が多い会場で発砲したら、怪我人なしで済むとは思えない。警察官の発砲で怪我人が出たら……海老沢が辞表を書くだけではどうにもならないだろう。

あとは周囲の異変に気をつけることだ。

六時十分、司会者が登壇して、客席に向かって一礼する。まばらな拍手が起きた。

「皆さま、大変お待たせしました。本日はスタートが遅れて、申し訳ございませんでした。当局の指導により、集会でアトランダムに荷物チェックをすることになり、その分時間がかかりました」

余計なことを、と海老沢は舌打ちした。何も警察に責任を押しつけなくてもいいのに。これで反感を買われたら、身も蓋もない——しかしブーイングが起きるわけでもなく、参加者は静かに司会者の言葉に耳を傾けていた。

「それではただいまから、中岡志郎《しろう》代議士の二〇一二年国政報告会を行います。本日は特別講師として、民自党の永山智史《さとし》政調会長にお越しいただいております。永山会長には後ほどご登壇いただきます。まず、中岡志郎後援会会長であります、東京都議、池内巧《たくみ》先生から開会のご挨拶をいただきます」

上手から現れた池内が、まず客席の方を向いて一礼してから、ステージ中央にある演壇に向かい始める。演壇に立ってマイクの高さを調節すると、今度は深く頭を下げた。海老沢のいる最後列からでも、異様に緊張しているのが分かる。自分が撃たれるかもしれないと心配しているのだろうか。池内は獲物としては小粒なのだが……ただし、最初のテロ予告はまだ消えたわけではない。実際、顔も知らない数百人の前に姿を晒すには、かなりの度胸が必要だろう。

拍手の波が消えると、池内が少し早口で話し始めた。

「ただいまご紹介いただきました池内です。こちらにお集まりの皆さんは当然お分かりかと思いますが、今はいつ解散・総選挙になってもおかしくない状況です。政友党政権の数々の失策は既に明らかになっており、特に震災復興に関しては、多くのミスが浮き彫りになっています。東北の復興が遅れることは日本のマイナスであり、今、復興を進めていけるのが誰かは明らか――そうです、民自党です。その中でも、党の中核として活躍する中岡先生に、確実に国政にコミットし続けてもらうためには、まず選挙です！　選挙で確実に勝つことです！　そのためには常在戦場、明日解散になってもすぐに選挙にかかれるよう、皆さんには厳しい心づもりでいていただくよう、お願いします。私が長々と話すよりも、早速本題に入りましょう。それでは今回のゲスト、永山智史・民自党政調会長をご紹介します」

上手から出て来た永山は、まだ若い――四十九歳の政調会長は、民自党の長い歴史で最年少だそうだ。政権交代の荒波に揉《も》まれ、民自党も世代交代を積極的に進めているようだ。中岡も「将来の総理総裁候補」と言われているが、中岡よりも若い永山の方がその座には近いはずで……政治の世界は複雑だ。

永山はすらりとした長身で、背広がよく似合っている。真夏なのでノーネクタイだが、それでもくだけた感じがしない。ネクタイを外すと、大抵の人は「カジュアル」ではなく、「だらしない」

感じになってしまうのだが。

　永山は演壇で池内と握手し、さらに池内の方に頭を寄せて、彼の言葉に耳を傾けていた。何か内密の話をしている様子……二度、素早くうなずくと、池内は去っていった。

　永山はいきなり背広を脱いで、演壇に置いた。さらにワイシャツの袖を素早くめくる。肘のところまで露《あらわ》にすると、ようやくマイクに手を伸ばした。

「失礼しました」マイクの高さを調整。「どうも、この壇上というのはライトがきつくて暑いんです。私、人一倍汗っかきなので、こんな格好で失礼しますね。汗だくになるよりは、無礼ではないと思いますので」

　軽い拍手と笑い。本当に暑いかどうかは分からないが、話の摑みは上手い人だ。

　海老沢は話の内容を聞かないように意識しながら、ひたすら周辺の観察に注力した。時折後部のドアが開き、その度にすっと風が吹きこむ。不自然に見えないように、ちらりと後ろを振り向くだけにした。今は、老夫婦――夫の方は杖をついているだけでなく、妻に腕を支えられている――がのろのろと中に入って来たのだった。

　会場内はエアコンが入っているのだが、それほど涼しくない。団扇や集会のパンフレットなどで顔を扇ぐ人の姿が目立ち、ずっとカサカサという乾いた音が聞こえ続けている。注意を喚起するほどの音ではないが、どうにも気にかかる。主催者側も気を遣って、冷房の設定温度を下げるなどすればいいのに。

　永山は三十分ほど喋り続けた。耳に突っこんだイヤフォンからは一切声が流れない。何も起きていないのはありがたいが、逆に苛立ってきた。ここが、八田を捕まえるチャンスなのに。

八田の行方の捜索も続いている。しかしこちらも動きはなさそうだ。

横を見た瞬間、高峰が立ち上がるのが見えた。背中を丸め、他の人の邪魔にならないように通路を出入り口に向かう。携帯電話を手にしていた――海老沢は思わず立ち上がり、彼の後を追った。

高峰に続いて会場を出る。中の空気が澱《よど》んでいたわけではないが、外の方がエアコンがきつく効いていてほっとした。受付には、まだ数人の警察官が残っている。高峰は隅の方へ行って、携帯で何か話していた。すぐに会話を終えると、こちらに戻って来る。海老沢に気づくと、一瞬顔をしかめた。海老沢は近づいて訊ねた。

「何かあったか？」

「いや……定時報告だ」高峰の表情は渋い。「八田の行方はまだ分からない」

「そうか。しょうがないだろう。がっかりするな」

「そうは言ってもな」

高峰が首を横に振り、受付にいる女性警察官のところへ歩み寄った。

「異常は？」

「ありません。荷物チェックも問題ありませんし、怪しい人間もいません」

「そうか……海老沢」

呼ばれて、海老沢は二人のところに歩み寄った。

「紹介するよ。捜査一課の木内美沙警部補だ。こちらは目黒中央署の海老沢署長」

「お疲れ様です」美沙が急に表情を引き締めて敬礼した。三十代前半ぐらいだろうか？　緊張した、いい表情をしている。

「今回、合同捜査本部で中心になって動いてもらっている。捜査一課初の女性課長になるかもしれない逸材だ」

「やめて下さいよ、理事官」美沙が慌てて言った。「そんなの、無理に決まってるじゃないですか」

「いや、女性管理職はもっとたくさんいないと」海老沢は言った。「俺たちみたいなおっさんを追い落として、どんどん出世してくれ。ただし、君が捜査一課長になる頃には、俺たちは死んでるだろうが」

「死んでなくても、八十歳ぐらいか」高峰が薄い笑みを浮かべる。「想像もできない」

「ああ」

「でも、木内が捜査一課長になったという記事は読んでみたいな。女性初の一課長なら、社会面ででかい扱いになるんじゃないか」

「都民版じゃもったいないな」海老沢は同調した。警察官の異動は、幹部級の名前と所属だけを掲載するのが普通の新聞の扱いだ。ただし総監と捜査一課長だけは、これまでの経歴や人となりを紹介する記事が出る。女性初の捜査一課長となったら、普段そういう記事が載る都民版から格上げされて、社会面に掲載されるのは間違いないだろう。

「まあ、二十年と言わず、もっと早くてもいいな」と高峰。

「でもこれから、公務員の定年も延びると思いますよ。六十五歳定年になったら、課長になる年齢も六十歳を越えるんじゃないですか」

「そうか……そうすると二十五年後だ。その年まで元気でいるのはきついな」高峰が苦笑する。

「長生きの具体的な目標ができて、いいんじゃないか」海老沢はからかった。そう、病気なんかさっさとふっとばして、長生きすればいい。俺もしっかりつき合う――。

その時、空気が変わった。

捜査一課長のお出ましだ。高峰の表情がさっと強張《こわば》る。

「高峰理事官……」村田が溜息をついた。「行方不明だったそうじゃないですか。ここにいるだろうと思ったけど……」

「課長自ら捜しにくる必要はないですよ。引き上げますから」

「それが信じられないからここまで来たんですよ――何か異常は？」村田が美沙に視線を向ける。

「今のところ、ありません」

「結構だ。では理事官、引き上げて下さい」村田が淡々と指示した。

「ちょっと待って下さい、課長」海老沢は村田の言葉を遮った。「ここには十分な数の警戒要員がいます。高峰理事官が何かしなければならないような状況にはなりませんよ。いてもらっても大丈夫です」

「しかしですね……」

「課長、心配し過ぎです」高峰が平然と言った。「ご覧の通りで、俺は元気ですから。それに、何かあったらすぐ引きますよ。それぐらいは弁《わきま》えている。八田が姿を現す可能性があるんですから、ここにいさせて下さい」

「課内の統制が取れなくなるんですがねえ」村田が溜息をついた。

「病人のわがままですよ」

「しょうがねえな……俺も少しつき合います」

「署長と課長に介護されるなんて、俺は恵まれた人間と言っていいでしょうね」

「冗談も冴えませんね、理事官」

二人のやり取りは、厳しいようだがどこか緩い。何十年も一緒に仕事をして、すっかり気心が知れた仲なのだろう。高峰にすれば、かつて自分が指導した人間が捜査一課のトップまで上りつめたことは誇りだろうし、村田にすれば、一番頼りになる先輩が側近でいてくれるのは、何より心強いだろう。

三人は揃って会場に入った。永山は既に引っこみ、演壇には本日のメーンスピーカーである中岡が上がっている。この後中岡の国政報告が四十五分ほど続き、最後に永山が戻ってきて、二人の対談で締める予定だ。八時終了の予定は、実際には八時十分を過ぎるだろうが、あまりにも大きく変わることはなさそうだ。

海老沢は先ほどまで座っていた席についた。高峰と村田は並んで座る。まだまだ集中していかないと——海老沢は中岡の話を耳に入れないようにして、見える範囲に異変がないかどうか、監視を続けた。

その時、くぐもった銃声が聞こえた。

2

高峰は銃声を聞いて、すぐに立ち上がった。間違いなく銃声——しかし会場内ではない。おそらく受付だ。分厚いドアを通すと、あんな音になるのではないか？

美沙たちは無事だろうか？　荷物チェックを任された警官たちは、一応拳銃を携行しているのだが……高峰はすぐに分厚いドアのところに向かい、体を預けた。外で何かあったら、まず中にトラブルを引き入れないのが最優先である。そうしておいて、側面のドアから外に誰かを出し、偵察させる。そして駐車場に待機している現場指揮官に、早く情報を伝えねばならない——実際には、そんなことをしている暇はない。

大声を出して、他の刑事たちに異変を伝えようかと思ったが、そうすると会場内をパニックにしてしまうかもしれない。しかし、後ろの方に座っていた刑事たちは、高峰と同様にいち早く異変に気づき、ドアに殺到してきた。

ところが、高峰がいたドアの隣のドアが細く開き、そこから一人の男が素早く入って来る。

八田——手には拳銃。

高峰は反射的に動き、八田に接近した。声は出さず——八田は高峰に気づいている様子がない。目は爛々《らんらん》と輝き、胸が大きく上下している。興奮・緊張しているのは間違いないが、何か違法薬物を使っている感じに見えなくもない。

右手に銃を持って前に突き出し、少し急ぎ足で通路の斜面を下っていく——壇上のマイクがハウリングを起こす。会場内が一瞬、静まりかえり、その後すぐにざわつき始めた。高峰は後ろからタックルに入った。しかし下半身に力が入らないし、すっかり体重も落ちてしまったので、相手を転ばせるまではいかない。何とか動きを止めただけで、しかも銃を押さえられていない。

まずい——こんな近接した状態で撃たれたら、間違いなく死ぬ。

しかしそこで、援軍が入った。一気に八田を吹っ飛ばし、その勢いで拳銃が八田の手から離れて床に転がる。高峰も勢い余って転んでしまった。そこに数人の刑事が殺到し、八田を押さえこむ。

海老沢だった。荒い呼吸を整えながら、足元に転がっている拳銃を蹴飛ばす。村田がすかさず、ハンカチを使って拳銃を拾い上げた。

「高峰さん」

声をかけながら、手を貸して立たせてくれる。心臓が喉から飛び出しそうなほど鼓動が激しかったが、何とか無事だ。生きている。生きてさえいればいい。

「今のお前じゃ無理だ」海老沢が近づいて来て、冷静に言った。

「私は、こういう事態を恐れていたんですよ」村田が困ったように告げる。

「それより、早く八田を外へ出さないと」

ざわつき――いや、悲鳴が上がっている。会場全体がパニックに陥って、集会が中止になるのも時間の問題だ。一斉に立ち上がった人たちが、こちらを見ている。

「排除だ！」

村田が叫ぶ。同時に海老沢が、壇上に向かって、両手で大きく丸を作ってみせた。壇上ではいち早く警護課のスタッフが出て来てスーツケース型の盾を広げ、中岡の前に立ちはだかっている。

刑事たちが八田を立たせ、引っ立てていく。海老沢が無線に向かって何か叫んだ。高峰は八田を追うように外に出て――最悪の事態に気づいた。

美沙が倒れている。床は血まみれ――危険な出血量だ。出血多量で命を落としかねない。しかし倒れた彼女が、どこを撃たれたか、分からなかった。

高峰は彼女の傍にひざまずき、「大丈夫か！」と声をかけた。胸は規則正しく上下している。目は瞑《つぶ》っているが、唇が震えることもなかった。

「どこを撃たれた！」

「脚、です」美沙が震える声で答えた。

見ると、紺のパンツの右脚の方が濡れている。太腿だろうか……動脈が傷ついた可能性がある。だとしたら、時間との勝負だ。

「救急車！」高峰は命じて、ハンカチを取り出して細く割き、美沙の足のつけ根をきっちり縛り上げた。

「すみません……」

かすれた声で言って美沙が起きあがろうとしたので、慌てて制する。

「寝てろ。すぐ救急車が来るから」

「申し訳ありません、止められなくて」

「心配するな。八田は確保した。お前の他に怪我人はいない」

「ああ……」美沙がゆっくりと目を開ける。顔面は蒼白だった。「でも、すみません」

「いいから、喋るな。力を抜け」

どうやら止血はできている様子だった。あとは一刻も早く手当てを——念のために救急車も待機させておくべきだったと高峰は悔いた。とにかく助かってくれ……高峰は、自分の部下を失ったことはない。だから絶対に——しかもお前は、将来の捜査一課長なんだぞ！　俺に課長就任のニュースを読ませてくれ！

「理事官……」美沙がうっすらと目を開け、震える手を自分の眉のところに持っていった。「血が出てます」

全く気づかなかった。今も特に痛みはない。しかし手を伸ばして触れてみると、意外に大量の血が出ていて指先を赤く染めた……いや、こんな傷は大したことはあるまい。

「こっちは大丈夫だ」腿を縛ったハンカチを確認する。脚に食いこむほどきつく縛れているので、取り敢えずは大丈夫だろう。あとはできるだけ早く手当てしてもらえば……何とかなる。彼女は自分と違って若いし元気だ。この危機も乗り越えてくれるだろう。

周りを見ると、騒然とした雰囲気になっている。美沙から遠い位置で、刑事たちが八田に手錠をかけ、外に引っ立てていこうとしている。ドアを開けて、会場から外に飛び出して来る人もいる。警官たちは一斉に動き出し、中で待機しているようにと指示して強引に参加者を会場内に戻した。村田は一人冷静で、若い刑事たちから事情を聞いている。

高峰はずっと、美沙の手を握っていた。次第に冷たくなっていくようなのが気になる。こういう時、ひたすら話しかけた方がいいと分かっているのだが、言葉が出てこなかった。

ようやく救急車のサイレンが聞こえてきた時には、ほっとして全身から力が抜けてしまった。手の空いていた刑事たちが救急隊員を誘導し、すぐにストレッチャーが運ばれてくる。そこで高峰は、ようやく立ち上がって身を引いた。

救急隊員たちのテキパキとした動きが頼もしい。彼らはプロだ。そして彼らの後には別のプロが控えている。

ストレッチャーで運ばれていく美沙に向かって、高峰は思わず声をかけた。

「戻ってこいよ！」

美沙の手がのろのろと上がった。茶色く血に塗れている……しかし、親指がしっかり立っていた。

現場責任者の警備一課・丸山管理官は、意外なことに「集会の続行」を指示した。こんなパニック状態で続けられるわけがないと高峰は反発したが、すぐに、予定通り続けるのが最善の策だと思い直す。壇上の中岡に連絡し、「トラブルがあったが問題ない」「皆さんは安全です」「予定通り続けます」とアナウンスさせたのだ。それで会場内のざわつきが一気に収まってしまったのだから、中岡も大したものである。さすが政治家というべきか……ある意味、聴衆も肝が据わっている。しかし、警察はのんびりしていられなかった。

まず、美沙が撃たれた現場を封鎖。ブルーシートを広く張ったので、四ヵ所あるドアのうち二ヵ所が使えなくなってしまった。ここの警戒と、集会後の参加者の誘導は制服警官に任せることにした。

会場の外は、機動隊員と制服警官で固められている。共犯者がいる可能性は低いのだが、全員が安全にこの会場を離れるまでは、警戒を続けねばならない。警備の方の動きは完璧で、発砲から二十分後には、新しい布陣での警備が始まっていた。

警備と捜査、二つの作業が並行して行われ、しかも時間に限りがあるから忙しくなる。捜査は村田が自ら指揮し、現場保存と鑑識活動を始めさせる。

村田が近づいて来て、高峰に声をかける。

「高峰さん、病院に行って下さい」

「俺は大丈夫だ」額に手を当てる。既に出血は止まっているが、痛みはある。切れた傷もそうだし、手ひどく床にぶつけたのだ。

「違います。木内の容態を確認したいんです」

「今、誰も行ってないのか?」

「そこまで手が回らなかった——高峰さんしか空いてないでしょう」

人を雑用係に使うのかとむっとしたが、美沙の怪我については、高峰自身も気になっている。

「では……車は必要ないです。自分で何とかします」

「ええ。それと、手が空いていたら、額の怪我を手当てした方がいいですよ。跡が残りそうな傷だ。そんなところに傷跡が残ったら、イケメンが台無しでしょう」

「イケメンと言われたのは生まれて初めてだ」馬鹿にしやがって……と思ったが、高峰は村田に向かって一礼するとすぐに踵《きびす》を返した。この優しさが、捜査一課長——上司としての優しさなのか、後輩としての気遣いなのかは分からない。


美沙は、恵比寿駅に近い救急病院に運ばれていた。高峰が着いた時にはまだ処置中——緊急手術中だった。時間がどれぐらいかかるかは分からないが、高峰は粘って、到着時にはバイタルが安定していたことを看護師から何とか聞き出した。ここへ着いた時点でそういう状態だったら、治療すれば何とかなるだろう。病院へ来てから悪化することはないはずだ、と高峰は自分に言い聞かせた。

待ちは長くなりそうだ。そこで看護師と相談し、自分も怪我を治療してもらうことにした。まだ若い医師が処置してくれたが、ホチキスで止めるのは初めての経験だった。痛いわけではないが不快……しかし処置はすぐに終わった。頭痛がするならＭＲＩなどで脳の検査もするというが、今のところは傷以外に痛みはない。

「では明日以降、普段とは違う頭痛を感じたら、すぐに病院に行って下さい。頭を打ったと言えば、すぐに検査してもらえますから」

「実は間もなく、手術を受けるんですが」

「そうなんですか？」医師が目を見開く。

「胃がんで……腹腔鏡の手術です。この怪我、何か影響ありますか」

「ありません」医師が即座に言った。「それはそれ、これはこれです。頭に問題がなければ麻酔も使えますし、そもそも胃がんで腹腔鏡の手術だったら、そんなに時間もかからないでしょう。体の負担は小さいですから、心配ないですよ」

「そうですか……小心者なので」

「そうは見えませんが」

クソ生意気なことを……この医者はどう見ても三十代前半なのだが、既に人生の大半を見てきてしまったような物言いをする。

取り敢えず治療が終わったのでほっとする。ほっとすると同時に、久しぶりに純粋な空腹を覚えた。無理に体を動かしたせいだろうか？　結局このところの俺は、病気を恐れてろくに体を動かしていなかったから、エネルギー消費が少なくて腹が減らなかった？　だったら馬鹿な話である。

一度病院を出て、すぐに食事ができそうなところを探す。しかし恵比寿のこの辺りには、手軽な飲食店がない。仕方なく、コンビニエンスストアでサンドウィッチを二つと、小さな紙パック入りのミルクを買った。コンビニの店先で立ったまま食べるわけにもいかず、病院へ戻ったが、手術室の前のベンチや待合室でサンドウィッチを食べるのもルール違反だろう。結局、駐車場で、金網のフェンスを細長いテーブル代わりにしながら、そそくさと食事を終えた。

サンドウィッチ二個は食べ過ぎだったと反省する。胃が膨れて苦しい……そこへミルクを流しこんだので、さらに膨満感に襲われた。それでも、今晩はいつまでかかるか分からないから、この腹ごしらえは正解だったと自分に言い聞かせる。

村田に「まだ手術中」と報告を入れ、思い出して私用のスマートフォンで淑恵に連絡を入れた。妻の声を聞いてから、失敗だと悟った――余計な心配をさせてしまう――が、正直に話さないと、後々面倒なことになりそうだ。昔は、高峰は家で仕事のことをあまり話さなかった。機密の問題もあるし、面倒臭かったせいもある。しかし病気が判明してからは、差し障りのない範囲で仕事のことも話すようにしている。無理していないかどうか、常に淑恵が知りたがるようになったのだ。

「怪我?」

「イケメン台無しだ」

「イケメンって……」淑恵が困ったように口をつぐむ。

「村田に言われたよ。俺も捨てたもんじゃないな」

「村田さんに言われたことを真に受けても……それより、怪我は大丈夫なの?」

「髪の生え際だ。ホチキスで簡単に止めて、終了だよ。今は、縫ったりしないんだな」

「手術に影響は?」

「そんなことはあるわけないって、医者に馬鹿にされた。まだ若い医者なのに、生意気だ」

「お医者さんはお医者さんでしょう。ちゃんと言うこと聞かないと駄目よ」

「分かってる。それで今日は遅くなる――帰れないかもしれないから、先に寝ててくれ」

「怪我してるのに、大丈夫なの？」

「今日が山なんだ。詳しいことはニュースを見てくれ」

「ええ……」

「明日、戻ったらちゃんと話すよ」所轄で雑魚寝を覚悟した。「とにかく、大した怪我じゃない。今日は体調もいい。心配しないでくれ」

「心配しないようになったら、夫婦はおしまいよ」

「そう言われると、なかなかきついな」

軽く笑い合って電話を切った。少し気が軽くなった――しかし胃は重い。やはり、調子に乗って食べ過ぎたようだ。とはいえ、痛くはないので、頓服薬を服むわけにもいかない。

ペットボトルのミネラルウォーターを自販機で買って、手術室の前のベンチに陣取る。腹が膨れている時に水はどうかと思ったのだが、喉が痛くなるほど冷えたミネラルウォーターは、膨満感を宥めてくれた。

待つこと一時間。「手術中」の赤い灯りが消え、高峰は立ち上がった。すっかり空になったペットボトルが膝から転げ落ちる。

ドアが開き、ストレッチャーが出て来た。押していく看護師たちに混じって、美沙の様子を観察する。目はつぶっていて、意識はない様子だった。

「木内！　大丈夫か？　おい、木内！」

「今、話はできません」年配の看護師が低い声で制した。

「麻酔ですか？」

「麻酔です」

「症状は……」

「それは先生に確認して下さい」

高峰はすぐに、手術室の前に戻った。ちょうど医師が出て来たところ。五十歳ぐらいの、いかにも頼り甲斐のありそうな男性医師だった。

「警視庁の高峰です。どんな具合ですか」

「ああ、大丈夫。心配はいらないです」医師がマスクを外し、穏やかな笑みを浮かべた。「不幸中の幸いで、太い血管は外れていました。そちらの処置は問題ないんですが……弾丸が大腿骨をかすめたせいで、ひびが入っていました。簡単な処置はしたんですが、もう一度手術が必要になるかもしれません」

「ということは、現場への復帰には時間がかかりそうですか？」

「骨の手術になると、リハビリも含めて時間はかかります。取り敢えず半月ぐらいで退院はできるでしょうけど、仕事に復帰するには、かなり時間がかかると思いますよ」

「そうですか……」優秀な部下が戦列を外れるのは辛い。しかし、命に別状がないなら、ひとまず安心していいだろう。「普通に歩けるようになりますか？」

「リハビリ次第ですけど、我々も銃創《じゅうそう》の治療の経験は乏しいですから、何とも言えないんですよ。申し訳ない」

「いえ……日本は紛争地じゃないですからね」

そうだろうか？　銃を持った人間が、政治家の集会に乱入して警官を撃つ――紛争地のような状況ではないか。


美沙は全身麻酔をかけられたが、夜のうちには意識が戻るという話だった。そんなに早く麻酔を抜いて大丈夫かと逆に心配になったが――間もなく全身麻酔を受ける身としては他人事とは思えない――内臓の傷と違い、筋肉や骨の損傷の場合は、長く麻酔をかけておかない方がいいというのが、最近の常識らしい。痛みがひどくなれば、痛み止めで対応する。

今夜中にある程度は話が聴けるはずだと判断して、高峰は病院に居座った。途中で目黒中央署の刑事課から応援に来た二人の刑事と合流する。

日付が変わる頃、高峰は病室へ入った。個室だが、興奮させないために三人全員入るのはNG。高峰ともう一人の刑事が中に入り、時間も十五分と区切られた。

「無事か？」高峰は椅子を引いてベッドの脇に座りながら訊ねた。

「面目ないです」

「しょうがない。いきなりだった――いきなりだったのか？　こんな状況の時に申し訳ないけど、当時のことを思い出してくれ」

「……八田だと分からなかったんです。眼鏡とマスクで、顔が半分以上隠れていたので。荷物は、黒いトートバッグだけでした。そこはチェックして、何もなかったんですけど……」

「カーゴパンツを穿《は》いていましたよね？　ポケットが一杯ついたやつ」

「拳銃は？」

「そうだった」高峰はうなずいた。美沙は頑張っている。麻酔から完全に覚醒したわけでもないだろうし、痛みもあるはずだが、口調はしっかりしている。

「その、右側だけが不自然に下がっていたんです。腿のところのポケットも少し膨らんでいて……だからボディチェックをしようとしたんですけど、いきなりポケットから拳銃を取り出したんです」

「それを君に向けてきた？」

「はい。でも、銃口が下を向いていたので、狙われない、殺されはしないって思ったんです」

「冷静だったんだな」

「冷静だったかどうか……いきなり撃たれて、その後のことは覚えていません。妙に静かでした。八田がホールのドアを開けるのは見えたんですけど、動けなくて」

「問題ない。八田は無事に捕まえたし、君以外に怪我人はいなかった」

「何か、ダサいですよね」美沙が苦笑した。本当に自分の失敗を悔いているのか、痛みを堪えているのかは分からない。

「そんなことはない。俺が見た限りでは、八田はかなり危ない精神状態だった。無理に止めていたら、もっとひどいことになっていたかもしれない」

「確かに、目つきがおかしな感じはしました。今思うと、覚悟していたのかなと……」美沙が唇を引き結ぶ。

「取り敢えずの状況は分かった。明日以降、また話を聴くことになると思うけど、よろしく頼む」

「怪我はどうなんでしょうか？　いつ復帰できますか？」

「俺も簡単に医者から聞いただけなんだが、血管には問題はない。ただ、銃弾が当たって大腿骨にひびが入っている。再手術が必要かどうか、これから専門医が判断するそうだ」

「それじゃあ、しばらく復帰は無理ですね」美沙が溜息をついた。「こんなことで休みたくなかったです」

「手術しなくても済むかもしれないから、詳しいことは医者から聞いてくれ。今回の件は、貴重な休みだと思って、ゆっくりすればいいよ。君も捜査一課に来てから、走りっ放しだろう」

「どうせ休みなら、元気な状態で取りたいですよ。ハワイでたっぷり焼いてきたいですね……理事官、一つお願いしていいですか？」

「ああ」高峰はうなずいた。

美沙がその「お願い」を口にした。しかし高峰は、「俺にはそんな権限はないぞ」と首を横に振った。

「お願いします」横になったまま、美沙が頭を下げた。

そう言われても……しかし、あまり頑なに「ノー」とは言えない。かといって「イエス」と言う権限もないと思う。高峰は話題を変えた。

「君、ストレッチャーで運び出されて行った時のこと、覚えてるか？」

「理事官が『戻ってこい』って言って下さって、私、サムアップして……」

「あれは、格好つけ過ぎだった」

「格好悪かったんで、挽回しようと思ったんですよ」美沙の顔が赤くなる。

「プラスマイナスゼロってことにしておこう――また来る」

病室を出て、高峰は二人の刑事と打ち合わせをした。一緒に病室に入った刑事に指示する。

「今の事情聴取の内容を皆に伝えてくれ。この件は誰が捜査することになるんだろう」取り敢えずの逮捕容疑は、銃刀法違反と殺人未遂になっているはずだ。いかに銃口が下を向いていたとはいえ、人に銃を向けて怪我させたのだから、傷害というわけにはいかない。銃で撃てば相手は死ぬかもしれない――当然殺人未遂だ。

「三係が担当すると聞いています。もう現場に入っています」

「三島《みしま》か……あいつなら大丈夫だろう」三島班。係長の三島は、二十代後半で捜査一課に来てから、警部補に昇進して一度所轄に出た時以外は、ずっと捜査一課で仕事をしている。既に三十年近い経験を持つベテランで、高峰も刑事としての能力、指揮官としての判断力を高く評価していた。

「ただ――その……」刑事が言いにくそうに体を捩った。

「何か問題あるのか?」

「公安一課が、自分たちの獲物だと言い出しまして」

「まだそんなことを言ってるのか?」高峰は呆れた。そもそも八田を指名手配したのは、合同捜査本部――捜査一課である。公安に分捕られる理由はない。元極左の活動家といっても、今はそれが理由で追われているわけではないのだから。

「詳しいことは分かりませんが……」

「分かった。ありがとう。君たちは何か指示を受けているか?」

「いえ」

「だったら今日は引き上げろ。明日の朝以降、もう一度彼女に事情聴取しなければいけないと思うが、その指示は改めて出るから」

「分かりました。理事官、どうされますか」

「俺も目黒中央署に戻る。車だったら乗せていってくれないか？」

「了解です」

車の後部座席に落ち着くと、不意に眠気に襲われる。昔はこんなことはなかったなと、情けなく思う。事件が発生したり、犯人を逮捕したりと、大きな動きがあった時は、興奮で眠気など吹っ飛んでしまった。今は、興奮というより、安心感の方が強い。

弱気になったのか、歳を取ったのか。それとも病気のせいなのか。

車が走り出した瞬間、振り向いて、つい病院の建物を見てしまった。ここではないが、自分も間もなく病院の世話になる。どんな日々になるのだろう……と考えながら、美沙の言葉が脳裏に蘇る。権限的にそんなことはできないのだが——彼女のためにもやるべきだ、という気持ちは強くなっていた。

3

日付が変わって、署内はようやく落ち着いた。こんな時間だと、さすがに八田の取り調べもできない。

海老沢は署長室に籠っていた。代議士の集会で発砲事件が起きたので、マスコミの連中が押しかけて大騒ぎになっていたのだ。副署長一人では捌《さば》ききれず、結局捜査一課長の村田が臨時に記者会見して、何とか騒動は収まった。それでもなお納得できないのか、副署長席の周りにはまだ数人の記者が残っている。これでは署長室から出られない。

電話が鳴る。村田だった。話の内容は分かっている——どこが捜査を仕切るかだ。この件は、八田を所轄に引っ張ってきてからずっと、結論が出ないまま続いている。

「刑事部長と公安部長が話し合いました」村田の声は疲れている。「取り敢えず、目黒中央署にもう一つ、捜査本部を設置します」

「一つの所轄に二つの本部は異例ですな」

「異例でも、仕方がない。八田が、四件の殺人事件に関連していたと分かったら、合同捜査本部が全てを仕切ることになりますし、身柄も目黒中央署に置いた方がいい。捜査一課が仕切ります」

「公安は蚊帳の外ですか」海老沢は白けた口調で言った。

「公安部長は納得してくれましたよ。現段階では、八田は公安の監視対象ではないですし」

「厳しい監視対象ではない、ということですが」年に一回の所在確認は……監視しているとは言い難いだろう。「とにかく、分かりました。所轄としては、精一杯のサポートをさせていただきます」

ここは喧嘩しても仕方がない。海老沢は一歩引いた。事件の真相解明が何より大事で、縄張り争いしている場合ではない。

電話を切り、警電の受話器を取り上げる。かける相手は、ドアのすぐ向こうにいる副署長。

「記者連中は?」

「粘ってますね」

「もう解散しよう。今日はこれ以上何もないから、さっさと帰ってもらえ。まだ粘るつもりなら、後は勝手にしろ——当直の連中に任せればいい」

「そうしますか」

「明日も大変なんだから、さっさと引き上げてくれ。どうせ今日は、何も出ない」

「それで納得してもらえれば、ですがねえ」

おそらく、普段はこの署を取材しない記者たちも、応援に入っているのだろう。顔見知りならば、副署長が「今日は何もないよ」「いい加減にしよう」と言えば引き上げるはずだ。

自分が行って追い払うか——しかし今は、そんな元気もない。とにかく、落ち着くまで待つか……当直の連中が待機している警務課に電話をかけ、副署長が引き上げたら電話をくれるように頼む。その後自分が出ていって、記者連中がまだ居残っていたら、摑まって面倒なことになるかもしれないが。

電話が鳴る——携帯だ。取り上げると、公安総務課の今田管理官だった。

「お疲れ」そう言う自分の声も疲れきっている。

「公安部長が譲ったようですが……捜査一課に全部持っていかれますよ」今田は不満そうだった。

「今はそういうことを言ってる場合じゃないだろう」

「しかし、公安部の中でも不満の声が出ています」

「それを抑えるのも公安総務の仕事だろう」

「署長はどうお考えですか」

「お前、何を考えてる?」嫌な予感がして、海老沢は声を低く抑えた。

「部長を刺しますか?」

　今田は、警察の最も鋭利で暗い刃をチラリと見せたのだ。公安部長などキャリア官僚は、海老沢たちノンキャリアの普通の警察官とは住む世界が違う。将来は本庁、あるいは各県警の幹部に就任することが最初から決まっていて、若い頃からそのための教育を受け、そういう仕事をする。海老沢たちはそれを支える立場で、キャリア=指導者、ノンキャリア=現場部隊という構図は昔から変わらない。キャリアの上司が来れば、ヘマをせず、できれば大きな事件の一つも挙げて、箔をつけて次の場所へ異動してもらうのが普通だ。

　しかし、時にどうしようもないキャリア組もいる。破滅的に仕事ができなかったり、プライベートが滅茶苦茶だったり。それで現場に影響が及ぶことだけは避けなければならない。そのために、少なくとも公安・警備ではキャリア官僚を密かに監視し、プライベートまで含めて情報を収集している。もしもキャリア官僚が間違った方向へ行きそうになったら、その情報を活用して……本人に直接ぶつけて観念させる手もあるし、より上の存在に流して、潰してもらう手もある。

　ただし、そういう非常手段は数十年に一度もない。海老沢も、公安部内のキャリア組に関する情報ファイルの存在は知っているが、それが使われたことはなかったと思う。

「馬鹿なことを言うな」海老沢は釘を刺した。「そういう情報は、こんな時に使うものじゃない」

「しかし部長は、公安の利益を放棄したんですよ」

「お前は……」海老沢は溜息をついた。「うちが事件を担当することで、これからも公安の仕事をやり続けることができると思っているか?」

「公安が消滅するかもしれないと、いつも心配しておられたのは署長でしょう」今田が指摘する。

「ああ――ただし今回の件は、そもそも俺たちにも責任があると思う。公安に仕事がない――実際、仕事は減っている。しかしそれなら、八田の監視をもっと厳しくしておけばよかったんだ。俺たちのやり方次第では、今回の事件は防げた。殺しも……だから、黙っていろ。自分たちのヘマが明るみに出るかもしれないんだ」

「それを防ぐためにも――捜査一課に任せておいたら、我々がどうなるか分かりませんよ。部長もそれは分かっているのに……」今田が愚痴をこぼす。

「だったら、俺たちのヘマは追及しないように、捜査一課に土下座でもしておけ。俺は……ミスだと思われたら仕方がない。実際俺たちは『仕事がない』と文句を言いながら、やるべきことをやってなかったんだから」

「署長……」

「どうせ俺の身辺も探ってるだろう。それを使って脅したければ脅せばいい。ただ、そんなことをしていると、捜査に参加できるチャンスがどんどんなくなるぞ。お前は何がしたい？　公安を生き残らせたいのか？」

「署長と同じですよ」

「そうか。そのために必要なのは、仕事の見直しだぞ。仕事の分捕り合いではなく、新しい仕事の創出だ。お前も足元を見るばかりじゃなくて、前を向け。新しいものは、必ず前にあるんだから」

　電話を切って、海老沢は苦笑してしまった。どうしてこんなに格好つけて喋ってしまったのだろう。公安一筋だった自分の意識が変化していることに気づいて驚いた。

海老沢は確かに、公安の未来に危機感を抱いていた。十年ほど前、極左の活動が停滞する中で、公安の役割をどうすべきか、散々悩んだものだ。ずっと答えが出ないままに、今回の事件……公安、特に公安一課も新しい仕事を探すか、公安部内を改編してまったく別の仕事を始めるか、難しい岐路に立っている。

そして海老沢には、この件について何か言う権利は、もうない。

定年は、勤め人人生の出口なのだ。そこを出てしまったら、元の職場には手出しも口出しもできない。特に、警察の組織的なことに関しては。

終わりか……今の自分にはせいぜい、この事件の結末を見届けるぐらいしかできない。後は定年を待つのみ。

そう考えていると、何故か高峰の顔が脳裏に浮かぶのだった。あいつはどうする？　今日の一件で何を考えている？　そもそも怪我は大丈夫なのだろうか。

海老沢は三時間ほど寝ただけで、朝六時には目覚めてしまった。妻を起こさないように気をつけて官舎を出る。家で妻と二人、朝食を食べたくなかった。署長室でコンビニのサンドウィッチでも齧《かじ》る方がましだ。こうなったら夫婦生活も本当に末期症状だな、と思う。

ところが、署長室の前まで来ると、味噌汁のいい匂いが漂ってきた。この匂いだと、大量の味噌汁があるのではないか……交番勤務の谷川真希が「おはようございます」と元気に挨拶してきた。そうか、彼女は昨夜泊まりだったのか。

「あの……お味噌汁とおにぎりがあるんですけど、食べませんか？」

「どうしたんだ？」

「当直で作りました。今朝は何か、そういうものが食べたい気分で」

「そうか」海老沢は一瞬口籠ったが、すぐに「俺もいただこう」と言った。

「はい、たっぷりありますので」

「助かるよ。ところで転属の話、どうだ？　まだ決心は変わらないか？」

「はい」真希が海老沢の顔を真っ直ぐ見た。「被災地の役に立ちたい気持ちに変わりはありません」

「分かった。その希望は、警務課長にも話したな？」

「はい」

「今の騒動が一段落したら、俺が本部の人事に話す。だけど、もしも気持ちが変わって、まだこの署にいたいと思ったら、すぐにそう言ってくれ。俺も優秀な人材は手放したくないんだ」

「ありがとうございます……ご飯、用意します」

警務課のデスクの一つが配膳台になっている。大量の握り飯と、大きな鍋に入った味噌汁。味噌汁椀と割り箸は、食堂から借りてきたのだろう。

真希が味噌汁をよそってくれた。大根と油揚げ……オーソドックスだが、出汁《だし》がちゃんと効いていて美味い。

「これは谷川作なのか？」

「いえ、私は手伝っただけで」慌てたように真希が言った。「ほとんど長塚《ながつか》さんです」

「長塚シェフか」

その長塚はここにはいない。なかなか変わったキャリアの持ち主で、高校を卒業後、実家の商売

——老舗の洋食屋だ——を継ぐために専門学校に進んだのだが、子どもの頃から憧れていた警察官になる夢を諦めきれず、親と大喧嘩して専門学校を辞め、警察官の採用試験を受けたのだ。この署に来てから三年目、今は交通課にいる。そういう出自なので「シェフ」と呼ばれているのだが、実際の料理の腕を海老沢は知らない。

シェフと呼ぶのが正解だった。

握り飯はふっくらと仕上がり、シンプルな梅干しだけの具であるが故に、米の甘みが際立つ。何でもないような味噌汁と握り飯なのに、プロの技を感じさせた。しかし……褒めていいかどうか悩む。「料理の腕はプロだな」と褒めれば、警察官として駄目だと言っているような感じになるし、「料理をしている暇があったら真面目に仕事をしろ」と説教するのも違う。結局、長塚が戻って来て食べ始めた時に「美味いぞ」と言うにとどめた。

食べながら、若い署員たちと他愛もない会話を交わす。ここの連中は、実によくやってくれている。特に今回の特捜本部ができてからは、刑事課以外の署員もよく捜査をサポートしてくれた。全員を署長表彰したいぐらいの頑張りだった。

目黒中央署には、いいスタッフが揃っている。特に若手は明るく優秀で、将来が期待できる人間ばかりだ。署長冥利《みょうり》に尽きる……キャリアの最後で彼らと仕事ができたのは、ありがたい限りだった。

若い連中と食事をしているうちに、調子に乗ってでかい握り飯を二個食べてしまった。午前中は膨満感に襲われるかもしれない。立ち上がった海老沢は「さっさと片づけろよ。そろそろ記者連中が来るけど、奴らにはこんな美味いものは食べさせるな」と言った。軽い笑いが弾けて、気持ちが楽になる。

久々に気持ちのいい朝だった。

今日が、昨日にも増してハードな一日になることは分かっている。しかしこの朝の一時のせいで、何とか乗り切れそうだと思った。

予感は外れた。じわじわと——部品数の大きな機械を組み立てていて、途中で一つ間違えていたことに気づいたような……そこから先は全てやり直しだ。

今回は、どこで間違えたのだろう。いや、間違えた感じではない。スタートダッシュに成功したのだ。

八田は、逮捕されれば喋るだろうと海老沢は踏んでいた。個人テロに走るような人間は、胸のうちに言いたいことを秘めている。テロを成功させて、世間が注目する形でその秘めた気持ちを明らかにするのがベストかもしれないが、逮捕されてしまったら、それを披瀝《ひれき》する相手は警察官しかいない。絶対に喋るはず——と思っていたのだが、八田は完全黙秘を貫いた。

一連の事件に関して、決定的な証拠が出てきたにも拘わらず。

昨夜現場で押収した拳銃の発射テストを行ったところ、ライフルマークが、多摩市の事件で使われた拳銃のものと一致したのだ。秋谷聡を殺すのに使われた拳銃が、昨夜、八田の手にあった。四件の殺人事件のうち、少なくとも一件は八田の犯行の可能性が高い——そう判断した捜査一課だが、午前中の取り調べの様子から、この材料を隠しておくことにした。

昨日の襲撃事件に関しては、捜査一課の三係が中心になって捜査本部を作っていて、海老沢もできるだけ顔を出すようにしていた。署長が捜査本部長なのだから、当然の責務だ。その時に、三係の係長・三島から「拳銃の材料はしばらく隠しておく」と告げられたのだ。

「隠し球か」

「ええ。この時点ではまだ出さない方がいいと……昨日の事件に関する事実固めが優先ですし、ああいう完黙の人間に対しては、決定的な材料は少し先に置いておいた方がいいでしょう。向こうだって、黙っているのに疲れてくる。疲れたところに決定的な材料をぶつければ……ということです」

「それが捜査一課のやり方か」

「どこでも同じだと思いますよ」三島が平然と言った。しかし次の瞬間には顔が歪む。「ただ、奴は喋らないかもしれません」

「どうして？」

「経験からとしか言いようがないですが、最後まで黙秘を貫きそうな予感がするんですよ。仏像みたいですわ」

「ちょっと見てみてもいいか？」

「ええ、どうぞ。この署、もう映像中継システムを導入してるんですね」

「ハイテク化で、俺はずいぶん予算を使ったよ。ここへ来て最初にやったのが、目黒中央署をＩＴ特別署にすることだったから」海老沢自身は、ＩＴには弱い――人生の途中で起きた大きな変化だった――のだが、これからは警察もしっかり理解して利用しないといけないということは分かっていた。それで、業務にＩＴを積極的に導入する特別署の指定に手を挙げたのだった。取調室からの中継システム導入も、その一環である。取り調べを担当している人間以外も内容をチェックできるようにするためだが、将来の取り調べの可視化へも対応するための試みだった。

八田の取り調べには、刑事課の取調室が使われていた。モニターは刑事課の一角に……数人の刑事が、深刻な表情でモニターに見入っていたが、海老沢が来たのに気づくと、一人が立ち上がって席を譲ろうとした。海老沢はそれを断り、近くの椅子を引いてきて、刑事たちの輪の外に座った。ここでも十分見えるし、音声も聞こえる。

映像は、取調室のテーブルを挟んで対峙する八田と刑事の姿を横から捉えていた。八田は、昨日と同じ服装。額に大きな絆創膏が貼ってあるのは、取り押さえられた時の怪我の名残りだ。大した怪我ではなく、取り調べには差し障りがない、という判断だったが……八田は両手を揃えて股に挟んで背中を丸めている、冴えない中年男そのものだが、海老沢もこの男は喋らない、と確信した。こういうのは、長く警察官をやっていれば、自然に分かるようになるものだ。

取り調べ担当の捜査一課三係の刑事は、粘り強いタイプに見えた。がっしりした体型で短髪。柔道で鍛え続けてきたような体つきだ。両手を組み合わせてテーブルに置き、わずかに身を乗り出して話し続ける。

「もう一度確認する。昨夜、あなたは拳銃を持って目黒区のホールに出向きました。午後七時二十分、受付で荷物検査を受けましたが、身体検査を受ける段になって、いきなりズボンのポケットから拳銃を取り出し、警戒していた警察官に向かって発砲して重傷を負わせた――間違いないですか」

無言。刑事の額に汗が滲んでいることに、海老沢は気づいた。ここの刑事課の取調室は、エアコンが効き過ぎて寒いぐらいなのだが。

その後も、八田は無言を貫いた。仏像、というのはまさにその通りで、動きもしない。あれだけ静止し続けるには大変な精神力が必要で、海老沢は八田という人間が分からなくなった。

昨夜、八田は薬物でもやっていたのではないかと思えるほどギラついた目つきだった。取り押さえられる時もひどく暴れて、刑事が軽い怪我を負ったぐらいである。しかし一晩経って、まるで魂が抜かれたようになっている——いや、魂が凍りついたようだった。少なくとも「喋らない」という意思だけはしっかり持ち続けているようだ。

薬物検査は既に行っている。検尿については、特に拒否せず淡々と応じたと聞いていた。ということは、薬物は使っていないのか……あるいは陽性の反応が出ても、どうでもいいと思っているのか。

これは難儀する。海老沢は確信した。八田は「警察慣れ」しているし、この刑事が落とせるかどうかは微妙だ。

しかし不安になりながら、海老沢は作戦を考えついた。自分がやるわけではないが……こういう時に、全人格で容疑者に対峙できる相手がいる。


水曜日の朝一番で、海老沢は署に来た捜査一課長の村田と話した。

「取り調べですが、あまり上手くいってないようですね」

「面目ない」村田が頭を下げる。「三係のエースを投入してるんですが、どうも……八田はかなり面倒臭い相手ですね」

「ちょっと考えたことがあるんですが……そのエースの彼には申し訳ないですけど、取り調べ担当を変更したらどうでしょうか」

「どういうことですか？」

「高峰」

村田が一瞬口を開きかけたが、すぐに閉ざしてしまう。海老沢の顔をまじまじと見て、目を細めた。

「署長、それは取り調べを上手くやるためというより、高峰理事官のためでしょう」

「手術の前の景気づけ――それは否定しませんよ」海老沢はうなずいた。「ただ、高峰は取り調べの腕には定評があるでしょう」

「出世しなければ、取り調べ担当としてずっとやっていた、と言われる人ですからね。今も、取り調べ担当の連中には厳しく指導しています」

捜査一課では、各係に一人、取り調べのスペシャリストがいる。容疑者を逮捕したら、この刑事が取り調べを専門に行い、容疑者の供述の裏取りやその他の捜査は、他の刑事が行う。

「今の高峰は、昔の高峰じゃない。だけど、経験は消えないでしょう」海老沢は食い下がった。

「あいつなら落とせる気がする――勘ですけどね」

「逮捕してから三日も完黙は、なかなか厳しいですね……環境を変えますか」

「私が高峰に言いましょうか？」

「いや――私が言います」村田がうなずいた。「後輩として上司として、私が言うべきでしょう」

「では……お任せします。署としても、バックアップします」

「大丈夫ですか？」村田が心配そうに言った。「公安の方で、かなり文句が出ていると聞きましたよ」

「部長同士で話がついているなら、問題ないでしょう。それに公安の中にも守旧派がいる。これまでと同じ仕事を続けていくだけで十分だと思っているんですよ。今回騒いでいるのはそういう連中です。そしてもう、公安の仕事はそんな感じで続けていくわけにはいかないんです」

「私が口出しすることではないですが、ちょっと心配になったので」

「捜査一課長に心配されるようになったら、公安も本当におしまいですね」海老沢は苦しい笑みを浮かべた。まったく情けない――しかし今は、公安の将来を嘆いている暇はないのだ。高峰、頼む。これは捜査のためであると同時にお前のためなんだ。

4

「――分かりました」高峰はすぐに返事をしてしまって、自分でも驚いた。取り調べは、専門の担当者が最初から取り組むものだ。もちろん、取り調べが停滞した時に、担当者が交代する方法は、昔から行われてきた。しかし理事官自らが手を出すとなると……担当者のプライドを折ってしまう。そんなことは分かっているのに、高峰は村田の申し出に、反射的に食いついてしまった。理由はいくつもある。

「やってもらえますか？」

「西田《にしだ》は……」三係の取り調べ担当だ。「あいつを外す形になりますけど」

「俺が言いますよ。高峰さんは取り調べに専念して下さい」

「西田には、後で飯でも奢りますよ」

「無理するな、とは言いません。無理して下さい」村田が真顔で言った。「ここで、高峰さんの人生の戦いを見せて下さい。我々全員がバックアップします」

「村田、お前さ……」高峰はつい、敬語を忘れた。見ると、村田の目には涙が浮かんでいる、「歳取るにつれて、何だか大袈裟になってないか？　大一番に臨むラグビー選手みたいだぞ。俺はラグビー選手をよく知らないけど」

村田は昔からラグビー好きだ。そう言えば……年号が昭和から平成に変わった日に殺人事件が起きて、二人も当然、捜査に巻きこまれた。しかし村田にとっては、この日高校ラグビーの決勝戦が中止になったことの方が重大事だったようで、しきりに愚痴をこぼしていた。

「ラグビー選手って、試合前にもう泣いてるって言ってなかったっけ」

「泣くんですよ、ロッカールームで。監督やキャプテンが気合いを入れると……死ぬ覚悟ができるんです」

「大袈裟じゃないか？　戦争じゃなくてスポーツだぞ」

「でも、ラグビーでは死ぬ可能性が常にあります。そこまでの危険性を覚悟して試合に臨む――我々の仕事も同じかもしれません」

「殺された人のために仕事をしているし、容疑者の命もかかっている――だったら俺も、命を懸けてやらせてもらうよ。俺は死なないし、泣かないけどな」

村田が無言でうなずく。目にはまだ光るものがあったが、それでも表情は厳しく引き締まっている。

「俺の最後のご奉公、見せてやるよ」

「いや、まだです。無事に八田を落として、手術も成功して、理事官として復帰してもらいます。まだまだ仕事はありますよ」

「お前は要求水準が高過ぎるよ」

「よく言われます。ただ俺も、伝説の捜査一課長になりたいので」

「——分かった。俺が伝説を作ってやるよ」

高峰は村田の肩を叩いた。ここ数ヵ月なかったほど、エネルギーが充満しているのを感じる。

「ただし、明日からにしてくれ。今日はしっかり材料を揃えたい。空手で挑みたくはないんだ」

「それなら、これを」村田が、分厚い封筒を差し出した。

「これは？」

「海老沢署長がまとめてくれた、八田に関する資料です。公安的な資料なので、どこまで役に立つかは分かりませんが」

「もしかしたらこれは、全部海老沢の差金か？」

「まあ……同期っていうのはいいものですよね」

「あいつとは、気心知れた仲ってわけじゃないぞ」

「そう思っているのは高峰さんだけじゃないですか？」

そうかもしれない。人と人との関係は、本人たちにも分からないことが多いのだ。

翌日、高峰は寝不足のまま目黒中央署に赴いた。資料の山と格闘していてろくに眠れなかったのだが、体調は悪くない。何より、朝食を普通に食べられたのが大きかった。人間、食べていれば何とかなるものだとつくづく思う。

午前九時、取り調べ開始。

「捜査一課の高峰です。今日から取り調べを担当します」

八田はちらりと高峰を見ただけで何も言わない。相変わらず黙秘の意思は強いようだ。しかしこちらには、合同捜査本部の連中が必死で集めてくれた材料がある。それと海老沢のデータを合わせて勝負できる、と高峰は踏んでいた。

「どうして喋らないか、教えてもらえるかな？　黙秘する理由は、基本的に一つだけなんだ」高峰は、ラフな口調で話しかけた。「自分の犯行を認めたくないから喋らない、ということです。やっていないというなら、頭から否定すればいい。否定しないのは、やっているけどそれを認めたくないからなんだ。しかしそもそもあんたは、現行犯逮捕されている。我々の目の前で犯行に及んだんだから、言い訳できる材料はない――俺を覚えていないか？」

八田が不貞腐れたように首を傾げたままで、高峰を見た。しかし微妙に表情が変わる。

「あんたを最初に押さえたのが俺だよ。残念ながら一人では倒しきれなかったけど」

「――ああ」八田が掠れた声で言った。初めて聞く声だった。

「その後で助けてくれたのが、ここの署長だ。俺の同期でね。同期――一緒に仕事をした人間は、大事にすべきだな。あんたも、革連協の仲間は大事だろう」

「昔の話を蒸し返されても困る」

「しかし、あんたの昔の仲間が四人も死んでいる。この犯人はまだ捕まっていない」

「言うことはない」

「では、後にします」高峰は引いた。逮捕容疑と違う話題を持ち出すと、ペースが変わって何か話し出すかと思ったのだが、そう簡単にはいかないようだ。一方、この件を仕切っている三係の三島係長からは、拳銃の件は出さないように、きつく頼まれていた。今のところ、秋谷聡殺しに関する絶対の証拠であり、ぎりぎりまで手の内を見せたくないというのだ。今が既に、ぎりぎりの状態なのだが。

「あんたは、大月に何度か行っているね。あそこに昔の友人がいる。一時極左の活動をしていた、大学時代の友人。他にはそういう友人はいない？」

「俺は服役していたんだ。それで人間関係は全部切れた」

「大月市役所勤務の牧野圭介さん。彼のところには何度も顔を出して、泊まったこともある。彼に助けを求めていたんですよね？」

「それは……」

「体の不調はきついですよね。あんたも、調子が悪いなら医者にかかればよかった」

「牧野が喋ったのか？」

「あの人は、真面目な公務員ですよ？　あんたとつき合うのはリスクがあった。ただ、人がいいんですよね。頼まれると断れない。独身の気楽さもあったでしょう。それであんたは、彼に医者を紹介してくれるように頼んだ」

八田が唇を引き結ぶ。体が強張るのが分かった。

「だいぶ前から体調が悪かったんじゃないですか？」

「俺は死ぬんだよ」

「どうして」

「大腸がんだ」八田が打ち明けた。「手術が必要だと言われているけど、信頼できる医者がいない」

「大月には信頼できる医者がいたのか」

「そういう評判を聞いて、牧野に調べてもらった。確かに手術の実績がいい病院があって……そこで手術を受けようかと思っていたが、無理だ」

「どうして」

「金だよ！」八田が叫ぶ。「結局、治療も金次第なんだ。それが資本主義だろう」

「それで自棄《やけ》になったんですか」

「俺は……死ぬんだよ。死ぬことが分かっているから、やり残したことを全部やる――そう決めた」八田が吐き捨てる。

「政治家へのテロ。かつての仲間への復讐。そういうことですか」

八田がまた黙りこむ。ここからが勝負だ。高峰は、八田の病気の情報を最大限活用することにした。

「あんたと私は同類だ」

「ふざけるな！」

「私は胃がんだ。間もなく、手術を受けることになっている」

「な――」八田が口を開けたまま固まった。ほどなく、間抜けな表情を浮かべているのに気づいたのか、ゆっくりと口を閉じる。「そんなの、本当かどうか分からない」

「信用できないなら、診断書を見せよう」高峰は足元に置いたブリーフケースに目をやった。この中には、本当に診断書が入っている。今回の取り調べはこういう流れになる――ならざるを得ないだろうと考えて、準備してきていたのだ。「見たいか？」

「――いや」

「俺の場合は、自覚症状として胃の痛みや不快感があった。念のために検査を受けたら、胃がんが見つかったよ。健康にはそこそこ気を遣っていたつもりだが、駄目だったな」高峰は首を横に振った。「結局、手術だ。やってみないと、どうなるか分からない。もしかしたら、病院から帰れないで死ぬかもしれない。そういうことにならないように祈ってるけどね。来年定年なんだ。まだ働けるんだから、それまでの時間を無駄にして死にたくない」

取調室に、冷たい空気が流れる。エアコンの冷気ではなく、もっと冷たい、氷の上を渡ってきたような風。八田はうつむき、組み合わせた両手をしきりにいじっていた。体を揺らすと顔を上げ、一瞬高峰の顔を見る。

「一つ、大事なことを聞く。これだけは絶対に答えてくれ。あんたの命に関わることなんだ――今の体調は？」

「別に」静かに言って、八田が首を横に振る。

「本当のことを言ってくれ。警察は、取り調べは厳しくやるけど、体調を無視してまではやらない。実際、逮捕したけど、取り調べができずにそのまま入院、というケースもあった。だから、あんたの体調はきちんと把握しておきたい。今までは、特に異常はなかったようだけど」

「血便は出てるよ」

「そうか……そこから大腸がんが発覚したのか？」

「ああ。内視鏡検査はきつかったね」

「俺も内視鏡の検査は受けた。胃と大腸、どっちが苦しいかな」

「さあね」

「血便以外の症状は？　腹痛とか」

「多少は。ただ、薬で抑えられる。その薬は、あんたらに押収されたけど」

「苦しい時はいつでも言ってくれ。預かっている薬は渡すし、きつい時には医者に診てもらうことも可能だ。でも今は、話してくれ」

「そんなに俺から搾り取りたいか？」

「あんたも俺も死ぬ」

八田がびくりと身を震わせる。ちらりと高峰を見たが、すぐに目を逸らしてしまった。高峰は、薄い笑みを浮かべて続けた。

「人間は誰だって死ぬんだ。あんたと俺は、健康な人よりも早く死ぬ確率が高いというだけで、どっちにしろ死ぬ。だから俺は、生きている間にやるべきことをやっておくことにした」

「それは――」

「あんたを調べることだ。調べて真実を話してもらう。それができないと、気になって手術も受けられないし、死ぬ前には必ず思い出して後悔するだろう。あんたの人生とは全く違うと思うが、こういうのが、俺が唯一知っている人生なんだ」

「警察は……抑圧機関だ」八田は絞り出すように言った。「あんたがお馴染みの公安には、そういう側面があるかもしれないが、俺が属する捜査一課は違う。辛い目に遭った人、その家族のために仕事をする。そして、事件を解決することこそ俺の仕事だし、俺が唯一得意なことなんだ——すっきりしたよ」

「ああ?」

「言いたいことは言ったからな。あんたも、言いたいことがあるなら言えよ。死ぬ時に後悔したくないだろう」

「俺は——」八田が一瞬声を張り上げる。記録係の若い刑事が身を震わせるほどの大音声《だいおんじょう》だった。八田は肩を二度上下させて、ゆっくりと息を吐いた。「俺は、自分の人生をなくしたんだ」

「六本木の飛翔弾事件のことだな?」

「あの事件は、俺が一人で起こしたんじゃない。仲間が何人もいた。でも逮捕されたのは俺一人——俺は誰も売らなかったからな」

「内山健、橋田宗太郎、秋谷聡、そして木野隆史。いずれも、革連協の元活動家だ。そして今年、続けて殺された」

「あいつらは、俺の手足だった。俺が頭脳で、あいつらが動いて、飛翔弾を飛ばす計画を遂行した。だけど俺は——俺だけが捕まって、あいつらは自由の身だった。革連協を離れて、普通に暮らしていた。俺がとうとう手に入れられなかった、普通の暮らしだよ」

「どうして連中を売らなかった? 中心人物のあんたが喋れば、その証言が決め手になって、警察は絶対に逮捕していた。そもそもこの四人は、容疑者になっていたんだから」

「仲間は売らない――それが当時の革連協の掟《おきて》だった。組織を裏切らなければ、必ず組織が助けてくれる。確かに連中は、弁護士をつけてくれた。裁判の面倒も見てくれた。でもそれだけだ。俺が出所したら、もう連絡は取れなくなっていたよ。どちらさんですか？　ぐらいの感じで」八田が皮肉に笑った。「あれで俺は、一度切れたね。切れて、でも……俺だけがあんな目にあったのが納得できなかった。俺が刑務所に服役している間も、革連協の奴らは、呑気に革命ごっこをやってたわけだし」

「あんたはもう、革命に興味はないのか」

「刑務所でいろいろな人と話して、自分がいかにおかしな環境にいたか、分かった。そして、段々奴らが――あの四人が許せなくなった。俺は名前を売らなかったが、奴らは自分で名乗り出るべきじゃなかったのか？　奴らは俺を見捨てて、自分たちだけいい目を見ていたんだ」

「それで殺そうと思った？」

「ずっと探していたよ。奴らを見つけ出すのは、そんなに難しいことじゃなかった。昔の仲間との関係からつながりを見つけて……最初は奴らを見つけ出して、何をやっているかを確かめるだけでいいと思っていた。復讐と言っても、殺したいのか、他のことで償いをさせたいのか、自分でも分からなかったんだ。気持ちが固まったのは去年だ」

「――大腸がんが発覚してからか？」

「いや、その前……地下鉄サリン事件と東日本大震災がきっかけだ。俺は別に被災したわけじゃないが、人はあんな風に死ぬこともある――どんなに努力しても、逃げられないで死ぬことがあるって実感した。それで急に虚《むな》しくなってね。そういう感じ、分からないか？」

「理解できる。人の力では避け得ないことは、確かにあるよな」高峰は同意した。

「あれが三月……ずっと落ちこんでいるうちに、五月に血便が出て、検査を受けて八月には大腸がんだと確定診断が出た。治療を受けるかどうか……仕事を休んで、ゆっくり治療するような金銭的な余裕はなかった。俺の人生は『詰み』になったんだよ。その時に真っ先に考えたのが、あの四人を殺すことだった」

「それで計画を立てた」

「ああ。確実に殺すために、徹底的に準備した」

「銃も？」

「そうだな」

「手口が全部違う。どうしてだ？」

「警察を混乱させるために決まってるじゃないか」

「そうか……銃は、昔の仲間から？」

「まさか」馬鹿にしたように八田が言った。「今は何でもネットで手に入る。簡単だったよ。拳銃を使った犯罪が増えないのが謎だな」

「こっちとしては、そういう犯罪は少なければ少ないほどいいよ……銃の話は後にしよう。相当入念に準備をしたんだな」

「ああ。奴ら、俺の顔を見てびっくりしてたよ。それを見ただけで、面倒な準備をしてきた意味があったな。ただ、二十年以上も会っていなかったから、最初は分からなかったりして……それもまた面白かったな」

「結局あんたは、恨んでいた四人を全員殺した。気分は？」

「よくないな。まだやるべきことがあったのに、あんたらに邪魔されたから」

「中岡さんを殺すことか？　中岡さんに何か恨みでもあったのか？」

「あいつも革連協にいたの、知ってるか？」

「まさか」初耳だった。海老沢のくれたデータの中にも、そういう情報はなかった。今すぐ確認したいと思ったが、今はここを離れるわけにはいかない。八田は順調に話しているので、このペースを崩したくなかった。

「知らないだろうな。実際には、幽霊会員みたいなものだったらしい。一ヵ月ぐらい、あいつの大学の革連協支部に出入りしていたそうだが、すぐに顔を出さなくなった。その間あの野郎は、女性メンバーに手を出していた。しかも組織内で問題になりかけたところで、その女性メンバーに金を渡して黙らせたんだ。そして革連協から抜けるとすぐに、大学内の『日本史研究会』に出入りするようになった。そこは政治家を何人も輩出しているサークルで、右がかっている——典型的な転向だよ。どうして革連協に入ってきたのかは、結局分からない。ただ、女性を傷つけ、メンバーに不信感を植えつけた……その女性メンバーは精神に変調をきたして、何年か後に自ら命を絶った。それでも中岡から暴行されたとは言わなかった。思想的にも倫理的にも滅茶苦茶な人間が、四半世紀後には民自党の代議士になっている。悪い冗談だ」

「それで狙ったのか？　最初は、目黒区内の政治家、という曖昧な言い方だった」

「俺は……」八田がテーブルに視線を落とした。「中岡は象徴だ」

「何の」

「この、ろくでもない政治の。奴らは日本をぶち壊している。俺は日本国民として、奴らに天誅《てんちゅう》を下す必要があったんだ」

さながら右翼のような物言いだが、八田の言い分は理解できないでもない。今や、政治家への不信感は抑え難いほど高まっているのだ。警察官の高峰さえ、政治家の言動を許せないことがある。もしかしたら、たまたま八田があんな犯行に走っただけで、同じようなことを起こす可能性のある人間は、他にもまだまだいるのかもしれない。

極左のゲリラ事件よりもはるかに危険な、個人によるテロ。集団が動けば、情報が漏れやすくなるが、個人がひっそりと準備していたら、その犯行を事前に察知して食い止めるのは難しい。実際に起こってしまってからの捜査も困難になるはずだ。

「世直しみたいなものか?」

「革連協の活動家が民自党の代議士になっている――左から右へ、適当に生きて……この適当さが、今の日本の問題なんだ。誰も真面目に生きていない。だから奴には、思い知らせてやる必要があった。政治を変えるのに、『声』では駄目なんだ。『力』が必要なんだ」

「それについては、俺は警察官として賛成できない。しかし、あんな集会場で、中岡さんを本当に殺せると思っていたのか?」

「殺せなくてもいいんだ。奴が革連協のメンバーだったことを明かせば、奴はおしまいだよ」

「だけど、あんたは逮捕されている。そんなこと、どうやって世間にアピールできるんだ?」

「警察は、この事件について発表する時、当然俺の動機も話すよな? それでばれる。あんたたちがそうする気がないなら、弁護士を使って公表する。撃たれなくても、奴の政治生命は終わるんだよ」

「そこまで革連協を恨んでいるのか……」

「革連協だけじゃない。あんなクソみたいな組織に忠誠を誓っていた自分も恨んでいる。俺には別の人生もあったはずなのに、もう手遅れだ。何もできない。四人殺したら死刑だろう」

「裁判については、私は何か言える立場じゃない」

「そうだったな。そういうのは検事の役目だ」

「ああ」

「検事にもたっぷり話すよ」

「私が胃がんだから、同情して喋る気になったのか?」

「同情はしないさ。たぶん、俺の方が重症だ。あんたは元気そうに見える」

「今も、胃は痛いけどね。シビアな話をしていると、特に厳しい」高峰は胃の辺りを摩った。最初に痛みを感じて以来、こういう動作を何万回繰り返してきただろう。「私は、臨時の取り調べ担当なんだ」

「ああ?」

「あんたが粘るから、目先を変える必要があったんだよ。がん患者同士だから、気が合うと思われたのかもしれない」

「へっ」八田が嘲笑った。「お互いに同情してか?　馬鹿馬鹿しい……嘘つかれてると嫌だから、あんたの診断書、見せてくれないか」

　高峰はブリーフケースに手を突っこんで、クリアファイルを取り出した。中から診断書を取り出し、八田の方に押しやる。八田は手に取らず、顔をテーブルにくっつけんばかりにして診断書を確認した。のろのろと顔を上げると、小さくうなずく。

「本物のようだな」

「偽の診断書を書いてくれるような医者の知り合いはいない」

「じゃあ、これで……あんたは今日だけか？」

「あんたがどれだけ喋ってくれるかによる」しかし実際には、自分はもうあまり持たないだろうと分かっていた。体調が悪いというより、疲れた——こんなに集中して容疑者と対峙するのは久しぶりだったのだ。

「もう、そんなに喋ることもないよ。俺は……ずっと昔に壊れていたのかもしれない。出所してからもいろいろなことがあって、どうしても過去を許せなくなった。恨んでいた四人は殺したし、中岡のこともいずれ明らかになるだろう。だから、逮捕されても、俺は勝ったんだよ」

「そうか。ただ、俺には謝罪して欲しい」

「なんであんたに」

「あんたが会場で撃った女性は、俺の大事な部下だ」

「あそこにいたのだって、仕事だろう」

「だからと言って、怪我していいわけがない。彼女は優秀で、戦列を離れているのは、うちにとって大変な痛手なんだ。それに、復帰しても、精神的な痛みを抱えたままだと思う。俺は、あんなことになったのは自分の責任だと思っている。上司として、彼女をケアするつもりだが、それができるかどうかは分からない。手術を受けていつ復帰するか、あるいは復帰できるかさえはっきりしないから、ケアしてやれるかどうか、今は何とも言えないんだ。だから、あんたにはここで謝って欲しい。それを彼女に伝えれば、少しはリハビリになるだろう」

「何で俺が……そんな話、聞いたことないぜ。何で抑圧機関に謝らないといけないんだ」

「この通りだ」高峰は頭を下げた。「あんたには理解しにくい世界かもしれないが、俺たちは組織の中で生きている。離れては仕事はできない。だから仲間を大事にするし、仲間が倒れたら助け起こす。相手を裏切らない。彼女のために今俺ができるのは、あんたのメッセージを伝えることなんだ」

「ああ、分かった、分かった」八田が面倒臭そうに言った。「俺が謝っていたって、その人に言ってくれよ。殺すつもりはなかったんだ。その場の勢いってやつで……申し訳なかった」

「ありがとう」高峰は頭を下げた。

「あんたたちがちょっと羨ましいよ。俺は、革連協の活動をやっていても、仲間と言える人間がいたかどうか……俺は仲間を売らなかった。それなのに、組織は俺を……最終的には放り出した。こんな愚痴は聞きたくないだろう」

「いや、組織の悪口を聞くのは好きだ。どこの組織でも、問題は抱えているわけだし」

「そうか」

「ゆっくり、好きなように話してくれ。後でこっちでまとめるから。言いたいことは全部吐き出して、楽になればいい」

「ああ、分かったよ」八田が肩を揺すった。「ただし俺は……反省はしてないぜ。自分がやったことが間違っているとは思わない。あんたに話すのは、あんたなら、俺の気持ちを受け止めてくれそうだからだ。年齢的にも、俺のことを理解してくれるだろう」

「それで、ずっと黙秘していたのに話す気になったか……一つ、提案していいか?」

「何だよ」八田が疑わしげに言った。

「あんたはこれから、厳しく取り調べを受ける。捜査は長引くだろう。でも、ちゃんと検査と治療は受けてくれ。警察はきちんとフォローする」

「どうでもいい。もう、生きてる意味がないさ」

「いや。生きてくれ。同じ病気の人間が死ぬと、こっちにもダメージがくるんだ。お互い、長生きしようぜ。長生きすれば、また必ずいいことがある」

たとえ彼の人生が、死刑で幕を下ろすことになっても。


「高峰さん、円熟の境地ですね」取調室を出ると、村田が心底感心したように出迎えた。

「いや、どうかな。向こうが勝手に何かを感じただけでしょう」もしかしたら、喋る機会、喋る相手を探していたのかもしれない。「取り敢えず、明日以降も素直に話すことを約束させました」

「見てましたよ」

「これからは西田に任せますよ。あいつには、詳しく話しておきます」

「あいつも見てましたけどね」

「細かいニュアンスは伝わらないので……ついでに謝っておきます。出過ぎた真似をしました」

「課長判断ですから」

村田が右の拳を突き出した。高峰は一瞬迷った後、自分の拳を合わせた。その後、まじまじと自分の拳を見てしまう。

「何だよ、これは」

「握手はダサいじゃないですか」

そうかもしれない。しかし拳を合わせるのもかなりダサい。

ふと気づくと、少し離れたところに海老沢がいた。あいつも、この取り調べを見ていたのだろうか。

海老沢がうなずく。高峰はうなずき返した。

握手も拳のタッチもなし——こっちの方が、よほど気が利いている。

5

九月。

海老沢は迷った末、高峰が入院する病院を訪れた。中岡襲撃事件で八田が起訴され、捜査が一つの山場を越えたせいもある。ただしあくまで一つの山場で、これからは、四件の殺人事件に関する本格的な捜査が始まる。

高峰はすっかり弱っていた。腹腔鏡手術は体への負担は少ないと聞いていたが、それでも体に傷がつくのだ。終わってすぐに元気を取り戻せるわけではないだろう。それに、ずっとベッドで横になっていれば、体力も奪われるはずだ。

「へばってるだろう、俺」高峰が自虐的に言った。

「元気一杯とは言えないな」

「飯が食えない」高峰が零した。

「入院する前だって、食欲がないって言ってたじゃないか」

「それとは状況が違うよ。今は、食べたくないんじゃなくて、食べさせてもらえないんだから。重湯って、最近飲んだか？」

「いや」

「ひどい味だよ。麻酔なしで胃カメラを呑む方がましだ」

「それで」海老沢は椅子を引いて座った。窓が開いており、カーテンが風ではためいている。最近の病院は、事故防止の意味で窓が開かないところが多いのだが、この病院はかなり古いから、窓が開くのだろうか。九月の風は爽やかで、既に夏の終わりを感じさせる。「いつ頃退院できそうだ？」

「食事が全粥になったら——もう少しかかるな」

「実際、この後はどうなるんだ？」一番肝心な話だ。

「手術は成功だった。これからは副作用の少ない抗がん剤で治療を進めるらしい。医者が想定していたよりも、進行度が遅かった」

「じゃあ、仕事に復帰できるな」

「どうかな……今日で入院七日目だけど、ずいぶん体力が落ちた。できるだけ歩くようにしてるけど、大した役には立たないだろうな」

「でも、復帰しろよ。このまま定年まで出てこないと、刑事生活のエンディングはつまらなくなるぞ」

「まあな」

手術が無事に終わっても、それだけで全快ではないと考えると、海老沢の気持ちも沈む。しかし今日は、高峰に言っておかねばならないことがあった。

「俺は、警察に残ることにした」海老沢は打ち明けた。

「何か、いいポジションがあったのか」

「ないけど、これから作ろうと思ってる。今回の八田のテロ事件、公安部内では大問題になってるんだよ」

「そりゃそうだろう」高峰がうなずく。「一歩間違ったら、公安部長、警備部長やお前だけじゃなくて、警視総監の首も飛んでた」

「総監の首なんかどうでもいいけど、あんな事件は二度と起きちゃいけない——しかしこれからは、あの手の事件が増える可能性がある」

「俺もそれは考えてた」高峰が同意した。「ネットで凶器は簡単に手に入る。ターゲットの動きも把握しやすい。昔に比べると、個人テロもずっと簡単になっていると思う」

「ああ。公安一課の捜査対象は、極左のゲリラ事件から、個人によるテロに移ると思う。大規模な組織改編も必要だろうな。ネットの監視で危ない人間を炙《あぶ》り出して、動向を観察する。警備部でも、個人のテロリストを対象にした警備作戦を検討し直す必要がある。やることは山積みなんだ。それで俺は、公安部の組織改編にタッチすることにした。現役の連中は忙しいから、暇なOB——OBになる俺が、先頭に立つことにした。この件は部長も総監も了承している」

「そうか……それなら、離婚に必要な金も稼げるな」

「そのためにやるんじゃないぞ」海老沢は顔をしかめた。実際は、ずばり言い当てられてむっとしている。

「すまん、言い過ぎた」高峰が情けない表情を浮かべる。

「いや、いいんだけどさ……お前のところ、夫婦仲はいいんだよな？」

「普通じゃないかな。三十年以上も一緒にいると、どうしても共依存の関係になってくるし」

「うちは、そうはならなかった」海老沢は溜息をついた。そうなった方がよかったかどうかは分からない。「ま、俺の努力が足りなかったんだろう。仕事ばかりで、家庭を見向きもしなかったから」

「俺たちの世代だと、だいたいどの家庭もそんな感じじゃないか？　ただし、俺たちよりお前たちの方が忙しかっただろう。捜査一課は、事件がなければ定時帰りだ。でも、公安一課は、監視や張り込みが多くて、家にいる時間は少なかったんじゃないか」

「ああ。刑事部で言えば捜査二課みたいなものだ。でも、これからは変わる。仕事の内容もそうだし、仕事の質も……アパートを借りて、マル対を二十四時間監視するようなやり方は、もう無用かもしれない。これからはＩＴを上手く利用して、人手をかけずに監視できるんじゃないかな」

「そうか……俺らも、ＳＳＢＣには助けてもらってるし、これからの捜査は確かに、ＩＴが肝になるだろうな。それでも俺たちは、人を大事にすると思う」

「捜査一課ならそうだろうな。アナログな野郎どもの集まりだから」

「勝手に言ってろ」高峰が鼻を鳴らした。「まあ……俺は未来については何もできない。後輩たちが頑張るだろう」

「何言ってる。定年まではまだ間があるじゃないか」

「あっという間だぜ？　しばらくは療養で潰れるし、これから新しく何かできるとは思えない。まあ、こういう人生だったんだよ。悔しさはあるけど、諦めはついた。後輩たちには何もしてやれないけど、取り敢えず家族には迷惑をかけないで、何とかやっていきたい」

「弱気だな」弱気な発言を聞くと、こちらも侘しくなってくる。

「今はな……元気になれば、もう少し威勢のいいことが言えるさ。でも、良かったよ」

「何が？」

「お前が、新しい仕事を見つけてさ。お前は、十年以上前から迷ってた――これからの公安がどうなるかについて」

「ああ」認めざるを得ない。その件について、二人で話し合ったこともあるのだ。

「でもお前は、公安の新しい道を見つけた」

「まだ分からないけどな。今回の八田の件で、個人テロが起きる確率は高くなったけど、本当に増えていくかどうかは分からない。ただ、こういうテロが万が一にも成功したら、社会は一気に不安になる」

「そうだな。だからお前は、新しい捜査、新しい組織の道筋を作る――それは確かに、お前に向いた仕事だと思うよ」

「俺もそう思う。俺は結構政治的な人間だからな」

「公安らしい話でもある」高峰がうなずく。「まあ……正直言って、俺は公安は好きじゃない。お前らは、抑圧機関でもあるからな。でも、公安がないと、世の中は滅茶苦茶になってしまう。これからの方が大変だぞ？　組織を相手にする方が楽だろう」

「個人の動きは追いにくいから——だけど、俺はやるよ。公安は、時代の変化に合わせて変わっていくべきなんだ」

「俺は少し休む。少しだけ……でもそれは、また飛ぶための休みだ。必ず復活するよ」高峰が目を瞑った。

「待っててやるよ。俺も引退後の生活を考えることもあるから、今度はそういう話題を辛気臭く話そう」

「何だよ、それ」目を開け、高峰が声を上げて笑う。笑ってもどこかが痛むわけではないようだ。これなら復活も早いだろう。

長居は無用だ。海老沢はもう少しだけ話して病室を出た。廊下をゆっくりと歩きながら、自分たちの警察官人生を考える。もう、ほとんど振り返るだけになってしまっているのが残念だった。

高峰は、鷹のような警察官人生を送ってきたのだと思う。空高く舞い、常にアンテナを張り巡らせ、獲物を見つけたら急降下で地上戦に入って仕留める。体力と精神力が削がれる戦いこそが狩り《捜査》なのだ。それなのに、ずっと続けていないと駄目になってしまいそうな焦燥感に襲われ……鷹も、時に休むことが必要だろう。

歳を重ねたからではない。明日からの新たな戦いに備えてだ。「後輩に道を譲れ」と言われてもおかしくないが、俺がどかないのは後輩たちがだらしないからだ。

俺たちを超えて飛べ——鷹の休息が終わったその日に。

本作は書き下ろしです。

堂場瞬一（どうば・しゅんいち）
1963年茨城県生まれ。青山学院大学国際政治経済学部卒業。新聞社勤務のかたわら小説を執筆し、2000年「８年」で第13回小説すばる新人賞を受賞。2013年より専業作家となり警察小説、スポーツ小説など多彩なジャンルで意欲的に作品を発表し続けている。著書に「日本の警察」「警視庁犯罪被害者支援課」「警視庁追跡捜査係」「ラストライン」各シリーズのほか、近著に『ルーマーズ　俗』『守護者の傷』『ロング・ロード　探偵・須賀大河』など多数。

鷹《たか》の飛翔《ひしょう》
第一刷発行　二〇二四年七月二九日

著者　堂《どう》場《ば》瞬一《しゅんいち》
発行者　森田浩章
発行所　株式会社　講談社
〒112-8001東京都文京区音羽二－一二－二一
電話　出版　〇三－五三九五－三五〇五
　　　販売　〇三－五三九五－五八一七
　　　業務　〇三－五三九五－三六一五

本文データ制作　講談社デジタル製作
印刷所　株式会社ＫＰＳプロダクツ
製本所　株式会社若林製本工場

定価はカバーに表示してあります。

Printed in Japan　ISBN978-4-06-535862-7
N.D.C. 913　370p　19cm

KODANSHA

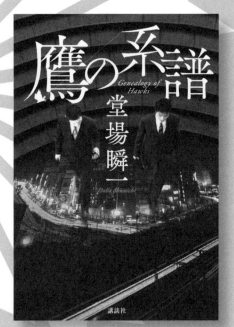